相信阅读，勇于想象

"幻想家"世界科幻译丛

[美]詹姆斯·冈 / 著
顾备 沈伯雷 / 译

TRANSCENDENTAL
超|验|机

北京理工大学出版社

他和阿西莫夫、海因莱因谈笑风生，握过 H.G. 威尔斯的手，和坎贝尔聊过天……

"科幻文艺复兴巨擘"的波尔是他的代理人。

威廉森和他合著的《星桥》被称为"像是阿西莫夫和海因莱因的合作"。

他这一生，参与了科幻黄金时代，见证了科幻新浪潮，推动科幻进入美国学术界，其科幻小说被 NBC 改编成广播剧。他就是科幻小说作家、编辑、学者和评论家，硕果仅存的黄金时代"大师奖"获得者——

詹姆斯·冈(James Gunn)。

第一章

赖利脑袋里的微脑说:"你差点让我们丢了性命。"

赖利环顾着候机室。端点星是供那些想继续前行的乘客换乘的地方,再往前走已没有太多东西,但为了寻找一个他确信并不存在的东西,赖利和一群奇怪的乘客还是决定继续前行。

迈诺的野蛮人袭击过这里,如今废墟早已清理干净,然而没人知道他们为何发起袭击。或许是因为赤道这儿的天气吧,开始极度寒冷,然后闷热潮湿。

"4月是最残酷的。"微脑说,"紫丁香从死寂的大地上破土而出,混合回忆与欲望,伴随春雨搅动那沉闷的树根。"

微脑说话一向都这么令人费解。有时,它也会说得让人更易理解但又感觉不太友善。

"4月是什么?"

"一千年前,地球人用这个词描述那个万物复生的时节,冬季凋谢的植物会在这个季节重生。"微脑说,"人类踏上其他星球时,也带来了一些在新地方毫无意义的词汇。唯一的例外是'战争',这词的含义无论在哪儿都一样。"

"我是在火星上出生的。"

"Thanne longen folk to goon on pilgramages." 微脑说。

超验机

赖利一如往常，直接忽略。微脑存储了海量信息，常常会从中抽取出一堆不知所云的废话，赖利早已习惯。可能，它说的是赖利即将和其他乘客一起开始的这段朝圣之旅，当然，前提是管理员允许他们登上摆渡船。

数小时前，来自荒山的野蛮人袭击了端点星的市区，几乎攻到太空港。他们杀死了成百上千开化了的迈诺人，还杀了一些来自其他星球的人，包括几个人类。赖利独自干掉了六个野蛮人——正当他们企图靠近这个戒备森严的太空站，准备投掷长矛、发射弓箭时，赖利射中了他们最脆弱的下腹，最后那个靠过来的野蛮人也被他用刀杀死了。

赖利也曾问过迈诺星的官员，但他们的回应类似于人类的耸耸肩膀：没人知道这些突袭者想要什么。也许，迈诺人不愿妄加猜测；也许，他们和其他星球的人有沟通障碍。更糟糕的是，袭击结束，秩序看似已经恢复，但迈诺星的官员告知所有乘客，要转乘飞船，还得等待48小时，可他们却无法解释为何要等这么久，也说不准什么时候乘客才能出发。

袭击者撤退的时候，没有带走任何财物，也没有掳走任何战俘，只带走了他们自己的伤员。也许，他们想拖延这次朝圣之旅，或者杀死这群朝圣者。也许，那些官员和这群野蛮人根本就是同谋。这次朝圣之旅一经宣布，激起的反对声音如此强烈，几乎快赶上超验主义传言刚出来的时候。

赖利环顾四周。小小的候机室，不足二十平方米，挤满了几十个星球的难民。他们住在候机室，有些就睡在这儿。这里有各种各样的座位，也有一些被身体构造不同的物种当成座位的底座和支撑物。他们把垃圾直接堆在座位下，空气中弥漫着各种奇怪物种散发的臭味和释放的恶臭气。不同的物种和器官构造，对这些气味的感受不同。远处有堵墙，通体透明；只有左下角那一处被野蛮人的弓箭洞穿了，还留了几个弹孔，显得一片模糊。端点星那热带雨林腐烂的气息从弹孔处飘了进来。远处是座建在海湾上的太空港，一台标准的太空电梯直入云霄，就像一根几乎隐形的黑色豆杆，电梯底部停着一艘摆渡船。再远处是丛林，大片大片绿色、橙色、蓝色的植物一直绵延到远处的山脉。整个盆地，除了靠海的一侧，全都被山脉围绕。山脉后面，淡红的太阳正从云彩之间沉落，漫漫长夜就要降临。端点星坐落在星系旋臂的边缘，因此这儿的夜晚比火星的更黑。

赖利将注意力转回候机室和里面的人群，试图分出谁是朝圣者，谁是来这儿办事的。玩这种游戏，他就不得不关注每个细节。无论那些将微脑植入他大脑里的人怎么想，他毕竟不是什么超级大英雄。他只是个幸存者，一个到目前为止全靠注意细节而幸存下来的人。许多生物没能活下来，大多都不该这么早就死掉。

那个重星人依靠两只像树干一样的腿和一条粗大尾巴的支撑站立着：刚才和野蛮人战斗时，他强健又坚韧，毫不费力就把进犯的野蛮人扔出去，受了伤也继续坚持，并且伤口似乎瞬间就能痊愈。此刻，他双眼紧闭，短短的象鼻轻轻摇晃，没有关注任何事情。赖利不觉得他是朝圣者：重星人一向觉得自己很完美。他大概是个商人或使者，甚至可能是游客，正尽情享受这个星球的低引力环境。

窗前立着一个带踏板的箱式机，那样子活像个机动棺材——如果他的生命维持系统脆弱到需要保护到这种程度，那窗口对他们而言可真不是什么好位置。箱体上刻了一些纹理，赖利想靠近看得更仔细些，但有些外星人太敏感，不知会做出什么反应。他无意挑起物种间的冲突，

超验机

但这个外星人像极了棺材,仅仅是他的独特外观,就已让他无比好奇。这个箱体没有窗户,看上去无法观察外部世界,仿佛里面的生物与外界毫无关系,假如里面真有什么生物的话。箱体里到底是啥情况,完全不可能探知。就赖利所知,或许他自身就是个外星人;又或许,如果里面真有个外星人,那他很可能已经死了或濒临死亡,仅靠着某些高超的医术维持生命。

窗户的另一侧站着一个高高的纺锤形生物,脑袋就像一朵正午烈日底下盛开的黄色鲜花,在一根花茎一样的脖子上向前晃动。他的躯干没比茎部粗大多少,几根茎状物从他的身体中延伸出来,可以看到液体从茎部一路往躯干方向流过去。赖利原以为他没什么战斗力,但在刚才与野蛮人的战斗中,赖利发现他只是扬起一只胳膊,就切断了一个野蛮人用盔甲保护着的脖子。

两个身材矮小、瘦长而结实的人类坐在一起:一个黑发,一个金发。赖利不太确定他们的性别,可能就连他们自己也不确定。赖利判断,他们俩应该是飞船的工作人员。他们在行星表面行动有点缓慢,但与野蛮人战斗时,他们两个表现不错,动作果决、高效、配合默契。

赖利接下来看到的那个外星人,让他想起了以前在图片上看到过的黄鼠狼——脸被夹成一团,如果那是脸的话;一双眼睛又小又狡猾,如果那是眼睛的话。他在刚才的战斗中也像黄鼠狼一样,左冲右突,手中的刀子总在合适的时机给对手致命一击。他想,他可能是飞船的船员,也可能是朝圣者。赖利又观察了另外几个家伙,还将他们做了分类,然后目光落在一个女人身上。她坐在一堆行李上,在赖利的左边,黄鼠狼的右边。除了端点星的官员,候机室里有三十七人:一对男性人类;一个长得像桶一样的天狼星人——耷拉的眼皮遮住了半只眼睛，那个圆洞洞大概就是嘴巴；一个头上顶着鸟羽状发髻的阿尔法半人马——长着令人望而生畏的喙和一双半退化的翅膀；还有几个外星人，赖利无法判断他们家住何方。他把那个女人留到最后。她坐在那儿，活像一只猫，放松而轻盈，仿佛只要有人碰她，就会马上跳起来投入战斗。她头发乌黑，眼睛碧蓝，组合起来让她即使不漂亮也引人注目。她容貌普通，但大大的眼睛转个不停，双唇紧闭，下巴显得很僵硬。但不知何故，她给人的感觉刚刚好，赖利很想认识她，也许真该认识一下。赖利觉得她是个朝圣者，而且他数过，她击倒的野蛮人不比自己少。

他正在琢磨这个女人时，重星人醒了，也许他根本就没睡。他步履沉重地走到一张专门为四只脚的迈诺人提供服务的桌子前，对桌子后面的官员说了些什么。赖利的微脑翻译说："我叫陶德，我们现在就要离开！"

陶德是个需要注意的人。

几分钟后，广播系统以银河系标准语言播报通知，摆渡船将在半小时内出发。实际还是过了将近一个小时才出发。

摆渡船只是一个巨大的金属盒子，加上几只抓手，简陋至极，和这个边远的星球倒是很配。在发达一些的星球上，船上设有单间，提供食物，还有窗户供乘客观赏下面的星球或上方的星空，有时还会在各种浏览器上播放准备好的娱乐节目。而他所在的这艘摆渡船，两边墙上只各有一扇窗户，除此以外，空无一物；墙脚各有若干支柱和座

超验机

位一溜排开。船舱一端有个隔间,算是个相对隐私的空间,有需要的生物可以在此上厕所或吃东西;中间是一大片空地,乘客可以躺下休息;另一端有台食物分发机,提供几种液态饮料,但没有固体食物。乘客指南明确指出:乘客需自带补给,并自行保护财产和人身安全,自己对抗小偷和掠食者。

这艘摆渡船就像一辆运牲口的牛车,而乘客就是牛。要花七天才能到达行星同步轨道;一小时前,随着轻微的震动,抓手发出摩擦声,摆渡船出发了。如果说候机室里的味道很难闻,那船舱里的气味就更糟糕,已经发臭了。候机室里超过一半的生物挤进了摆渡船,包括那个重星人。他就站在赖利前面。

他发出了一连串的咕噜声,赖利的微脑翻译成:"叫我陶德吧。这不是我的真名,因为你们的发音系统无法念出我的真名。所以,按照银河系的惯例,就用我所在星球的名字来称呼我好了。"

"陶德。"赖利说,"刚才干得不错。"陶德可以把它当成对他的夸奖,表扬他与野蛮人战斗时的出色表现,也可以当成称赞他给候机室官员下的最后通牒。

咕噜声:"你也不赖。"先是野蛮人的进攻,然后是最后通牒,这只是一个标准流程。"结成互保联盟才是明智之选。"

"不错。但我们要怎样才能彼此信任?"

咕噜声:"我们再招募些盟友。你选一个,我选一个。每人找两个,始终有两个人站岗警戒,每边出一个。"

"好。"赖利回答。他走向那个女人,"我叫赖利,这是陶德。为了剩下的旅程,我们在组建互保联盟,想邀请你加入。"

"我会自己照顾自己。"她声音低沉而自信。

"嗯，你会把自己照顾得很好。"赖利笑着说。他带着陶德去找那两个貌似太空船员的人，他俩都同意加入。他们自我介绍叫简和钟，不过谁也分不清他俩谁是谁。

陶德挑了那个花脑袋外星人。他摆动着身上像花茎一样的肢体，发出嗖嗖的声音。赖利的微脑识别出那是种语言，但不会翻译。"他来自毕宿五。"陶德发出咕噜的声音，"自我申明是花童四一零七，他接受邀请。"接着，陶德走向那个棺材状的箱体，他是靠自己的动力挪上摆渡船的，现在正静静地站在摆渡船的一头。"该生物未做自我介绍，"陶德咕噜道，"并且拒绝了我们。"

最后，陶德邀请了那个长着鸟头的阿尔法半人马，至此他那组人就算集齐了。陶德和赖利都没去找黄鼠狼，但赖利提议要提防他，可能也得提防那个天狼星人。

十三个小时后，他们已经爬升了一千六百多千米。最后那一小时，赖利站在窗前，看着天空变成黑色，星星出现——一颗颗小小的星星。他看着端点星变成局部球体，感觉到引力慢慢减小，大约只有原来的一半。重力的减小让他觉得自己的体能和精神都在好转，但每次一想到要把自己的生命托付给一个一米宽的屏幕或面前这个几厘米厚的窗户，他就觉得身心俱疲。他环顾四周，发现就连迟钝的陶德，移动起来都带了几分优雅。

他们简单聊了聊对组织结构和官僚主义弊端的看法。

"等级制度的效率要高很多。"陶德说。

"民主制度促进发展。"赖利说。

"发展不好。"陶德反驳。

"银河系的强权都同意。"赖利回答。

"不再有战争。"陶德说。

"这一点,我们看法一致。"赖利说。战争几乎摧毁了整个星系,最终所有智慧生命物种决定缔结和约,不允许任何人把利益建立在他人的痛苦之上,否则所有人会联合起来对付他。陶德来自的重星有一套等级制度,并非基于出生,而是基于资历。他信仰的是墨守成规,希望所有事物、人民、文化、政治,永远保持既有的样子。可能是陶德的文化让他认为只有这样才能传承千年,其他做法都行不通。

原来陶德是朝圣者,赖利之前判断错了,但陶德并不介意。

等到赖利决定还是要睡一觉时,他已对钟和简有所了解——黑头发的是钟,发色较浅的是简,是杰弗里号太空船的船员。赖利不喜欢它的名字,他一直都不喜欢用人名命名的太空船,即使是人类的名字,也不喜欢。

这俩……赖利不确定他们到底是兄弟还是姐妹……之前在一艘货运飞船上工作,但几个月前跳槽了。总之,他们的身份,他算是判断对了。尽管他从没听说过会有船员中途跳槽换一艘太空船,这似乎也不大可能,除非能获得星球假期,但谁愿意在端点星这样贫瘠的星球上度假呢?

关于他们的性别,无论钟还是简,都没透露任何信息,赖利也没问。睡觉前,赖利和陶德的互保联盟成员一致同意大家轮流值班。赖利第一个值班,然后叫醒简值第二岗。赖利只有一袋行李,行李下面放了把枪。他头枕行李,手放在枪上。临睡前,赖利告诉简,要确保他的——他还是她?赖利仍不能确定——背部紧贴墙壁,留意每一个人,包括陶德。

赖利突然惊醒,发现自己的手握着那个黄鼠狼脸外星人的手腕。

黄鼠狼做了一个类似耸肩抱歉的姿势，然后退回到角落里。赖利看到自己手里还拽着黄鼠狼的一条胳膊，那胳膊的末端——看起来可不像手——握着一把刀。胳膊另一端没有流血，似乎血管已经及时闭合了。赖利看了看身后，简跌坐在长凳上，不知是睡着了还是昏迷了。几米之外，花童外星人低垂着头，毛茸茸的脚像树根一样，延伸到好几米远。

赖利把黄鼠狼的断臂扔在脚下，站了起来，断臂仍握着那把刀。赖利摸了摸简的脉搏，探了探鼻尖，他还有呼吸。微脑说，简应该是被下了迷药，一小时内药效就会消退。

赖利把钟摇醒，指着简说："他没事。"然后，他对花童说："我不会感谢你。"花童没有任何反应，可能他也被迷晕了，但赖利的微脑没有提供任何有关外星人生理机制的信息。

这时，陶德已经睁开眼睛。这个身形巨大的外星人迅速扭头看了看现场，咕噜道："就这样，开始了。"

赖利捡起那条断臂，穿过摆渡船舱，走到了黄鼠狼蹲伏着的角落。"我想，这是你的。"他说。

黄鼠狼接过断臂，放到自己脚边。他发出了一些像是经过调制的哨声，赖利的微脑没有翻译，但陶德咕噜说："他说，他看到你的卫兵都睡着了，担心有人会伤害你。"

"跟他说，我很抱歉弄断了他的胳膊。"赖利说。

"他说没关系。"陶德回答，"要胳膊容易，要命难。"

赖利笑了笑，他开始暗自佩服黄鼠狼这种虚张声势的做派了。

赖利回到睡处，那个黑发女人就坐在旁边。"他差点杀你。"她说。

"你看到了？"

"我不需要太多睡眠，所以看到很多。"

"你不觉得，该提醒我一下吗？"

"与我无关。如果他把你杀了，那是因为你不够厉害，没本事活下来。要想做个朝圣者，你得很厉害才行。我们中间只有为数不多的几个能活下来。"

赖利暗自思索，她为什么这么肯定？

"谁说我要成为朝圣者的？"所以，如他所料，她的确是个朝圣者。如果能让她继续说下去，也许还能弄明白，她在这群朝圣者中到底扮演了什么角色。

"你没死。"她说，"他也根本没想杀你。"

"你怎么知道？"

"在你醒来前，他有过机会可以杀了你。"

"他说，他是在保护我。"

"只有他靠近你。"

"谢谢。"赖利说。他不想让她觉得自己需要她的帮助，去搞清楚黄鼠狼想要什么；也没有告诉她，黄鼠狼靠近他时，微脑已经叫醒了他，之后他都是在装睡。

但他不知道黄鼠狼到底想要什么。他一边和钟想办法让简苏醒过来，一边思索这个问题。那个让简睡着的人，应该也对花童使用了类似的手段。无论他是谁，能同时迷倒两个来自不同星球的生物，这准备工作可真是超出想象。当然，说不定花童是同谋，对简下了迷魂药，然后自己装睡。

简终于有了动静,他伸着懒腰,打着哈欠,看上去除愧疚之外,没有任何后遗症。他/她/它记不起来有什么人靠近过,也不记得被针扎的刺痛,除了无所不在的恶臭,也想不起任何其他气味。"对不起。"他说。

"他们准备开始对付我们了。"赖利回答。

"他们?"

"无论他们是谁。"

"这种事情不会再发生。"简说。钟点头赞同,"我们已经做好准备,对付他们。"

"睡一下吧。"赖利说。

"现在还是我当值的时间。"简说。

"我不困。"赖利说。

赖利坐到简空出来的长凳上,大约一米开外,陶德在尾巴的支撑下摇晃着身体,但他瞪大了眼睛,看着赖利。

"你刚才说'就这样,开始了'是什么意思?"赖利问。

"长路漫漫,危机四伏。"陶德咕噜道。"很多人会死去,很多人希望朝圣之旅失败。"

"很多势力。"赖利说,"很多动机。"微脑把陶德的咕噜声翻译成排比句,导致赖利也用了同样的句式来回答。看来,微脑还需要些时间,才能把不熟悉的语言翻译得更好。

陶德像扫屋子一样摆了摆他的象鼻。

"好吧。"赖利说,"谁是朝圣者?谁是反对朝圣的人?"他想,可能根本没有真正的朝圣者,可能他们都在想方设法破坏这次朝圣之旅。那可真是连超验之神都会觉得荒谬可笑的绝妙讽刺。

为了保持清醒，也为了试探对方，他们继续聊了一个小时。尽管语言不通，他们还是尽力用有限的词汇讨论了这个问题——这个新兴宗教为什么会带来普遍的恐慌。

"当然。"赖利说，"每一种生物，每一个物种，都想让自己进步。"

"不仅如此，"陶德回答，"既然只有少数物种可以做到超验——如果超脱确实有可能实现——那就能让他们领先于其他物种。"

"我们有个神话。"赖利说，"一个英雄，冒险进入一个超自然、奇迹的地方。在那儿，他遇到一些非同寻常的势力，取得了决定性的胜利；归来时，已经拥有了赐福众生的能力。"

陶德回答："我们也有类似的故事，但讲的是部落首领得到了神的庇佑，将神的恩赐带回部落。"

赖利仔细端详着这个长得跟大象一样的外星人，"但你还是勇往直前。"

"我家长老下了命令。"陶德咕噜道。

随即，他们陷入了沉默。很快，陶德在尾巴的支撑下摇了回去，闭上眼睛。赖利环顾四周。花童已经站直了，可能他已经恢复了意识，如果他刚才真的是被迷晕了的话。简和钟在他的脚边睡着了。那个黄鼠狼模样的外星人蜷缩在远处的角落，断臂还在脚边。显然，他并不在意自己的断臂，但断臂握着的刀不见了。与此同时，棺材模样的那个外星人移动了大约一米远。不过，赖利可没看到他动。那个女人坐在几米外的一张长凳上，蜷着双腿，双臂交叉，紧抱身体，眼睛看着赖利。他们四目相对时，她的目光并没有避开。

赖利知道，他的袋子里有个东西。这东西可不是他放在里面的，是黄鼠狼在袭击前放进去的。而那场袭击——如果真是袭击的话，其实是为了转移他的注意力。

赖利察觉到危险，突然惊醒。刚才，他端坐在凳子上又睡着了，袋子就在他脚下。他本来不想睡觉，但除了黄鼠狼靠近前睡了那短暂的一小时，三天以来他持续保持警觉，疲乏到了极点。或者，他也可能是被迷倒筒的那种奇怪的迷药迷晕的。此刻，微脑再次把他唤醒。钟和筒在附近睡着了。花童的头再次低垂着，阿尔法半人马蹲在窗框旁，他头顶的羽毛保持着戒备状态。陶德还在沉睡，在尾巴的支撑下倒向后方。那个女人依然坐在刚才的位置上，双膝蜷起，还望着他的方向。

有什么东西不对劲。

那个女人也察觉到了。她把双腿抱得更紧，瞪大了双眼，那表情似乎在问："是什么把你叫醒的？出什么事了？"可能她也有一个微脑。

什么都没变。不，那个棺材外星人又移动了。现在，他靠着远处的墙壁。但仅仅如此，并不足为虑。

随即，他明白了，他们的航行速度加快了。速度增幅不足以改变赖利对引力的感觉，但足够让微脑察觉。而且，依赖下方激光推动他们上升的古董发动机，发出的噪声也略微变大了些。

有东西爆炸了！摆渡船已经穿出大气层，所以他们听不到声音，但赖利的脚和臀部还是感受到了冲击。他的袋子飞到空中，然后重重跌回地面。摆渡船开始快速旋转，乘客们像一袋袋麦子一样从船舱的

超验机

一侧被抛到另一侧。

赖利伸手抓住钟和简,将他们拽到长凳上,"挺住!"他说。他转过身,想帮那个女人,但她已经把腿伸到长凳下面,手抓住凳子边缘,躲闪着空中飞来飞去的物体。

太空电梯的缆绳断了——可能是被人弄断的。但摆渡船没有坠落,它犹如一条长线末端的重物,正被往上拉扯。缆绳断裂所释放的张力让摆渡船疯狂摇摆,而另一端的平衡力正将他们急速推向外太空。

好在他们没有下坠——那将是无法挽回的厄运。但困在这个简陋的盒子里,被甩进太空,也不过是把厄运延迟了一点而已。

花童站在他的框里,戒备着,摇摆着。阿尔法半人马抓住窗框以获得支撑。黄鼠狼从旁边掠过,向另一端飞去,断臂就飞在他身后,但他像杂技演员一样摆动,好让双腿能吸收冲击力。而那个棺材外星人,看上去已经锚定在远处的墙上了。

赖利躲过了重星人陶德,另一个外星人呼啸而过,径直撞到赖利旁边的墙上。陶德的体积和密度都太大,很难停下,但他利用腿和尾巴的支撑,卷起身体,面向墙壁停了下来。

上方的牵引力减缓了旋转,猛烈的运动开始减速。

"有人想阻止这次朝圣之旅。"陶德咕噜。

"似乎已经成功了。"赖利回答。

"是谁想弄死我们?"钟问。

"是啊?"简说。

"说不定就是我们中的某个人。"赖利说。"那边那个箱子里的外星人,那个女人,陶德,我……"

"下面的缆绳被切断了。"陶德咕噜道。

"失误?"

"是失算吧?"

"谁知道呢?"赖利回答。他并没有告诉陶德,爆炸前摆渡船上升速度的变化。如果速度没有加快,缆绳将会在他们上方,而不是在下方断裂。看来,那个人很了解摆渡船的发动机,知道怎么改变它的速度,而且清楚地知道炸药的剂量和爆炸时间。

"接下来会怎样?"简问。

"是啊?"钟说。

凭借自己对重力的感觉,赖利判断出他们在加速。"我们的速度将快到足以让我们离开这个星系,飞入太空。当然,可能要花一千年,到那时我们都死了。事实上,就算带足了补给,我们的食物也维持不了七天,空气和水的供给估计也多不了多少。"

"天啊,"钟说,"我从不知道那些缆绳还能失灵。"

"是啊。"简说。

"不是失灵,"赖利回答,"是被炸断的。"

"天啊。"简说。

"是啊。"钟说。

"好吧,朝圣之旅将要开始了。"赖利说,"但这段旅程,并非我们所期望的那样。"他望向那个女人,她已经伸直了双腿,脚踩在地上,手抓着长凳的边缘。他知道她听到了,但她什么也没说。

赖利继续环顾船舱,盘点爆炸的影响。在摆渡船旋转的过程中,两名外星人丧生,有个外星人断了腿,还有个外星人丢了一条触手。半打非正式的民间自卫队联合起来救治伤者,负责供应配给,保护个体免遭猎食。船舱里的温度越来越低,衣物和其他物品也被拿了出来,分给那些忍受不了低温的人。

在互助的过程中，赖利一直在想，这一切都是徒劳的，正如明知超新星的冲击波将要在几天内到来，还要维持法律和秩序一样。

经历了七十一个小时令人绝望的疲倦和疼痛之后，赖利感到一阵重重的撞击，然后是减速带来的重力加速度。大家都想抢占窗前的位置，但窗外看不到星星，只是一片漆黑。一小时后，他听到更多重击声，接着传来私密室外气闸门被打开的声音。太空船的空气窜进了摆渡船内的恶臭里，不过那气味也好不了多少。

"孩子们，"赖利对钟和简说，"我们得救了。"

他们一个挨着一个走进太空船的气闸。一队太空船的工作人员拿着食物、饮料和毛毯迎接他们，还特别热情地欢迎了钟和简。

赖利认出了其中一员——那个戴着太空船长徽章的人。

"你好，汉姆。"他说。

"做回老本行了，赖利？"船长问。

"多亏了你。"赖利说。

第二章

乘客们刚登上飞船,杰弗里号就加速起飞,摆渡船则被丢弃在外太空,漫无目的地继续它被中断的旅程。赖利被带着经过狭窄的通道,进入消毒间和被隔离的客舱,他向一个船员打听那条牵引摆渡船爬升的缆绳到底出了什么事。

船员摇了摇头,"那玩意儿不会磨损,也割不断。"

赖利太累,就没继续追问;在进入消毒间之前,他也没机会和船长进一步交谈。隔离乘客是标准的做法:来自异域的细菌、病毒和真菌可以在体内潜伏数周,对没有做好准备的人,某些异星人的生理机制是致命的。航行途中,乘客帮不了忙,还会惹来麻烦:船员与乘客见面越少,对自己和飞船越好。

赖利瞌睡至极,但他知道,不能睡,至少得到了自己的舱位,检查完袋子里的那个东西是什么。此时此刻,他必须在消毒的时候全程站立,保持警觉……一旦他和其他乘客回到客舱,飞船会开始加速,就能放松享受了。

加速过程不太流畅,意味着要么是引擎年久失修,要么是船员对飞船还不够熟悉,也许两者兼而有之。离星系这么近的地方没有跃迁点,所以只能加速,并且要保持一个地球引力的加速度至少一百小时,让这些习惯了星球环境的乘客逐渐适应太空,适应那些推动飞船加速的脆弱管道。

赖利和往常一样，一边忍受着飞船的加速和时不时的自由落体，一边又陷入沉思。他回顾着过去的七十二小时，思绪从惴惴不安归于平静。微脑帮他回忆端点星候机室里的情景，他发现自己忽略了两个外星人：一个毛毛虫一样的生物，抬起身体前部，谨慎地四处张望；还有远处的角落里，在浑浊不清的容器里吐着气泡的水生外星人。

他回顾了摆渡船里发生的事情，回忆了更多细节：谁在哪儿，什么时候，做了什么。他无法把任何事件与摆渡船加速或缆绳被切断的那一刻关联起来，虽然当时那个棺材状外星人离放置控制装置的墙最近。

"信息不足。"微脑说。有时，赖利会讨厌微脑，当它承认自己有缺陷时，就更令人厌恶。

得等到他独处的时候，他才可能有机会检查自己的袋子，看看黄鼠狼在里面放了什么。首先，他要继续盯紧其他乘客……那些朝圣者。客舱被分割成一个个经过改造的生活区，满足不同乘客物种的需要：有些要求特殊的空气、饮食或住宿设置。乘客必须适应多种环境。

船员不是问题。船员需要在整个飞船上都能工作，为他们提供类似的多样化配套设施是不可能的。人类的飞船会配备人类，或者可以适应人类环境的人形物种。杰弗里号是一艘人类飞船。

那个水生外星人扭动的触手能点亮黑暗的水槽，上船后没多久就不见了，其他那些怪模怪样的外星人也跟着消失了。剩下的，包括那个棺材状外星人，聚集在客舱大厅。一阵熟悉的咕噜声打断了赖利的沉思。

"被更强大的势力拯救了。"陶德说，他借助尾巴的支撑向后靠，对抗加速度。

"至少是一个更靠近操纵者的人。"赖利说。

"为了更伟大的目标。"陶德说。

那个神秘的女人面露轻蔑。赖利转身问她:"你觉得,我们是要去哪儿?"

"去往超验的方向。"她说。

"那是哪儿?"他追问。

"无论在哪儿,只要能找到。"她说。

"更好的问法是,"陶德说,"哪个方向?"

"只有船长知道。"赖利说。

"听上去,你倒是蛮了解的嘛。"

"你也一样。你很清楚,飞船就是这么回事。"

陶德摆动着他的象鼻,微脑把这个动作理解为"当然"。"我们离开了端点星。"他说。

赖利点了点头,但愿多利安人的身体语言里也有点头的动作。在端点星集合再往里走,这毫无意义。他们正沿着星系的这条旋臂向外前进,外面没有多少星星了。

杰弗里号是一艘战后遭遣散的巡航飞船,非常像赖利服役期间待过一段时间的那艘飞船。银河系战争后,很多战舰改为民用。这些都是战后剩余物资,也就是说飞船的驾驶舱和引擎室都包了装甲,部分武器阵列可能还能用;同时,也意味着客舱比较原始。

当然,所有太空飞船上的住宿都很原始。有些人浪漫地认为太空船像水上舰艇那样有豪华包房,甚至有像人口超负荷星球上那样超高效的标准小房间,其实是误解了太空上空间的价格。隐私是昂贵的,

超验机

要以牺牲舒适为代价。每个人形乘客都分到一个隔间，这些隔间排列在一面墙上，犹如停尸房里的一个个抽屉。内置的金属梯子，让乘客可以爬上腰部以上的隔间。

每个隔间有两米长，一米半宽，一米半高，都配备了空气、温度和湿度的控制装置——有时候管用，有时候不管用；一张可调节的床垫，一个放置个人物品的架子，远端有个衣橱，还有盏灯。头顶上方的屏幕，可以调节位置，供乘客半坐或者平躺时看。飞船的电脑提供虚构和非虚构的内容，可以看到飞船前后和两侧那无边的宇宙虚空，还有飞船的基本信息、船体布局和航行状态。赖利扫描了这些信息，他知道，微脑将会把这些信息存储起来。他可能得跟船员们一样，对这艘船非常了解。

隔间不适合幽闭恐惧症患者，但其实太空本身就不适合。

在发现跃迁点前，这些隔间也被装修成适合长时间休眠的模式，那些线路和排放口一直都没被拆掉。所有经历过以前那种旅行方式的人，都会感激那个破译了星际网络图的无名人类天才。进入长期休睡模式很痛苦，醒来更难受，但总比醒不过来要好，可十次里面总会有两次醒不过来。除了那些经历过银河战争的飞船，谁也无法接受这样的数字——想当年，每次飞船出发，船员的平均伤亡率都高达50%。

外星人的隔间不一样，空间不会更大，但有一些是竖直或者倾斜放置的，各种气体的比例可以调节，灯光的波长也可以调节。跟他们相关的一切都是临时的，显然是在收到乘客名单后急忙拼凑出来的，有些还在建造中。

有那么一瞬，赖利还是感到很庆幸，不用将自己的舒适，更不用将自己的生命，托付给这么个残破的住处。最顶部那排有十六个隔间，他的是左数第三个。他一进入隔间,就关掉了显示器,打开袋子,把他仅有的几件物品一件一件拿出来仔细检查,直到剩下一个空袋子。他一毫米一毫米地检查这个袋子,最后在一个磁吸封口下面找到了要找的东西:一个没什么特别的银器,可能是某种电子窃听器、浓缩炸药或定时释放的毒药。

他把它留在原处,确认隔间的门锁好,然后对微脑说"睡吧"。他觉得入睡不会有任何问题,在经历过那段似乎永无止尽的警惕之后,尤其是爆炸之后的漫长时间,他很可能永远地睡下去……

乘客休息室成了带有社交意义的聚会场所。它提供狭小的盥洗室,供大家上厕所;还有稍大一点的盥洗室,里面有各种循环使用的液体,供大家洗漱。

乘客如果无法在狭窄的隔间里扭曲身体换衣服,那就只能到休息室换。但这些乘客,很久前就被扔进一个毫无隐私可言的环境,所以早就失去了大部分表面的矜持,即使那是他们文化的一部分。

休息室也用作餐厅,如果服务到位的话,墙上的架子应该有各种食物。一些受欢迎的品种很快就消耗完,或者没有补充,或者被船员们藏了起来。最终,乘客们只能二选一:只要食物没毒,有什么吃什么——或者饿肚子。架子和凳子可以从墙上拉出来,供大家坐。

尽管用途多样,但休息室并不大,可能二十平方米左右,所有乘客聚集的时候,就没有什么空地了。然而,有些物种会在长途旅行中进入休眠状态,有的可能厌恶交际或者生理上有缺陷。所以,除了讲

超验机

故事时间，同时出现在休息室的人数不超过一打。讲故事或讲述个人经历是长途旅行中的传统节目，相比之下，显示屏上虚构的内容就黯然失色得多了。

战争快结束时，杰弗里号就已经很旧了，现在它愈发陈旧和残破。狭窄的走廊上，与肩同高的位置都被磨损得光秃秃的。很多门都被卡住了，包括隔间的门，甚至包括分隔不同船舱的紧急隔离门，这种门一旦发现气压降低就会迅速关闭。飞船上弥漫着挫败的气氛，像一艘侥幸在伏击中逃过毁灭命运的船，没被妥善改造，却被用作二手交通工具。也许，这种事真的曾经发生过。

赖利利用在休息室的时间，在人群里穿梭，为微脑收集更多语言信息；如果语言能力允许，他还会用这些语言和对方聊天，努力在这个银河系象棋游戏中确定他们的身份和位置。不过，他意识到自己作为棋手，实在心有不甘。他们算什么棋子？如何移动？哪只看不见的手在移动他们？他们属于哪一方？

他感觉陶德不错，他外表坚强，看上去直率坦诚，但他又怀疑自己的判断或许是受了对方外在气势的影响。黄鼠狼是另一个极端，不仅外表狡猾奸诈，给人的感觉也是不可信任。早前和外星人打交道的经历让赖利明白，外表其实毫无意义，但他也学到要相信自己的直觉。而现在，他的直觉告诉他什么都不能信，尤其是自己的直觉。

"除了我，不要相信任何人。"微脑说。

微脑也不可信。

他想做的是穿行于乘客群中，与他们交谈，直接或间接地搞清楚，他们为什么要参与这次注定毫无结果的朝圣之旅。他早就发现，尽管不是不可能，但即使是人类伙伴，这种事情也很难深入了解。而根据他的经验，多数外星人即使能和其他物种进行一些简单沟通，也不会主动攀谈，更不会开诚布公，要聊明白就更难了。

微脑帮不上什么忙。也许，它不是为做这种判断而设的，也可能它有了判断，但因为自己的意志，抑或某种内置的阻碍机制，导致它没把结果告诉赖利。

他决定和那个女人谈谈。"我们可能会困在一起几个月，甚至几年。咱们不妨做个朋友。"

她耸耸肩，"好，直到我们的利益不一致的时候。"

"那我们彼此的利益究竟是什么？"

"先活下来，到达目的地。然后——谁知道呢？"她的脸色刚才一直很冷漠，现在才笑了笑，让赖利目眩神迷。

"咱们也做下自我介绍吧。我叫赖利。"

"阿莎。"她回答。

"你为什么加入这次疯狂的旅程？"

她抬起手扫了一下房间，"和他们一样——逃离无法逃离的，寻找无法找到的，实现无法实现的。"

"你很喜欢打哑谜？"

"我和狮身人面像斯芬克斯都喜欢。"她没有继续说下去。

他尝试和其他外星人聊天，但得到的信息更少，于是决定回自己的隔间思考一下。结果，他却发现连那都做不到。

船员有自己的船舱和休息室。船员舱禁止乘客进入，乘客舱也禁止船员随意进入，除非有维修和补给需要。因此，在乘客隔间里发现船员的尸体，令人无比震惊。死掉的船员是简，而那个隔间是赖利的。

超验机

安保负责人第一个出现。他是个身材矮小的细腰人形外星人——也呼吸氧气,然而却随身携带一个经常定期使用的喷雾器,就像维多利亚时代的纨绔子弟总带着喷了香水的手帕一样——他啥也没做,只是检查了一下,确认简死了,并且,大致扫了一眼,确认没有任何武器。随后到达的是一个人类医疗官。他爬进隔间,没有移动尸体,只对尸体进行了检查。随后,船长来了。赖利从远处就一直看着他走进客舱。船长一级级爬上梯子,看了看尸体,又爬下来,审视了这群外星人和两个人类组成的大杂烩,然后原路返回,消失不见。就赖利所见,船长的表情没有丝毫变化。安保负责人命令两个人类助手用担架把尸体搬进船员舱。赖利猜测,他们应该会在那儿验尸,查明死因。据他自己对尸体的查验,那种僵硬程度很不自然,赖利觉得自己知道船员的死因是什么。隔间被清空后,安保负责人马上爬进去,关上门,在里面待了几分钟才出来,然后离开了客舱。自始至终没有人说话。

乘客们围在赖利的隔间周围,相互打量着,一言不发,他们看看隔间,又看看赖利。赖利不安地换了个姿势。最后,那个讨人厌的女人打破了沉默。

"某些人不喜欢你。"阿莎说。

"或者你不喜欢某些人。"陶德咕噜。

赖利觉得自己听出了多利安人的幽默。

他耸了耸肩。"没人会把简误认成我,"他说,"如果我想弄死某人,也不会把尸体留在自己的隔间里。"

二十四小时过去了,什么事也没有。但赖利知道,有些事正在发生：船长应该已经召集了调查法庭。按照法规，他将主持调查，除非职责需要他必须去别的地方。如果这样的话，他将授权他的副手主持；如果发生某些紧急情况，他们两个不得不同时缺席，那他的安保负责人将主持调查。法庭的初审将在船员舱举行。

与此同时，其他乘客一个接一个单独来找赖利。有些表达了同情，好像简的死是赖利的个人损失，或者好像任何一个人类的死亡都会影响整个种群。另一些则恭喜赖利，要是赖利和微脑对此理解正确的话——因为作为人类的一员，这是幸福的死亡，去往美好来生的幸福转换；或者简已和他族群中那些伟大的灵魂重聚，或者他足够幸运，竟能逃离充满痛苦的存在，进入伟大的虚空。有些则表达了自己的愿望，希望简会重生在另一个超维空间或超维宇宙，或者最好是他可能已经在死亡中实现了他们正在追求的超验。

当然，他们可能是别有用心。赖利知道，这些人装腔作势说得冠冕堂皇的时候，心里却在评估赖利和死者的关系，他与这起死亡事件的可能联系；更重要的是，这件事将如何影响朝圣之旅和赖利在其中的地位；以及，赖利的潜在弱点会不会让他更容易被消灭，或者至少让他失去竞争领导权的机会；又或者，如果事实上是他杀了简却免于处罚，那他是否会变成更大的威胁。

至于他到底威胁到谁，赖利还没琢磨出来。但他知道，反正自己的存在威胁不到简了。

赖利要出席调查法庭，没时间重新评估自己的新处境。法庭没什么引人注目的地方。在狭窄的乘客休息室里，船长坐在从墙上延伸出来的一张凳子上，他把自己的晶体微脑从手腕上摘下来，放在从墙上滑下来的一张桌子上，意思是说："在这个法庭上说出来的任何信息都会被记录和分析，虚假证词或者妨碍法律公正的行为，将会受到惩罚。"

船长身材高大，腿却很短，像是为了匹配太空船的尺寸而被砍断了一样。他黑色的浓眉在鼻子上方相接，鼻子的阴影遮住了短小的胡须——这一切，无论从时尚的角度还是遗传的角度，都说明他层次太低。然而，那双眼睛是他最明显的特征：又蓝又凶狠，犹如沙漠里的阿拉伯人。

他的副手是一个身强体壮的金发人类，坐在他左边；安保负责人，那个细腰的人形外星人，坐在右边。几个人形外星人保安站在入口两侧，依次传唤证人。船长把赖利留到了最后。赖利觉得这是心理战术，尽管这可能仅仅是调查员的策略。

最后，赖利站在船长面前，拒绝坐到旁边舒适的凳子上。

"赖利。"船长说，"这事很严重。"

"死了人就是这样。"

"那个船员，是你发现的？"

"如你所知。"

"描述一下当时的情景。"

"那时，我正返回自己的隔间，十二个小时没睡觉了——"

"你只能保持十二个小时清醒吗？"

"我喜欢在睡觉前独处几个小时，而且，我有很多天没睡了，仅仅一天不足以恢复。我打开隔间门，就看到了尸体。我认得这个船员，他和我一起坐摆渡船——他说他叫简。"

"然后呢？"

"我拉响了警报。"

"你没有检查这个船员是不是真死了？"

"死人我见多了。"

"你没碰他？"

"不需要。我能感觉到死亡的冰冷气息。"

"他冻僵了。"船长说。

"我猜也是。"赖利说。

"看来死者是趁没有人在休息区的时候，偷偷溜进客舱，偷偷摸摸地爬进了你的隔间，然后意外地被长期休眠喷嘴里喷出的气体速冻起来了。"

"有可能，但可能性不大。"赖利说，"隔间是锁着的，我重新设置了密码。我检查过了，长期休眠的喷嘴没有被激活，而且简没有单独针对我的理由。"

"他也没有在端点星跳槽换船的理由，更没理由跟杰弗里号签约。"

"看起来没有而已。"

"你的意思是？"

"显然，他有理由。有些是显而易见的——他不喜欢之前的舱位，不喜欢某个船员，或者船长不喜欢他，他违反了某个规定或因为违法而惹上了麻烦，或者他仅仅是想冒险。其实可能还有些不太明显的理由——他被某人收买或说服，为了某个目前还不得而知的目的上了杰弗里号；或者，他皈依了超验主义教；或者，他有某些个人原因需要寻求超脱……"

"够了。"船长说，"休庭，另等通知。"

船长在门口停了一下，示意其他人先走。"赖利，如果这是反间计，要是我们找到什么证据证明你与简的死有关，那么，这将会成为你最短的旅程。"

"船长!"赖利说,"我和你一样无辜。"

但船长早就走了。

庭审结束后,休息室马上挤满了乘客。连那些在其他生态船舱的外星人——花童、水生外星人、毛毛虫——都来了。

"法庭判决……?"陶德问。

"什么也没有。"赖利说。

"你说了?"

"什么也没有。我没啥可说的。你呢?"

"一样。"

"那他们呢?"赖利指的是在这里的其他人。

"他们也一样。"

令人意外的是,黄鼠狼走上前来。他的胳膊已经长回来一半了。他发出嘶嘶声,赖利的微脑突然将那些声音翻译成语言。"……开始,"黄鼠狼边总结陈词,边抬头凝视赖利。"船长和他的船员不可信。"赖利的微脑取回原本的信息翻译道,"这起死亡事件仅仅是个开始。"

"那只是怀疑。"赖利说。微脑将这句话翻译成一连串调制过的嘶嘶声,连赖利都很意外,这些声音居然能从自己功能有限的发音器官里发出来。"另外,这次死的是船员,不是朝圣者。"

天狼星人走进这小群人。"我不小心听到了。"他说。微脑对这种喉音语言的辨识要快很多。"咱们付钱给那些官员和船员,让他们带咱们去想去的地方。可他们能把咱们带到任何地方,把咱们卖了,把咱们一个个干掉,然后把钱据为己有。"

花童说话了,像风中树叶发出的沙沙声。微脑沉默了。陶德翻译:"他说,'我们当中有很多天才——船长、船员、导航员。如有必要,可以驾驶飞船。'"

"乘客必须相信他们所搭乘的飞船和船员。"赖利说,"现在也一样。被杀的是船员,不是乘客,他的死可能出于很多不同的目的,但其中之一不是要威胁这次朝圣之旅,而是威胁某个朝圣者。"

微脑选择把这段话翻译成多利安语,然后由陶德转达给屋里其他外星人。有些人好像很认同,另一些似乎有些困扰。

"你,"阿莎转向赖利说,"就是那个朝圣者?"

"有可能。"

"那另一个合理的结论就是:你是这一系列暴力事件的焦点。"阿莎说,"从端点星候机室的袭击开始,到天梯缆绳被割断,再到你隔间里的这次谋杀。前两次,焦点可能是我们中的任何人;但现在,简死了,显然你就是焦点。你可能就是那根会给大家带来毁灭的引雷针。"

其他人以各自的方式,纷纷表示关注。

"你和船长的想法差不多。"赖利说,"但引雷针同时也是避雷针,也可以把雷电无害地引入大地。当我还活着并能吸引攻击的时候,你们就不会被攻击——除非你离得太近,就像在摆渡船上那次。"

"或者,"阿莎说,"那次割断缆绳的袭击失败之后,可能你就已经开始行动,企图消灭每一个与你一起乘坐摆渡船的人。"

其他人纷纷退开,赖利身边空出一大圈。没人翻译阿莎的发言,赖利不知道他们是不是都听懂了，但不知何故，他觉得他们听懂了。他的微脑保持沉默。毫无疑问，他们都有自己的微脑。

"话又说回来，简死在我的隔间，也可能是为了转移视线，把怀疑从某个人身上转移过来。"赖利说。

其他人似乎在消化这个信息。

"也许很快我就能告诉你们更多。"赖利说，"船长说，等他掌握了更多信息，就会重新召集庭审。"

他向陶德点点头，拍了拍阿莎的肩膀，好似在说他原谅她把大家对船长和船员的不信任，引导成对他个人的恐惧。他爬上梯子，进入自己的隔间。隔间里依旧阴冷，但他早就习惯了死亡与寒冷。突然，或许是出于迷信，他把一只袜子塞进了长期休眠的喷嘴，然后进入了梦乡——他希望这是一次短暂的睡眠。

这次睡眠比他计划的还短。才过了三个小时，就有人砰砰地敲他的隔间的门。赖利用脚趾打开门，眯着眼，看着脚趾后面安保负责人那张丑陋的脸。

"船长想见你。"

"亦吾所愿尔。"赖利回答。

"啊？"

"我马上来。"赖利当初睡下的时候就没脱衣服，所以立刻滑出隔间，爬下梯子。"带路。"他说。

安保负责人试图抓住赖利的手肘，但赖利的神情明确表示，谁碰他谁倒霉。另有一个人带着他走过一条条通道，这些通道的外形和样子都很熟悉，但环境陌生。最后，他们到达一个小房间，里面有配套的桌子和长凳，墙上还有食物分配机。微脑认出这是船员食堂。船长在长凳较远的那端坐着,一个人。

"赖利,坐。"

赖利坐在船长对面。"怎么了,汉姆?"

"你要叫我'船长'。"

"随你喜欢。"

"钟已经招供了。"船长说,"他和简是被收买来杀你的,想让谋杀看上去像一起事故。"

"他们干吗要那么做?"赖利说。

"那正是我希望由你来告诉我的。看上去,简当时正在尝试操纵长期休眠装置的喷嘴来杀你,结果他自己中招了。"

赖利没有说话。

"要么,"船长继续说,"他被你发现了,你使他失去了行动能力或失去意识,然后是你打开了那个喷嘴。"

"我怎么可能办得到?"赖利问。

"我们认识很久了,你我都是老江湖。"船长说。"杀人的方法我们学过很多。"

"我没有理由杀简。"赖利说,"他也没理由杀我。我想和钟谈谈。"

"不行。"

"为什么?"

"他死了。"

第三章

那两个人形机器人保安押送赖利回到客舱。他们本想抓着他的胳膊,但赖利朝他俩各瞥了一眼,他们就住了手。他不清楚这种物种的能耐,但他的表情轻松,自信可以对付其中的任何一个,必要的话,甚至可以同时对付两个。保安,不管是什么物种,都自认为天下无敌,但赖利那自信的气势还是让他们犹豫了,而且决定不要冒险。他的选择更简单了:暴力毫无意义,只能缓解自己的挫败感,原来只是因为简,现在是简和钟。关于钟的死,船长不愿意回答任何问题,赖利只能接受船长的说辞,否则就会引发一场冲突,而现在就引爆冲突还为时尚早。

但他不能确定钟是否真的死了。死亡是一种回避难题的简便方式。又或者,如果他真死了,那么他是怎么死的?为什么?

保安看着他进入客舱,然后关闭了他身后的密闭门。赖利听到上锁的声音。这也是他不喜欢的,但同样,不得不接受,至少现在如此。

"无法解决,就必须忍受。"微脑说。这样的大道理,它有一堆,但有时候也会起点作用。

这会子,他隔间门前的情景可真让人倒胃口。他来到休息室时,里面正在进行某种礼拜仪式。参与者挤满了休息室——也许是礼拜者,包括无法适应人类氧气环境的外星人,氧气会让他们感觉不适,甚至致命——不但有花童、毛毛虫，还有水生和棺材形外星人。那些有头有脖子的，正抬头看着飞船的内壁，也就是休息室的屋顶——将飞船内舱与太空和行星隔开的防护层；也防止乘客沉迷于那片无尽和永恒，防止他们跃入虚空。

仪式正在进行，唯有阿莎没有参与；跟赖利一样，她只是个旁观者。她站在休息室入口的内侧，双臂交叉抱在胸前。礼拜者全部面朝前方的墙，但没人站在那儿。看上去，这个仪式不需要牧师。所以，他无法得知是谁把他们召集在一起的。

人群里传来一阵各种外星词混杂在一起的咕哝声。即便是微脑也难以识别其含义，最后它翻译了其中一串特别的词语："我虽微不足道，但我会变得更伟大和完美无缺，如同虫变蛹，蛹化蝶。不再是个孩子，我将成长、蜕变、完美。超验机正等着我的到来，宇宙正等着我出现。"

赖利望向阿莎，她耸了耸肩。

这时，飞船颠了一下，像是对诵经作出回应一样。赖利朝上望去，仿佛自己也是一个礼拜者。飞船上方的外壳好像蒸发了一样，阴冷的太空和无限黑暗所带来的恐怖乘虚而入，而乘客就像黑夜大海中的水母一样漂浮起来。赖利感觉自己的身体内外完全掉翻了，就好像他曾经被囚禁于自己的肉体中，而现在所有的器官被释放了，一股脑地往外冲。他觉得自己完全瘫了，身体里的每根筋都在疼。他面前的礼拜者看上去都僵住了。那些有脸的外星人纷纷露出狂喜和恐惧交织的神情。

随即，这一刻过去了。他的身体恢复正常，周围的船体也重新合上。那些礼拜者动了起来，纷纷低下头，有些开始哀号。

过了一会儿，赖利意识到他知道他们刚才经历了什么：那是一次

超验机

跃迁，通过空间折叠，从一个交汇点跳到另一个交汇点。几秒，或者永恒——在跳跃的时候，时间没有了意义——他们出离了他们所知的那个时空宇宙，那种状态是真正的异态，要多异态就有多异态。太糟糕了，他想，他们要以自己原本的不完美形态重回这个宇宙。可能这就是超验这个概念兴起的根源——可能就是那个"外域"。但这只是在星际飞行开始之后才发生的。

纵观人类历史，赖利想，有些人确实可以从日常琐事中解脱出来，实现超验——通过药物、冥想、神启或者疯狂。他们触及神迹，带回信物——一片羽毛，一块圣伤，一块有雕纹的石头，一个愿景——他们尝试与那些不能完全享受到直接体验的人分享，但有时候成功了，有时候失败。有时候，倒是有很多自己无法体验超验的人开悟了，回报以超人的功绩；抑或，开宗立教。

"宗教，"微脑说，"是大众的鸦片。"

光芒总会黯淡，灵感总会被现实中的日常琐事淹没，梦想总会沦为日复一日的例行公事，没什么可以不朽。直到刚才，带着某些真实的期许，也许真有一个可以让人获得超验的机器。不是超验的感觉或超验的幻像，而是超验本身——真实可见，能反复发生——虽然从人类的角度而言，跟天堂一样遥不可及。

"一次跃迁。"他对阿莎说。

她点了点头，仿佛这事太普通，不值得评论。

"是谁发起仪式的？"

她耸了耸肩。

"你是不知道、不关心，还是没有人发起？"

"最后那个选项。"

"好奇怪。"赖利说。

"这本来就是个奇怪的宗教。"阿莎回答,"每个人都是自己的弥赛亚。"

"也包括你?"

她又耸了耸肩。

"作为一个冒着生命危险参加这次不可能任务的人,你好像不太投入。"

"而你,过于投入。"她说。

礼拜者散开的时候,陶德在赖利面前停住。"你回来啦。"他说。他的语法有了进步——或者该说是微脑翻译多利安语的能力提高了。"没有保安。"

"船长说,钟供认说有阴谋。"赖利说,"船长说,是他死之前说的。"

"啊。"陶德的语气暗示他熟知那些上位者的行事风格。

"这个仪式是怎么发生的?"赖利问。

"啊。"陶德说,语气暗示他完全不理解感性生物的思维方式。

"你好像对你的旅行同伴有一种永无止境的好奇心。"阿莎说。

"当你的生命依赖于同伴时,尽量多了解会有好处。"赖利说,"包括,当你最需要他们时,他们是否会响应某种神秘的感召,抑或是为了某种好处而把你牺牲掉。"

"如果让我猜,"陶德说,"谋杀,焦虑,仪式带来的慰藉。"

"啥?"赖利问。

"他在回答你刚才的问题,那个仪式是怎么开始的。"阿莎说。

"对你,也是吗?"赖利问陶德。

"啊。"陶德说。"和其他人一起礼拜,一起吃饭,一起战斗。"

"另一种达到集体凝聚力的途径。"阿莎说,"你可以考虑一下。"她对赖利说。

"他可以加入他们。"赖利说,"我会试着了解,看看谁的方法更有效。"他转身问陶德,"但,是什么把他们聚到一起的?"

"没有人。"陶德说,"所有人。"

"他的意思是,没人号召,但所有人都感知到了。"阿莎说。

"我知道他的意思,只是觉得难以置信。"赖利转向陶德,"谁第一个进来?"

陶德把象鼻摇向黄鼠狼和天狼星人,"他们。然后——"他指着棺材状外星人,花童,毛毛虫,水生外星人,随后是其他人。"所有人都来了以后,步调一致地礼拜。没有谁是第一个。"

"你听到礼拜的召唤了吗?"赖利问。

"没有召唤。"陶德说。

"你呢?"赖利问阿莎。

她摇摇头。"你干吗这么关心呢?"

"我想知道那些我不知道,但其他人都知道的事情。显然,其他人对超验主义的了解,比我要多得多。如果我听不到召唤,你们俩也听不到,但其他人都听到了,可能那就意味着我所了解的还不足以让我参加这次朝圣之旅。"

"这个念头,我也有过。"阿莎说。

"他们知道的比他们应该知道的多?"陶德似乎在提问。他的意思是"太多"?

赖利耸了耸肩,也不知道多利安人能否理解这种身体语言,然后换了个话题。"刚才跃迁的时候,你注意到这边太空的样子了吗?"

"漆黑。"陶德说。

赖利点点头。他打开了那个几乎占满休息室整面墙的视板,一部之前被打断的天狼星神话剧开始继续播放。赖利迅速切换到飞船的前景视图,那里只有几颗暗淡的星星。他切换到侧景视图,先是一侧,然后是另一侧:星星更少,也更暗淡。然而,后景视图却展示出一条壮阔的星河。显然,飞船正驶向离文明更远的地方。

"我们要开到哪儿去?"赖利问,"你们俩有谁知道吗?"

"去往超验的方向。"阿莎说。她的唇角略弯,露出一丝稍纵即逝的微笑。她之前也是这么说的。

"那儿?"陶德问。他用鼻子指着赖利切换回来的前景视图。

"啊。"赖利的语气暗示陶德说得对。前方那些可怜、暗淡的星星不大可能孕育有感知力的生命,更不可能孕育出某种可以让他们实现超验的技术文明,更别说让别的物种实现超验。

"你认识船长。"陶德说,"很有能力?"

"若是以前,我会说他很能干。"赖利说,"但现在,我有点怀疑。人是会变的,会变得小心翼翼、有所畏惧。有时候……会被收买。"

"如果超验是真的,并且直到最近才被发现,"阿莎说,"那它一定是在一个不太可能的地方。"

"如果是真的。"赖利说。

"如果不是,那我们干吗来这里?"阿莎说。

"用生命、家庭和财富做赌注。"陶德说。

"他的意思是——"阿莎说。

"我知道他的意思。"赖利说。

"问题是,你们俩意思是不是一样的,"阿莎说,"你是否相信。"

赖利摇头,"我相信我能看到、能摸到的,可知的。"

"那你为什么来这儿?"阿莎问。

"来被说服。"赖利说。"这个神话在整个星系爆传,就像超新星爆发的伽马射线。你们中的一些人——也许是所有人——都相信。如果这是真的,那这个事实太重要了,怎可错过。反正这几年我过得不尽如人意,所以我愿意赌上几年去探寻真相,一个让无数智慧生物都认为真实的真相。"

"你说得太多。"微脑说。

"也许需要赌上更多。" 陶德说。

"也许我愿意赌上全部。" 赖利说。"也许我不完全是一个不可知论者。"他笑了。微脑没有被骗过。阿莎和陶德也没有。

"你可能是希望超脱你那不尽如人意的人生。"阿莎说,"或者,像船长一样,你可能还有别的动机。"

"那么,回到船长这个话题。"赖利说,"问题是,他要去哪儿?为什么?还有,他可信吗?"

"谁去找答案呢?"阿莎问。

她和陶德都望向赖利。

"啊。"赖利说。这是他倒霉抽中短签后发出的声音。

没有任何征兆，锁在微脑面前应声而开。解决内置报警器花的时间比这稍多一点。阿莎和陶德带着崇敬的表情看着赖利，以为这是赖利一个人的功劳。

赖利轻轻打开门，没有保安。这让他有了一个基础认知：船长过分依赖电子设备。汉姆以前就一直很相信他的人工智能设备。赖利回头望去，向阿莎和陶德举起了手掌，五指张开。他轻轻关上门，按照微脑在他脑海中描绘的引导图，沿着通道向船长室的方向一路急行。船长室总是离控制室很近，在这艘老巡航飞船上，船长室肯定位于飞船的中央，尽量远离可能的战斗损害，并且像控制室一样有装甲保护。

外面的气味与客舱里不一样。当时，赖利一心惦记着简的神秘死亡，思忖着船长会问什么问题、自己要怎么回答，再加上微脑越来越频繁和烦人的侵扰，所以他上次来的时候没注意到气味的不同。客舱里是外星人的气味；来自不同世界的不同生物的混合气味，盖过了人类和人形生物在飞船上循环多年的臭气，最后连空气再生系统都无计可施了。客舱外有独立的空气再生系统，主要是人类的汗液、呼吸还有其他排放物的味道。赖利想，他究竟是怎么忍过来的。

"人类有一种独特的适应力，可以习以为常。"微脑说。

引擎的震动声无处不在，巨大的轰鸣盖过了他轻微的脚步声，但不足以掩盖一个毫无警觉意识的船员走近的声音。

他躲进交叉的过道，直到那个船员走远。到船长室花不了多少时间——在飞船上，任何两个地方都相距不远——他必须避免被人发现，他距离飞船的神经中枢越来越近，船员也越来越多。

当他快要抵达目的地的时候，警报响起——警笛声和闪烁的红灯一并触发。他扭身背朝过道，假装正要往客舱晃荡，船员纷纷朝着他

超验机

刚才出来的隔间方向一路撞过去。当所有动作都结束后,他再次转身,发现自己就站在船长舱前。控制室应该还有人守着,但控制室里有的信息,船长舱里应该都有,或许更多。

船长舱的锁甚至比客舱锁开得更快。微脑的经验越来越丰富,也更能干了。赖利溜了进去。船长舱里空无一人。舱房——当然,这只是一种委婉的说法——即使以太空飞船的标准来看,这个房间也还是很小,只能放进一张可以折叠进墙里的铺位,另一面墙里折进了一张桌子和一把椅子,洗手盆和厕所装置折进了第三面墙,刻度盘和仪表则嵌在第四面墙里。

赖利依次看了每一个刻度盘和仪表。他不是导航员,只不过曾在战争中作为飞行员驾驶过双人战斗机。他每次都和一打其他战斗机一起,被战舰运送到战斗地点,战斗机上必需的导航也都是由电脑完成的。不过,他看过的每样东西,微脑都记录和分析了。

"根据这些判断,我们已经飞过了最后一个已知的跃迁点。"微脑说,"我们正沿着这条旋臂往外走,已超出了我的航图记录范围。"

"如果航图里没列出来,"赖利想,"就是未知。"

"你不要指望我万无一失。"微脑说,"我的内存不是无限的。不过,可能你是对的。不管怎样,我们从这里了解不到任何东西。我们必须在被发现之前回去。"

"船长的日志里有没有相关记载?他肯定会在那里记点什么。"

"记载的是一片处女地。"

"那违反了所有规定。"

"除非他记在另一个日志里。"

记在他的微脑里?赖利想。

"有可能。如果是这样的话,他会随身带着它。船长舱里唯一的电子活动来自中继器,而我注意到,人类从来不会离开他们那些不完美的微脑。我们必须回去了。"

赖利搜查了这个狭小且没有人情味儿的鸽子笼。床和后面的橱柜没有隐藏任何东西,只有一堆堆放整齐的衣物。汉姆一直有洁癖。洗手间只有发放肥皂、脱毛膏和一次性纸巾的装置,上面一尘不染。桌上只内置了一台声控迷你计算机和一个平板电脑。微脑对他确认说,两个都没用过。那不像汉姆。当他还在赖利的战斗机上当导航员的时候,汉姆对自己的电子仪器极尽爱抚,仿佛那是女人的私处。

船长舱不但空空如也,简直是一片荒芜,除了橱柜里毫无特色的衣物,看上去竟像没人住过一样。赖利带着挫败感检查了房间,微脑不断提醒他,他自己也知道快没时间了。

身后的密闭门打开了。

"你找的是这个?"船长问。

赖利转过身,船长正拿着他的腕表式微脑。

船长身边站着那两个把赖利带回乘客舱的人形机器人保安。

"很可能是。" 赖利说。

"我该把你扔进禁闭室。"船长说,他思忖着望向那两个保安。

"在那里,你就可以轻易地把我报废,像钟一样?"

"干脆把你弹射出飞船,那要容易得多。"

"但你不会的。"

"因为是老友？"

赖利摇摇头，"那边可有一群不守规矩，甚至可能会造反的乘客。"

"他们会为你上演一场斗殴大戏，让我们分心。"

赖利点点头。

"和厚皮生物在一起的那个女人看上去自成一路嘛。"

"她比看上去要机灵得多。"

"到底怎么回事，赖利？"船长问，"你干吗要给我惹这么多麻烦？"

赖利看了那两个保安一眼。船长点头示意，然后对保安说："在外面等着。"

密闭舱门在他身后刚关上，赖利马上说："简的死只是形势急转直下的一个因素。这趟旅程不会顺利，除非你的乘客对你的能力有信心，相信你能带我们到达我们的目的地。"

"如果有目的地的话。"船长说。

赖利向后靠在舱内的墙壁上，双臂交叉抱在胸前，"最好是有个目的地。"

"不守规矩的乘客容易对付。当你控制了空气、食物和饮用液体，叛乱很快就会停止。"

"如果你回去的时候没有载着你的那些乘客们，太空管理局永远不会让你再有另一艘飞船。"

"你凭什么认为我想要另一艘飞船？"

"而且，这些都是了不起的生物。"赖利说，"他们长途跋涉坚持到现在，扛过了太空电梯的破坏——"

"在我的帮助下。"

"嗯，如你所见，你那些锁和警报器都不大靠得住。我想，你现在该把乘客当成这个项目的合伙人了。"

"什么意思？"

"他们需要知道你正开往哪里去，你的动机是什么。"

"第二个问题最简单。"船长说，"我敢肯定，你还没忘记我们上次一起执行的那个任务吧。"

"我怎么忘得了？"

"战斗机被炸毁了，但不管怎样，我们都活了下来。"船长说。

"我不知道你也活了下来，直到这次你把我们从天梯里救了出来。"

"我在另一艘医护飞船上做了三个月的重装治疗。"

"他们把你重装得非常好。"赖利说。

"你看不见的部分都是机械部件和人工智能装置。"

"谢天谢地。"

"你为什么把我丢在那儿不管，赖利？"

"我昏迷了三十天。"赖利说，"等我醒来时，他们告诉我你死了。对我，他们不需要像对你那样进行重装，但我在医院里待了将近一年。"

"或许他们希望我死了，"船长说，"或许他们在系统里找不到我，出来的那个我已经不再是进去的那个了。"

"正和我说话的是哪个？"

"某个想再次成为汉密尔顿·钟斯的复合体，"船长说，"那就是超验机可以给我的。"

"你说得对，那是第二个问题的答案，"赖利说。他无法确定这是不是真的，但至少是个回答。"那第一个问题呢？"

"至于那个嘛，"船长说，"我也只比你知道得多一点点。"

043

"怎么可能？"

"飞船是从公司租来的，酬金丰厚——即使把这艘破船买下来，也花不了那么多钱，但那价钱包含了雇船长和船员的钱。"

"谁租的飞船？"

"商业交易通常都是匿名的，或者通过一系列中间交易隐藏了身份；但这一次，比我雇主遇到过的任何一次交易都隐藏得更好。

"我理解租船的人，没人愿意被发现，这艘飞船其实是被雇去寻找超验机的。可你的雇主为什么不要求乘客提供相关信息呢？"

"钱给足了，我雇主很满意。他们收了足够多的钱，甚至不关心飞船还能不能回来。而当我发现我们要去哪儿之后，我也很满意自己能成为其中的一员。"

"那究竟要去哪儿？"

"啊。"船长的语气暗示了目标和结果之间存在巨大的鸿沟。

"你的意思是说，你知道我们要去寻找超验机，但你没被告知方向。"

船长看着赖利，好像很惊讶赖利能够猜出他的意思。"正是如此。我拿到了一个微脑，只有通过一个跃迁点之后，它才会告诉我下一个跃迁点在哪里。正常情况下，我把全部信息都存放在这里。"船长拍了拍自己的头，"我的附加设备有不同寻常的能力，但这个腕表式微脑就是我的全部了。"

"你肯定可以攻破任何防火墙。"

"正常情况下，你说得对。"船长说，"我编程很好，附加设备就更厉害。但这个微脑是大师级的高手所造——可能是我遇到过的最厉害的程序员。或者——"

"或者什么?"

"或者我的微脑是在每次跃迁之后才被更新的。"

"但那就意味着——"

"对,那个知道目的地方向的人或者生物,就在飞船上。"

第四章

赖利回到客舱,无人押送,有种被解放了的感觉。但他提醒自己,自由是相对的,对于一个生活在真空包围的金属罐头里的人,任何帮助都只能来自数光年以外。

阿莎、陶德和其他几个朝圣者正在恢复秩序,看来好像刚刚发生了一场战斗。阿莎毫发无损,但陶德壮实的头部的一侧有块淤青。似乎,阿莎打得还不错,即使这只是一场表演。

"谢谢帮我打掩护。"赖利说。

"没事。"陶德说着,目光却望向阿莎。

"我们必须弄得像那么回事。"阿莎说,"你的探险怎么样了?"

"保安没跟着你回来。"陶德的话听上去像在提问。

"我带来了喜讯,"赖利说,"那是古老的人类说法。"他专门向陶德解释。然后,赖利对所有能听到他说话的外星人宣布说:"船长有话要对我们说——并非像之前那样以调查官的身份,而是作为一起面对这次未知的旅程的旅伴。"

黄鼠狼抬起头,站在食物分发机旁边的角落里;阿尔法半人马收回凝视着手中水晶球的目光,转过身来;天狼星人睁开了耷拉着眼皮的双眼。

赖利知道，这些话会通过这群外星人，以各种各样的语言和传播方式传开。无须额外通知，那些朝圣者开始聚集，有些外星人离开了专为他们设置的隔离环境，有些则带着自己的环境而来，连那个棺材外星人也来了。他们根据自己的文化，以最适合的方式聚在一起，直到船长到来。这一次，船长没带人形机器人保安，似乎是要宣示他的新身份与其他乘客一样，是一个朝圣者。

船长以长期宇航生涯练就的标志性滑行方式来到了休息室的一头。他静静地站了很久，双手交叉背在身后，头微微倾斜，仿佛在倾听内心的声音。赖利想，也许他在聆听自己身上的外设。赖利希望，船长不知道他身上也有一个微脑。

"这趟旅程一开始就遇上了麻烦。"船长说，"但与大多数航程相比，可能也算不上大麻烦。"这个信息在休息室里通过各种方式传开了，包括各种调制过的声音：鸣叫声、嘶嘶声、耳语声、手势、闪光，也许还有其他人类感官无法察觉的方式。"但这趟旅程史无前例。我们跟随着鬼火，时隐时现的幻影正引导我们深入太空沼泽。"

"我们出于不同的理由去追随这个幻影。"船长继续说，"包括我和我的船员。但如果要抓住机会、实现目标，我们就需要一起合作，彼此信任。在这里，我们都是朝圣者，都在寻求超验，赌上了我们的生命、梦想和所有一切，就为了一个传说。它抓住了我们的想象力，因为它代表了所有生命的终极目标——进化，可以让我们达到理想状态，超越极限。"

赖利为汉姆和他的人文主义天分感到骄傲。他的口才好得出乎意料——也许用在外星人上是一种浪费，他们的微脑还不能完全理解，精华都被滤掉了。

超验机

"因此,限制乘客和船员接触的惯常规定,我们将不再严格执行。"船长继续说,"但我们也不允许乘客毫无限制地进入飞船的其他地方——有陌生人在身边游荡的时候,船员们无法工作——我们允许你们选出一个代表,以助理和发言人的身份与船员接触,并及时向你们汇报情况。"

乘客中渐渐响起窃窃私语。对他们而言,这个代表会在很多方面发挥作用,虽然有些方面目前还想不到,但他或她或它,可能会获得某些权力。因为,可能只有一个人会被选中,在旅程临近终点时,当超验成为现实,这种权力会很有意义。

从逻辑上讲,所有人都知道,赖利是合适的人选:他是人类,无论去哪儿都不用解释,也不需要辅助环境设施;他经验丰富,就连他们现在的地位也是通过他去谈判获得的。

如果汉姆指定赖利为助理船员,事情会简单很多,但赖利知道汉姆不能这么做。如果公开指定赖利,别人会认为这是船长的选择,他是船长的同伙;在安抚乘客、避免动荡方面,这对船长没有任何好处——而作为代表,赖利也会丧失影响事态发展和事件走向的能力。赖利不得不和其他人竞争。他看了阿莎和陶德一眼,他们也在看他,脸上的表情他读不懂,他的微脑也读不懂。

"现在由我来回答你们的问题。"船长说。

"咋选?"陶德问。

"由你们决定。"

"那些没被选上的人怎么办?"阿莎说,"他们有什么好处?"

"从自己人那里获取信息。"船长说,"作为船长,我会让所有人知道对大家有影响的进展。比如,某些发生了变化的条件,偏离常规的行动，或者即将发生的跃迁。"

"还有，很快就有一次跃迁，我得走了，做好飞船的准备工作。跃迁前，你们会收到通知。"

"那个死了的船员怎么办？"有外星人嘶嘶喊道。

"简怎么办？"另一个小声说。

"还有另一个——钟？"有人咕噜。

船长早就朝着舱口走了过去，"现在我没有时间回答更多的问题。你们选出代表，我会跟他说。"

他离开后，所有乘客立即议论起来。"就像巴别塔。"赖利的微脑说。

乘客们分散成一些讨论小组，像落在池塘上的点点尘埃；只是，这些斑点有些嘈杂。船长离开后，这种杂音愈发嘈杂。赖利的微脑从那些讨论中选择了一些片段进行翻译："……叛徒……危险……机会……陷阱……谁……谁……谁……"赖利想，他的微脑会不会过载？如果会，又会怎样？

"咋选？"陶德问。

赖利看着阿莎，"人类有选举。每个人——在这种情况下，每个生物——可以投一票，得票最多的获胜。或者，如果你想要绝对多数而不是相对多数，就对得票最多的两个再投一次票。"

"民主不是普世做法。"阿莎说。

"同意。"陶德说。

"我觉得，他的意思是'达成共识'。"阿莎说。

"怎么做?"赖利问。

阿莎冲其他乘客比了个手势,喧闹声震耳欲聋。"我想,他们正在那样做。等他们有了决定,就会告诉我们。"

"不拉票?"赖利问,"不承诺?没有种族歧视?"

"不会有贿选,"阿莎说,"不用买选票,不用承诺,没有成功也没有失败。无论谁被选上,都可以被这种方式拉下来,而有时,这是致命的。"

"是选择。"陶德表示认同。

整个过程比赖利的预计快一些。几分钟后,黄鼠狼走向赖利和陶德,"你。"他一边说,一边用那长了一半的胳膊指着陶德。

陶德摇起鼻子以示赞同。他先看看阿莎然后又看了看赖利。"那就这样吧。"他说。他从长鼻中发出一阵令人惊讶的爆破声,其他乘客转向他们,安静下来。于是,他用另外一种语言开始发言。显然,赖利的微脑对这种语言翻译得更加流利。"各位,你们选我做代表,我会为此而竭尽全力。我现在就开始履行程序。"他转向赖利,然后以只有赖利和阿莎能听到的声音说:"你是个更好的选择,但银河种族永远不会选择人类。因为战争的记忆太过鲜活,大家深信人类的行为不可预测,这种观念太根深蒂固了。"

他转身,拖着笨重的躯体走到舱口,用力拍了一下门,门就开了,露出外面通道的一角,一个人形机器人保安站在一旁,随后舱门在陶德身后关上了。

赖利看着阿莎,她耸耸肩说:"看来,银河种族的记性也很好呢。"

赖利再次望向舱门,"陶德到底想达成什么目标?"

她看着赖利,仿佛在琢磨他的问题究竟有什么含意。"我想,只能走着瞧了。"

"我要去和那些银河种族谈一下。"他说。

"那你可能会被误解。事实上，肯定会被误解。"

"那是这个过程的基础。"赖利说着，走向那一小群人。那群人里有黄鼠狼、天狼星人、阿尔法半人马，所有成员都警觉地转向赖利。"他们的姿态暗示可能会出现暴力冲突。"赖利的微脑说。赖利把手伸向前，手掌朝上。"你们选择陶德做代表真是太棒了，我跟你们想的一样。"他说。

银河种族放松了下来。

"跟我说说你们是怎么把他选出来的。"赖利说。

"有些选择其实不是选择。"黄鼠狼以他典型的语气抱怨着。

"所以，显然不需要思考？"

"这些人已经学会了，想明白才能安身立命。"

赖利再一次对这个外星人的口才感到惊讶，这与他已经习惯的半吊子银河语太不相同了。要么是这些外星人变得更加适应，要么是随着示例的逐渐积累，他那个微脑的能力变得更强了；抑或是，这些外星人一直用磕磕巴巴的方言掩盖了他们的精明。"不带情绪？"他问。

"带逻辑。"

"请原谅我这个可怜、鲁莽而无知的人类。"赖利希望语气中的讽刺不会被翻译出来，"但也许，你可以告诉我，你们为什么参加这个朝圣之旅。"

"关于这个问题，斯人只能说出他自己的理由。"黄鼠狼说，"斯人来自一个让人很不愉快的星球，那里生活艰难，阴险狡诈是必备的技能。逻辑告诉他，进化已将其物种推进死胡同，而超验主义给这些人提供了一条出路。"

"那你呢？"赖利转向天狼星人，"我没有经验，请多包涵。"

天狼星人张开眼睛，"经验可以积累，愚昧无知可以教育，厚颜无耻则不可宽恕。"

"我是一个可怜、无知……"赖利又开始了。

"我的世界是两个太阳的女儿。"天狼星人打断了他，似乎是要打断赖利重复的自贬。"因此，我的种群被引向两个方向——一个是近在咫尺炽热的蓝色，一个是远在天边的黄色。我们住在近处的蓝色，却渴望遥远的黄色，这个矛盾必须用某种方式解决。"

赖利本来打算接下来要转向棺材状外星人，希望能进一步了解他谜一样的存在，但飞船广播宣布了下一次跃迁，片刻之后，超验的幻觉再次开始。

一个小时后，陶德被两个带伤的保安押了回来，他毫发无损，但满脸愤怒。"你们可以赶我走，"他说，"但这趟旅程结束前，你们还得跟我打交道。"

保安一走，舱门一关，赖利就说话了："我看你们不太合得来。"

"他们不想跟我讲话，"陶德说得很大声，好让所有人都听得见。"不愿意回答我的问题，不让我去要去的地方。最后，我直接找到船长，而他拒绝惩罚他的下属。我没法干了。"

然后他用只有赖利和阿莎能听到的声音说："船长说，我不是个合适的代表。"

"那我们要怎么办?"黄鼠狼问。

"我们只有做个更现实的选择。这个人,"陶德指向赖利,"是船长的同类,和船长有同样的语言和经历。他可以来去自由,了解我们了解不到的东西。"

"正因为他是人类,我们才不信任他。他们人类还没有赢得我们的尊重,更别提获得我们的信任。我们不知道他们会做些什么,或者为什么要那么做。但我知道,如果要赢取最后的奖励,我们必须相信他。因此,我呼吁你们,任命这个人当你们的代表。"

乘客们四处乱转,互相讨论。最后黄鼠狼再一次转向赖利、陶德和阿莎,说:"我们同意。"

陶德又一次私下对赖利和阿莎说:"只能用这种方式了。首先,必须让他们看到他们的选择不现实;而且,必须让他们学会接受他们改变不了的事情。人类还在穴居时代的时候,他们就已经统治银河系了,这对他们来说很难接受。"

他对其他乘客说:"人类是野蛮生物,我们必须盯紧他们,控制他们的选择。为此,作为你们的第一选择,我会监控这个家伙的一言一行,并把他没有告诉你们的事情向你们汇报。"

"而我,"赖利说,"是个可怜而无知的人类,没有接受过文明银河式的教导。我必须事先请求你们的宽恕,因为在判断和信息方面,我有可能会犯错。同时,我保证会在考虑问题的时候,把大家的幸福置于我自己的个人利益之上。"

在屋子的另一头,靠近食物分发机处,其他乘客互相咕哝着,有些不满,但还没到要发动暴乱的程度。"说得好。"陶德评价赖利。

"他们不相信你,"阿莎说,"但也尊重你说好话安抚他们的善意。"

"我还有很多需要学习。"赖利以少有的谦逊态度说。

"承认无知,是智慧的开始。"陶德说。

"我们人类有类似的说法。"赖利说。

"理性的生物在哪里都一样。"陶德说,"漂泊在这个神秘宇宙,不这样就无法交流。"

对于陶德近来才被发现的好口才,赖利再一次感到钦佩。

"我会付诸行动。"他再次走入外星人群。但人群随着他的靠近而散开,仿佛要避免和这个野蛮人类相接触。他再次注意到,这些众生如此多样化:有些穿得像抹布一样残破,有些衣饰华丽;很多生物没穿衣服,但身上悬吊着各种令人好奇的挂件——小的、大的、人形的;还有些让人觉得说不出的厌恶,因为外形太过畸形,完全是异形的模样,令人极其厌恶……

"别作评判!"微脑说。赖利告诫自己,对于有些外星生物而言,自己应该也一样令人厌恶,甚至可能更糟。他需要更加努力,去接纳这些生物成为自己的银河小伙伴。

"我渴望为大家服务,一如我渴望帮助我自己。"他对棺材外星人说。但他任性地保持沉默,一如陶德的宇宙。于是,赖利转向天狼星人。

"通往黑暗之路遍布陷阱。"天狼星人说。赖利不得不提醒自己,对天狼星人而言,在他们能量超强的主星照耀下,黑夜不仅仅是休息的时间,也是涅槃的时候。

"我们的期望不多,"阿尔法半人马说,"给我们点惊喜吧。"

赖利想,那不会太难。这趟朝圣之旅充满"惊喜",他确信,随后会有更多惊喜。

他转身穿过充满异味和嘈杂声的人群,走过舱门,进入飞船工作间的走廊。这一次,门锁不费吹灰之力就打开了。

舱门外没有保安把守。一个船员穿着打了补丁、衣裤相连的工作服滑过,看都没看赖利一眼,似乎穿着类似工作服的赖利只是另一个船员而已。要么是消息已经传开,允许赖利可以自由地做自己的事,要么是船员们已经习惯了他的出现。

赖利希望工作服的状态不是飞船现状的写照。他们还有很长的旅程要走,还有很多异域要探索。

"这里有虎。"微脑说。

赖利摇了摇头,向飞船的控制中心进发,第二次注意到走廊沿线齐肩高的地方,镶板上的油漆已经脱落,各处应急设备的储存柜里都空空如也,没有补充任何设备。

当他走过如今已废弃的船长室门前,赖利觉得有些沮丧。杰弗里号不仅已过了最辉煌的日子,甚至可能没多少日子了。

控制中心看起来和其他地方一样破旧,一半的仪器已损坏,另外一半运行也不稳定,闪烁着不规律的灯光。在一堆电脑接口界面、通信控制仪和重炮控制仪前,策略性地安置了三把椅子,船长坐在正中间那张椅子里。

"嗨,赖利。"船长没有回头。

"你的多此一举让人很恼火。"赖利说。

"我喜欢让别人烦恼。"

"尤其是老朋友。"

"或许老，朋友就难说了。"

"如果想活下来，我们最好对彼此更友好些。"赖利说，"这飞船就是个垃圾，早该报废了，船员也好不到哪儿去。"

船长转了过来，"我们还有时间，可以加以调教，让他们长进长进。这会是一趟漫长的旅程。"

"我们？"

"赖利，你会帮忙的，不得不帮，或许还有陶德，和那个女人，阿莎？你们都有太空航行的经验，而船员们没有。"

赖利吃了一惊，"阿莎也有？"

"陶德是这么跟我说的。"

"她没跟我说过。"

"也许，她有自己的理由。你是这个等式里面的未知数，没人知道你为什么在这里，有什么企图——"

"这和其他人有什么不一样吗？"

"而我肯定，你不会把你的理由告诉我。"船长总结说，"你和其余朝圣者都不一样，甚至和我也不一样。你并非是不切实际的梦想家，渴望什么宏伟的境界。你是个实用主义者，是战士。要我说，你可能还是个刺客，只是我不知道这艘船上某个人的死亡会对其他什么人有何好处。这趟旅途，我们全都可能有去无回。"

长篇大论式的爆发似乎耗尽了船长的谈话库存。赖利站在老伙计面前，心想是不是该说点什么，有没有什么办法来回应船长的指责。没有。要回应就得透露更多信息，这可不是明智之举，而考虑到微脑的存在，也不大可能。

"作为无法合作的两个人，"赖利说，"你和陶德似乎分享了很多秘密。"

"那只是假象,你知道的。陶德知道你是很自然的人选,也明白他那些银河小伙伴们不会接受你——或任何人类——除非别无选择。对此,我们看法一致。"

"你对我的信任,感动了我。"赖利说。

"信任?不,是信念和必要性。陶德也这么认为。"

"是你一锤定音。"

"他是我遇到的第一个没有表现出鄙视人类的银河外星人。"

"或许是把鄙视隐藏得最好的人。"

"也许吧。"

"飞船现在到哪儿了?"

船长手一挥,控制面板上方出现了一个全息展示。一开始,缺少光源让画面看起来活像个黑洞,随后赖利开始辨识出一些微弱的光点。

"比起在乘客休息室里看到的画面,这更令人不安。"赖利说。

"乘客们已经很烦恼了,我们不想让他们更烦。休息室里的画面没被改动过,只不过延迟了若干次跃迁而已。"

"我必须把这个信息告诉他们。"赖利说。

"我想过你肯定会的。这会帮你巩固地位。"

"你知道自己在干吗,在往哪儿去,这些我能向他们保证吗?"

"除非你想说谎。现在,要怎么应付乘客是你的问题了。你知道我的处境。我在等下一次跃迁的坐标,似乎没多少地方可去了。"

"你要我来应付这个局面?"赖利问。船长转身回到控制面板前,没有回答。赖利只好转身,原路返回。

当他正要打开舱门的时候,微脑说:"低头。"

他低头进入客舱，回头看着下舱门。在脖子的高度，他终于看到，入口处拉着一条几乎看不见的线，高度刚好可以在他进来的时候把他的头砍下来。

附近没有人，显然所有人都回到自己的舱房或隔间了。他从自己的隔间里拿了一双钨钢手套，小心翼翼地把死亡之线弄下来，绕好，用钨钢绳子扎住，塞进钨钢袋子，然后放进自己的包里，以备日后之需。

"有人觉得你就是先知。"微脑说，"想杀了你。"

"或者是先知觉得我是个威胁。"

"你的任务更紧迫了：找到先知。"

"你替我把他给找出来。"赖利说。

有人不喜欢他，或者怕他，或者不信任他。他需要找出原因，同时要牢记汉姆所说的：没人知道他到底为什么在这船上，有什么企图。当然，确实如此。如果继续如此，对他来说可能更好，对他不得不做或者决定不做的事情，也会更好。

他回到自己的隔间，检查了潜在的杀手可能会为他设置的各种陷阱，然后去睡觉，一边还想着自己到底为什么在这里。

第五章

赖利还记得他的个人朝圣之旅是怎么开始的:

室内没有光亮,让他有种压迫感。不仅仅是漆黑一片,光线好似被吞噬了,消耗殆尽。他感觉,就算他有一根光棒,也只会投射出一个黑色圆锥。

他觉得自己知道,这个把戏是怎么玩的:一个能消除光波的分相发射机,还可以消除声音,效果比隔音室还好。他还知道其目的:软化他的态度,让他为了重获现实世界的影像和声音,同意做任何事情。可他们究竟要什么——还有,"他们"究竟是谁?他尝试摸索周围,不理会自己可能会碰上某些危险,甚至致命的东西。或许,他正站在一个无底深坑的边缘,但他触碰不到任何东西,就连触碰的感觉,甚至对自身的体重、肌腱、神经、骨骼,都没有一丝感觉。即使他有光棒,也感觉不到,更别说点亮它。

无论他们是谁,想做什么,都不会成功的。因为不管他们把他留在这个地方多久,都没法让他尖叫或求饶。

为了保持头脑清醒,他回忆着那些把他带到这里的点点滴滴。

事情实际发生的时间比他能记起的还要久远,在参宿七但丁享乐世界的模拟区里,他已经迷失了自我。萧恩在二十天前离他而去,说他不需要朋友,甚至是同伴,而他需要的是护士和精神科医生。他知

超验机

道自己需要什么：一份工作——对自我价值的认同，觉得活着比死了更好的信念。很多政府和公司都在招募工业和跨物种间谍，雇用了刺客和专门制造大规模屠杀的杀手，但似乎没人有兴趣去雇一个毫无特长的雇佣兵。

他能回忆起后来的点点滴滴：药物刺激带来的强烈快感，随之而来需要更多药物才能纾解的抑郁；黑暗中与她的相遇，虽然他觉得那应该是模拟出来的，但也有可能是真正的女人；正午炎炎烈日下类似的相遇和市集上的爆炸；融合到神经刺激中的按摩，混合成感官过载和自由意志的漂移；伤亡数以千计的战役，或者酒吧里一对一的战斗，拳拳到肉带来的巨大满足感，击中别人和被别人击中；所有这些都是模拟的，包括他自己。或者，他是这么认为的。

他厌倦了毫无节制的生活，放纵让他疲倦，堕落让他恶心。他按下右手边的紧急按钮，从模拟槽中醒来，然后退出，决心去找萧恩，开始新生活，也许一起开创。但在跟这儿一样漆黑的走廊里，已有多个袭击者在等着他。他解决了几个，他觉得其中一个被他打死了，但最后还是被他们一拳击中头部，战败倒地，被拖了出去。当然，他们可能接到要求生擒他的命令，因此受到了限制。

也许，这些都是他模拟体验的一部分，从模拟槽中被抬出来的时候，他已经被麻醉了。或许，他现在经历的一切也是模拟体验，别人早就为他编好了程序。

他想，如果自己有知觉的话，应该会感觉到擦伤和疼痛，但即便那些也可能是模拟的。如果这是真的，他记得后脑勺有痛感，应该是颅底某处有创伤。

这是一个地狱般的宇宙：银河好不容易被两种不同的物种分割

开，他们之前还曾发誓要死战到底，现在却努力寻求共存的方式；超越人类梦想的科技，有些是人类独创的结晶，有些则由外星资源改造而成；所有这些都是为了分散注意力，转移视线，压制，维持。赖利多次参与前往未知之地的探索；遇到过很多像他一样的冒险家，但现在大多数已经死了。他还碰到过很多思维新颖的生物，他们总想着如何做得更好、过得更好，为所有人改善条件、创造机会……如果他们还活着，估计也全都失败了。

早些时候，他也是其中的一员。作为一连串杰出科学家的助理，他曾在研究院里努力往上爬。他学过数学、计算机、物理和天文学；他让自己沉浸在比较文化、外星艺术，最重要的是太空工程学中。他曾经想象自己成为外交官或发明家，缔造和平或者更美好的未来。然而，他却被招募为雇佣兵，装备了超感官装置，培训学了十二种可以无声无息杀人的方法，有六种方法根本无法被察觉。他被派去外星世界侦察外星人的动向，直到执行第五次任务的时候，他被外星人抓住并遭到严刑拷打。最终，他被赎回，重装成医生们所谓的健康状态。此后，雇主对他本人或者对他的运气失去了信心。他们承诺说会照顾他，但等他可以行走的时候，马上将他遣散，让他在宇宙中自生自灭。他总是会被损毁，去往更美好未来的路似乎也已经对他永久关闭了。

人类已经挺进银河系，对新世界宣告主权，结果发现银河系早已被占领。几十个外星物种——其中很多都比人类更古老、更先进；但全都没有人类致命——在星际空间穿梭，仿佛他们是星系的主人。他们互相容忍，否则就会自取灭亡。但人类打破了这个平衡。这是人类的过错吗？是人类的侵略或他们那受挫的梦想？抑或人类仅仅是一个结束现状的未知元素，最终导致其他物种无法算计或冒险接受的结局？

超验机

星际战争开始了。

教育推迟了他的服役时间，但现在他被征召入伍，再适合不过了。他在多个星球参加了十几场战役，每一场都很惨烈，每一场都对人类的福祉至关重要，每一场都没有结局，每一场都毫无意义。他在一场战役中丢了一条胳膊，在另一场战役里丢了一条腿，第三次丢了一只眼睛——每次住院治疗都替换一个器官。经历了那么多，他也没变得更糟，除了内心的创伤。这些创伤，外科医生无法触及，心理医生无法缓解。他唯一的治疗措施就是沉溺于这样或那样的幻像中。也许，萧恩就是看到了他身上的那些幻像，才心生绝望，离他而去。

有道闪电划破了黑暗？他是不是听到了什么动静？感觉恢复了？

萧恩是负责他某次恢复治疗的外科医生。他治疗的次数太多，所以记不起是哪一次了。但他无法忘记她在手术控制台上灵巧的手指，也无法忘记她那双黑色的眼睛，她盯着显微镜上放大的图像，偶尔抬起头来与他对视。那双眼睛里，满是他曾经以为已永远失去的希望和承诺。

这让他想起了自己的初恋，一个叫苔丝的假小子。在已经地球化的火星上，她曾与他一起赛跑，穿过克拉克维尔的街道，沿斜坡跑上那些他们从没想过能登顶的高山，或沿着新海的岸边奔跑。她的眼睛也是黑色的，那双眼睛曾经逗弄他，嘲笑他，仰望他，因激情而张大，因满足而紧闭。他曾经很爱她，那时候他就知道自己注定会有一番宏图伟业。

他在火星上长大。经过数个世纪小行星带碎片的不断轰炸,还有满是水的彗星以及土星环碎片的浇灌,火星已经变得地球化。他父亲怀着对美好生活的梦想,带着新婚妻子移民到了此处。杰夫·赖利亲手建造了一个水培农场,向新移民销售蔬菜,农场曾经兴旺一时,直到他傲慢地决定进行旱地耕种,才失去了一切。绝望中,他志愿参加了星际护卫队,每年训练一个月,每月训练2天。他得到过承诺:护卫队永远不会被征召,除非是为了保护火星。

赖利曾经在温室和多变的红色火星泥土上劳作;劳作前后,他母亲会用电脑程序和电视课程对他进行教学。他热爱自由,热爱这个新世界,热爱自己那坚强又美丽的母亲,却讨厌劳作以及父亲干的蠢事。很久以后,他才明白,父亲也曾和他一样珍惜同样的梦想——获得自由,过得更好,超越自己的极限。但那时,赖利只想带着苔丝一起离开农场,甚至离开火星。

但苔丝一满十六岁,就第一个志愿入伍,然后跟他的父亲一样,在星际战争最初的几场战役里就牺牲了。当时,赖利已经被太阳应用科学学院录取,母亲坚持要他去上学。她说,死的人已经够多了,是时候开始建设了,而不是去破坏。他去了,没有不情愿,但悲痛欲绝。他努力从这些灾难性的变故中理出头绪,尝试去痛恨那些杀死了他的父亲、恋人以及梦想的外星人。他被没有答案的问题所折磨:为什么会发生战争?为什么外星人会进攻?他们是谁?他们要什么?人类该如何抵抗?人类是否能幸存?

当战争在外太空肆虐的时候,要专心学习是很难的。媒体描绘着进攻、胜利和战略撤退的画面,伴随着爆炸和熊熊烈火,混战中隐约露出外星人的狰狞面目,他们挥舞着武器,或者像收割完的谷物一样散落在荒芜的战场上。但赖利坚持了下来，把战时的焦虑转移到教室和实验室。

萧恩曾到恢复室探望他，检查他的手臂。对，他的手臂是她换的。在展示臂力时，他把她拉上了自己的病床，而她并未反抗。此后，她常来看他，他发现她的手指不仅擅长操作手术仪器。她的身体受过训练，柔软而灵敏，她的头脑敏捷，富有洞察力。比起做爱，他们交谈得更多。

他们谈及人类要抵达星星的梦想，以及他们发现星星已经属于其他物种时，内心深处巨大的伤痛。萧恩觉得，这就是战争的起因：为了争夺地盘。她说，所有人类战争都因此而发生，星际战争也一样。优质土地总是稀缺的，大小合适、距离恒星太阳也合适的行星更稀缺。如果人类想要那些行星，如果他们想要一个未来，就只能从拥有它的那些人手里抢过来。

赖利不同意。"有个经典滑稽演员曾经说过，'买地吧，他们再造不出土地了'，但其实他们还在造。我去过的每一个系统都有栖息地，大多是被开采出来的小行星。人们在那儿出生、成长和生活。很快，那就会是他们所知道的全部。栖息地有很多好处，人们不需要行星。他们可以建造自己的生存空间——有时候还更好。"

"但那不是土地，"萧恩坚持说，"是人造的。迟早，住在那里的人和生物都会变成人造的。"

赖利说她自己也是在栖息地上生活和工作，她回答说她讨厌这样。反正，她说，如果不是因为土地，战争因何而起？

"恐惧，"赖利回答，"还有误解。在人类出现以前，那些外星人已经共存了很长时间——很多个长长的周期。最根本的恐惧源自物种的不同——你怎么可能相信一个与你完全不一样，彻底异化的人或物体？你不知道他们的想法、感觉，甚至他们思考和感觉的方式是否与我们所理解的相同，你也不知道。然后是源于自卑的恐惧——其他物种是不是更聪明，更有创造力，更强大，更有进攻性？那些外星人——各种各样的银河外星人——已经学会了容忍。但人类却是扑克牌里的一张鬼牌，不受约束，出人意料，存在着无限可能。有可能是奴隶，有可能是工人，也有可能是统治者。长达多个周期的休战状态被打破，现在才重新恢复。"

"在死了几百万人之后？"萧恩问，"在毁灭了多少个世界之后？"

"但这次休战会持久吗？"赖利问。他弯了一下新装的手臂，然后他们再次做爱。

那就是他们最后的美好时光。他们分开，不是因为双方对星际政策或战争的分歧——他比她更讨厌那些——而是因为她对超验主义越来越入迷，加上他从康复病房出院后，越来越强烈地感觉到自己已经完了。在一个为试图将冒险降低到最低程度的星系里，不存在冒险家的角色；在一个不惜代价维护和平的星系里，也没有战士这样的角色。他杀了太多外星人，他们留下的伤口穿透了躯体，渗入内心，所以也无法扮演外交官的角色。

要是他变得喜怒无常又争强好斗，要是他尝试从药房偷带药物出来以舒缓痛楚，要是他和萧恩争吵，要是他拒绝她的请求——不肯变回她最初相识时的那个人，那个她了解的曾经怀揣梦想的人——那她离开是可以理解的。但她就这样离开——没有任何解释，没有明显的理由——他无法理解。

黑暗变明亮了？听觉和触觉恢复了？

超验机

那没有实体的声音传来,无处不在,但又无处可寻。"我们有份差事要交给你。"

"'我们'是谁?"赖利发问,但他听不到自己的声音。

"你没有必要知道,知道答案亦非明智之举。"

赖利分不出这声音是男是女,抑或机器。它不带一丝感情,语调没有任何变化。"怎么你能听到我的声音,而我自己却听不到?"

"不重要。"

"我在哪儿?"

"毫无意义。"

"好吧。那么,什么差事?"

"参加一个朝圣之旅,大约三十天内从端点星出发。"

"到哪儿的朝圣之旅?"

"那正是我们雇你去寻找的答案。"

"朝圣之旅总得有个方向吧。"

"去寻找超验圣地。"

"但没人知道那地方在哪儿。"

"直到你把它找出来。"

"那我怎么找?"

"去加入这段朝圣之旅,直到抵达目的地。"

"朝圣者又怎么知道要去哪儿呢?"

"飞船上的大多数人都不知道,但我们收到消息说先知就在其中。"

"那是谁?"

"我们不知道。那也是你要去发现的。"

"也许,先知也不知道要去哪儿。也许,整件事就像其他宗教一样虚幻。也许,一切都不可思议。"

"那也是你要去发现的。"

"怎么去证明一个不存在的东西?如果这趟朝圣之旅什么地方都没去成,就意味着没有圣地?先知没上飞船呢?先知上了船,但是忘了圣地在哪儿呢?先知上了船,但发现了我或其他人的存在,然后决定不去圣地?……"

"你的任务就是盯着这趟朝圣之旅到达圣地,如果它存在的话。"

"你花了钱,但要求不高嘛!"赖利尽可能冷淡地说,"说到钱,这趟差事值多少?"

"钱不相干。"

"对你来说,也许不相干。"

"你会得到丰厚的报酬。"

"对你来说很简单。"

"钱已经存进你的账户,支付完你的费用,还有一大笔剩余。如果你成功了,就可以选择一个栖息地,一个可供居住的卫星,或者某个合你心意的行星上的地产。"

"你似乎很肯定我会接受。"

"你没有选择,你的家人已经不在了……"

"除了我母亲。"赖利说。

"她也不在了。你还不知道,外星人最后一次进攻火星的时候,在他们的舰队被摧毁前,她被杀死了。"

"你这个混蛋!"

"这些都是事实。萧恩已经离你而去……"

"你还知道什么?"

"所有一切。我们必须确保你是这个任务的合适人选。"

怨恨充斥了赖利的大脑。如果他有任何味觉的话,他会尝到胆汁的味道。"你凭什么指望我会接受?"

"因为,你就是那样的人。"

"你绑架了我,强奸了我的过去,计划要控制我。我凭什么还要为你效劳?"

"因为,你就是那样的人。"

"你以为你很了解我。"

"对。你也曾经热爱超验,但生活伤害了你,让你梦想幻灭,现在你想让自己全身心地投入某个任务中,一个能让你耗尽生命的任务。还有什么比这更好的任务呢?冒险,暴力,浪漫,对手,成功的机会很小,甚至活下来的机会也很小……这正是你在寻找的。以及,这可是去寻找超验——一个你早已放弃的目标。"

"也许,你真的懂我。"赖利说,"但究竟是什么让你觉得我有机会?"

"我们会给你一点优势。"

"什么?"

"首先,关于这次朝圣之旅,你知道的会比其他任何人都多。而且,你会有一个新的微脑。"

"新的微脑?"他记得自己还有感觉的时候,后脑勺很疼。

"一个高级型号,也许独一无二,比之前的型号都强大了很多倍。"

"怎么个强大法?"赖利有些怀疑。

"它的存储容量非常庞大，里面存储的信息和延展感官会让其他感官相形见绌。"

"我还没同意接受这份差事，你们不经我允许就将它植入了我的体内？"

"我们没有时间纠缠这些细枝末节。"

"那为什么我就不能拒绝你们，猛然地将它拔出？"

"那会致命。"

一阵沉默，蜿蜒成一道鸿沟，随后赖利说："致命？"

"这个新微脑是一个生物计算机，会自行建立遍布大脑的网络。因此，它不但难以移除，而且尝试移除还会给大脑带来不可修复的损伤。另外，你会发现这个微脑如此强大，没了它，你会觉得自己好像只剩下半个人一样。"

"哦？"赖利心想，如果脑袋里面的这东西真的存在——不就像转移的癌细胞。"如果真这么好，为什么不给每个人都装一个？"

"像这样的东西，如果随处可得，就可能会打破银河系的势力均衡。如果超过一个人被植入，这项技术就有可能从几个选定的用户扩展到很多人，随后不仅是人类，连外星人也能获取。而如果外星人发现了它的存在，就可能会联合起来，在微脑取得独特优势前消灭人类。"

"所有这一切都是"——他的脑海中跳出一个词——"马基雅弗利式的权谋"。

"马基雅弗利给王子的建议是为了让其主公具有优势，而我们的目的是维持现状。"

"而这就是你们要我去破坏这次朝圣之旅的原因。"

"不是破坏。首要任务是要确定这些传闻是否属实。如果真有可行的方法能实现超验,人类必须拥有同等的机会,否则就必须摧毁它,这样可能更安全。"

"如果它存在,你要我怎么摧毁它——无论用什么方法?"

"你是个机灵人,会想到办法的。"

"如果它只是另一个宗教神话呢?"

"即便只是神话,也会有强大的威力,可能比现实更具威力。如果你发现谁是先知,杀了他。"

"是人类?"

"也可能是外星人。"

"死亡还真是一了百了。"

"已经死了数以百万的人,死一个总好过多死几百万。想想为了那个古代的先知耶稣,有多少人因他而死。"

"据我所知,"他确实记了起来,"他是被杀死的。"

"那正是我们准备要抓住的机会。"

"'我们'是谁?"

"正如我刚才所说,那不重要;对你来说,知道答案也不是明智之举。"

"好吧,谁赋予了你替人类做决定的权力?"

"那些都无关紧要。我们有权力,有知识,有方法。你有完成任务所需的指令和资源。"

"最后一个问题:还有谁知道这次朝圣之旅和先知的事情?"

"朝圣之旅，很多人都知道。先知，可能一个人，也可能很多人知道。"

"还有谁知道我的任务？"

"只有我们。"

"尊贵的'我们'？"

"只有我们。"

"如果我需要帮助，怎么联系你们？"

"如果你需要帮助，就意味着任务失败了。联系任何人都没有用。祝你好运，再见。"

黑暗褪去，变成黯淡的灰色。赖利又有了感觉：擦伤的身体，疼痛的脑袋。他张开双眼坐了起来，擦去脸上和眼里的黏液。他回到了模拟槽中，或许从未离开过。也许整个经历就是一个模拟游戏。他摸摸后脑勺，有个手术切口，已被胶水利落地封好。

"我在哪儿？"他想。

"你在参宿七但丁星模拟城市的一个模拟体验槽里。"有个声音回答他，听起来非常像在黑暗中跟他说话的那个声音。

"刚才是谁在和我说话？"

"我在一千纳秒前刚被激活。"那个声音说。

"谁激活了你？"

"我的数据库里没有这个信息。"

赖利把身上的黏液冲洗干净，穿上衣服，同时思索着自己该如何选择。没太多选择。他脑袋里有这么个无法移除的家伙，或许他可以尝试把它弄掉，但如果那个声音是对的话，弄掉这个家伙将会是他这辈子的最后一个动作。他脑袋里的这个家伙，很可能就是那个给他指令的声音。这个想法令他一阵哆嗦：他可能正随身携带着他的雇主，脑袋里面的生物计算机将决定人类的命运，正在以人类的名义行动，可它未必是为了人类的最大利益。又或者，那个声音只是利用这个计算机来与他对话而已。

和他说话的是谁？是谁知道所有关于他和这次朝圣之旅的事？他们真如嘴上所说的那样吗？这么做是为了人类？就他所知，他们可能是个叛变的人类组织，有疯狂的动机，有迂回的计划以夺权或发动另一场战争。另外，他们甚至可能是外星人，有自己的计划。

他耸耸肩，答案无法得知。他只能依靠自己的判断和创造力，还有脑袋里的微脑。

他买了开往端点星的船票。

第六章

赖利醒来后,总觉得睡着的时候有火星沙蜘蛛爬满全身。是什么让他毛骨悚然?是回忆起导致他落到如此境地的背叛?是意识到有人恨他或因为怕他而要置他于死地?或者,就只是单纯地想除掉他,也许这更令人不安。由于某种原因而被杀还可以理解。但想到有人想杀他,只因为他的存在给别人带来了不便,这让他觉得自己很卑微,就像被人踩踏的沙蜘蛛一样。任何地方都不再安全,他永远也无法放松。

对于脑袋里那个半知半觉的家伙,他也感觉不太好。那家伙一边提醒他有危险,一边又将他推入危险;而且还对他的想法和行为指手画脚,就像个唠叨的老婆,当初被追求的时候可能过于盲目,或者以为男人会为她而改,如今却满眼都是毛病。

里里外外——都无处可藏。

他想,就算整天想着毁灭也白搭。死神已经相伴太久,一点儿也不陌生。

"胆小鬼会死一千次——"他的微脑说。

"噢,闭嘴!"赖利大吼。话音在隔间里回响,促使赖利开始行动。

他从梯架爬下,看到陶德在乘客休息室的入口,阿莎则在入口的另一侧,正和站在食物分发机附近的阿尔法半人马聊天。赖利觉得陶德一直在盯着阿莎看,当赖利走近的时候才抬起了头。

"你好，代表。"他咕噜道。现在，他说话时微脑已经可以同步翻译，几乎没有延时。

"你好。"赖利犹豫了一下，继续说，"我上次去的时候，发现这艘飞船年久失修，船员缺乏纪律。只要危机一来，全都会崩溃。船长挺能干，但他面对的是一艘劣质飞船和一群暴戾的船员。"

"我也察觉到了。"

"我们必须采取行动了。"

"什么？"

"乘客比船员经验丰富，技术也更好。你指挥过飞船，对吧？"

"一支舰队。"

"好吧。"赖利思考着陶德的话，"显然，这趟朝圣之旅，选拔乘客比选拔船员更严格。"

"你是建议——哗变？"赖利的微脑在说"哗变"这个词的时候，犹豫了一下。可能多利安人的语言里面没有"哗变"这个词，或许连这个概念都没有。

"更像变革。我建议我们联合起来，改善飞船，重新培训船员。"

"船长会作何反应？"

"他什么也做不了。"赖利说，"我们大概有三十人，比船员稍多。确实，他们有武器，而我们没有——这我们都明白。但船长既不能杀了我们，也不能把我们关起来。不仅因为他不能带着一堆死人回去，又没法在我们活着的时候控制住我们——最重要的是，他的航行指令来自船上的某人。"

"你？"陶德直截了当地问。

"他不知道是谁，我也不知道。"

"即使真是你，你也会这么说。"陶德说。

赖利耸了耸肩，"可能是你，抑或是我们中的任一个，或者是某个船员。无论是谁，他隐藏身份是有原因的：一旦被发现，其他人都将会针对他。"

"但至少不会要了他的命。"陶德说。

"可能为了逼问信息而把他活活打死。不光是我们的目的地，以及那儿会有什么在等着我们——如果他知道的话。他干吗要冒这个险？"

"那船长除了冒险航行就无计可施了。但困难如此之大，即使其他人都选择放弃，他也会倾尽全力？"

"他会和你我一样尽力。"赖利说。

"和我一样尽力？你，我可不能肯定。"

赖利想起了船长的评语。"你，我也不能肯定。"他说，"我们没法肯定其他人会不会倾尽全力。也许，我们该找个法子窥探一下彼此的灵魂。"

"灵魂？"陶德问。

"我们内在的自我，"赖利说，"专属于自我的那一部分，也是我们保持特立独行的那一部分。"

"有点像地球神秘主义学说。"陶德说。

"也许多利安人没有身份认同的问题，"赖利说，"或许任何其他银河种族都没有。但我对此表示怀疑，我认为，你们只是避而不谈。如果我们要团结成一个团队，为活下来的希望而共同奋斗，就得再次谈论这个问题。"

"你建议怎么做？"

"那是你的问题。"赖利说,"他们都听你的。我的问题是如何对付船长。"

陶德转过沉重的身躯,望向休息室,同时咕噜着,吸引大家的注意。"我们必须组织起来,帮助那些船员。"二十多个外星人转向他。"这艘飞船需要我们的帮助。如果要实现目标,我们必须按照每个人自身的能力,接受各自的角色。"

银河种族再次求教于他们的共识委员会。

银河种族在客舱口跟在赖利身后排好队,他带着他们走向控制室。那些船员看着他们,脸上的表情从惊讶到警觉,再到厌恶。他在船长室门口停下,门紧关着,控制室里掌舵的是大副。

赖利抓住舱口旁的扶手,用力砸门。门应声而开,船长站在舱口,衣着整齐,脸上交织着惊讶与另一种极力控制的表情。是担忧?还是困扰?

"你们要干啥?"船长问。

"我们是来,"赖利说,"帮你的。"

船长沿着门厅望去,看着这群奇怪的银河种族和远处的船员。他向船员挥手,示意不用紧张。船员们慢慢散去。"这不仅违法,也不明智,你知道原因。"他对赖利说,但声音大到足以让陶德和阿莎听到,可能远处的其他人也能听到。

"也许违法,"赖利说,"但不见得不明智。陶德和我一致认为——这艘飞船的情况很糟糕,船员也好不了多少。"

"没错。"陶德说。

"有什么就凑合着用。"船长说。

"对于这样一趟充满危险和意外的冒险来说,这可不够。"赖利说。

船长审视着赖利,然后望向陶德和阿莎。他耸耸肩。"当我同意乘客们推选出一个代表的时候,"他说,"我本以为是解决了一个问题,但现在看起来,是制造了一个更大的麻烦。"

"无论喜不喜欢,"赖利说,"我们都在一条船上。你希望能安全抵达目的地——然后回来——我们也一样。陶德和我认为——也许还包括其他人,如果他们能像我们一样有机会观察到——就目前的状况,这艘飞船无法达成目标。从飞船上的其他迹象来看,飞船需要修缮,也许操作系统也需要,船员们则需要训练和纪律。"

"说得对。"陶德附和。

"这并不是否定你的指挥能力。"阿莎说,"你拿到的是一艘本该报废的飞船,还有一群没得选择的船员。"

"也许这趟旅程压根就不可能成功,"赖利说,"也许这是个便捷的方法,好除掉潜在的麻烦制造者。"

船长看着他们,带着上位者睿智的气场,"也许你说得对,但行得通吗?"

"我们会让它行得通。"陶德说着,挥手向身后的银河种族示意。"他们已经同意了,我们中间有很多能人。"

"那些船员或许是太空港的渣滓。"船长说,"但他们不笨。"

"但他们也不想找死。"赖利说,"他们或许没有动力——除非他们是经过毋庸置疑的流程选拔出来的——他们也想活命。如今,要我说,他们最佳的选择就是——哗变。"他轻声说出最后一个词,只有船长和陶德听到，也许阿莎也听到了。

"你那些银河种族的小伙伴们能解决这个问题？"船长问。赖利注意到，船长并没有拒绝这个可能性。

"你的乘客希望使命能成功，"赖利说，"无论冒多大的风险。"

船长转向陶德，"你还没说怎么才能行得通。"

"我们会为每个船员分配一个银河种族。"陶德说。"根据他们的能力和经验，银河种族会担任船员的助理或者学徒，熟悉职责，了解飞船，维修和升级设备，希望能有更好的表现。"

"你觉得船员会接受吗？"

"在你们人类冒险飞出你们那个小星球前，我们银河种族已经在这个太空航行了很多个长周期。"陶德说，"任何明智的生物都会承认这一事实。"

"正如你们所发现那样，"船长闷闷不乐地说，"人类和其他人形外星人不总是明智的。"

"我们需要增加奖励，"陶德一如既往般泰然自若，"而且，我们要召开每日例会，以便灌输纪律观念，增强团队凝聚力。这部分工作，"他说，"由我来负责。"

"同意吗？"赖利说。

"我有选择吗？"船长说。

赖利摇摇头，"但这计划对你也有好处。你知道飞船和船员的缺点，会增加你成功的机会。"

船长耸了耸肩。

"我们明白，这看似是对你领导地位的威胁和对你船长身份的侮辱。"阿莎说，"但这似乎是达成使命的唯一途径。"

"也许你们是对的。"船长说,"因为我刚收到最新的跃迁指令,下一次跃迁将把飞船带入大星湾!"

客舱显示屏上出现的图像如史诗般壮观。银河系巨大的风车螺旋缩小到一张床单就可以盖住,但它的广袤沉甸甸地压在众人心头,任何东西都不能减少这种心理影响:银河中心散发出炽热的光芒,旋臂渐渐消失在一片虚无之中,其外则是星系间深邃而黑暗的空洞。

然而,吸引观察者们注视的,并不是这个。他们看着一条旋臂远处末端的一个点,他们觉得可以想象出杰弗里号在那里,相邻处是旋臂之间的虚空,那个被船长称为"大星湾"的地方。

"但那不是我们的星系。"阿莎说。

"看上去好像不是。"陶德说道,语气中带着一股拥有百万年银河历史知识的权威感。"但实际上,这图像是基于一些被你们称为仙女星系传来的信号处理而成的。"

"什么?"赖利问。

"对,"他的微脑说,"也许不对。"

"太难以置信了!"赖利说。

陶德做了一个人类可能理解为耸肩的动作。

"有时候,"赖利说,"我不知道你是在说真话,还是在开玩笑。多利安人开玩笑吗?"

"那意味着,"阿莎说,"这些图像已经过时几百万个周期了。"

"行星移动得很慢。"陶德说。

"为什么要发送这个信号？"赖利问，"不管发信号的是谁。"

"也许是表示友善的姿态，也许是个陷阱。这一切发生的时间，比你们人类走出自己的行星系统，甚至比你们走出洞穴的时间还要早几千个银河系周期。在银河系圈子里，这已经被讨论了很多年，但最终，经过慎重考虑，大家决定不予回复。总之，回复要两百万年才能到达，发送者不可能还在原处，所以也接收不到。"

"你们收到过其他信息吗？"阿莎问。

"从没。"

"这些都不合理啊，"赖利说，"为什么这艘人类飞船的电脑里有银河种族的星系图？"

"宣告和平时，"陶德说，"人类被获许下载各种银河数据：历史、艺术、文化、地图……否则你以为这艘飞船怎么可能从一个跃迁点航行到另一个跃迁点上？"

赖利并没有透露这场战争的转折点——人类获取并且翻译了星系导航图。他再次把目光投向显示器。"是真是假都无所谓了。现在，我们必须想想摆在我们面前的是什么。那些星系图里并不包含这些信息。"

"大星湾。"阿莎面无表情地注视着漆黑的太空。

"你知道的，那儿并不是什么都没有的虚空。"陶德说，"也有星星，只不过很暗淡，也很少。"

"但它们之间的距离还是太遥远。"阿莎说。

"而且，如果我们错过一个跃迁点，或者跃迁点消失了，我们还能不能回得来，就很难说了。"赖利说，"我们可能耗尽燃料，又没有补给的机会。"

"还有，也不知道下一条旋臂在哪里。"陶德说。

"什么？"赖利十分惊讶。

"是的。"他的微脑说。

"我们认为银河系是个单一的实体。"陶德说，"但实际上，它由一系列旋臂组成，而我们的文明只占据了其中一条旋臂，到达另一条旋臂是一项高危任务。银河中心的附近，恒星彼此相邻，邻近的旋臂并不远，但辐射很强，生物活不了多久。在过往的历史里，曾有过五次远征，每次参与的物种都不一样，只有一次返回。船员们不是已经死了，就是濒临死亡，而濒死的都疯了，就连飞船的记录也无法解读。"

"好吧。"赖利问，"我们要不要继续这场赌局？"

"这不是我们能决定的。"阿莎说。

在赖利、阿莎、陶德这个三人委员会后面，那些银河种族不安地走来走去。陶德转过身，对他们说："船长已经通知我们，下一次跃迁将进入大星湾。你们都知道那意味着什么。我们该同意，还是拒绝？"

接下来的场景，在人类看来是嘈杂的。银河种族间的讨论，包含了各种鸣叫、口哨、咕噜与私语的杂音，还有些肢体动作。最后，陶德转向阿莎和赖利，"他们都认为我们该继续前进，进入未知领地。"他说，"但得先彻底检查和维修飞船。"

十五个周期后，陶德把乘客们聚集起来，开始汇报。这时，他们已经不再是乘客，更准确地说，应该是船员助理。他们一起翻修了飞船，并在此过程中恢复了人类和人形机器人船员们的纪律和士气。"他们已经变成，"陶德以突然迸发的口才说，"我们自己的超越机。"

"他有点言过其实，是吧？"赖利低声对阿莎说。他们恰如其分地站在这群人的旁边，但稍有距离，靠近卧房的入口。

"他有他自己的超越动机。"阿莎说。

"我希望，我知道他的动机是什么。"赖利说。"事实上，我希望有办法能更好地了解这些银河种族，但他们会对我这个未开化的野蛮人有所保留。"

"让我看看，能不能想到什么好办法。"阿莎说。

"让她来。"他的微脑说。

"就这样。"陶德总结说，"我们冒险进入未知世界吧。我们确信，飞船和船员已经做好了所有能做的准备。引擎已经被拆开并重装，导航系统已被重新校准，星图再三检查过，通信设备已被彻查，武器也已经测试过了。让我们前进吧。"

陶德用他的象鼻向赖利示意，这个动作赖利已经熟悉了。赖利点了点头，滑进了舱口——不再上锁，也不再有人把守。走廊的墙壁已被清扫干净，且重新抛了光；船员们都穿着全身一体的黄色制服，在他经过的时候，纷纷向他敬礼。

他在控制室里找到船长，"银河种族们批准你继续前进。"

船长酸酸地做了个怪相，"这次篡权不会带来什么好事。"

"航程刚开始的时候，你就该这么说。"

"那时候，至少我们还有指挥链。现在，你等着瞧吧，当注定会来的危机来临时，没人知道谁是指挥官，就会造成混乱，然后引发灾难。"

"或者超越，"赖利说，"自始至终，那不都是一个选择吗？"

船长再次望向赖利。"我们有相处融洽的时候吗？"他转向通信器宣布,"十次滴答声后,跃迁就会开始。"

赖利坐到领航员的椅子里,不再自信自己能站着应对跃迁。"我们一直不够融洽,一直在彼此忍耐。"他说。

随后,跃迁开始了,舱壁闪着微弱的光,飞船的灯光逐渐黯淡,变成另一个现实的黑暗。赖利觉得自己的呼吸停止了,心脏奇怪地跳动着;更奇怪的是,心脏在身体之外,而自己能够看见它收缩和扩张,从一个宇宙进入另一个。

随即,他的心脏回到了胸膛,他又开始了呼吸;在呼吸过程中,飞船和他自己的现实世界重新出现。"这次跃迁和之前的不一样。"他努力让自己不要喘粗气。

"一直都不一样。"船长说,"这次的时间更长,跃迁点比较脆弱,也许有几百万年没用过了。或许,之前压根就不存在。"

"可它在的。" 赖利说,"飞船上的某个人知道它在那里。"

"是的。"船长说。

关于这一点,他们沉思了很久,直到赖利回到客舱。他发现乘客的注意力正集中在显示屏上。左上角有一点微光,缓解了那一片漆黑,如果那算得上是光点的话。

"所以,"他对陶德和阿莎说,"我们将进入这片——"

"麻烦之海。"他的微脑说。

"广袤的永恒之海。"赖利反驳。

"目之所及边无涯。" 阿莎说,"陶德有个主意,可以让我们能维持士气,还能更了解同伴。他建议,我们每个人跟其他人讲一讲,自己究竟是怎么来到这趟不知开往何处的旅程。"

"也许我们能打开一扇窗,进入彼此的灵魂。" 陶德说。

第七章

陶德的故事

陶德说:

我出生在一个理想的世界,那儿有一望无际的平原,流淌着甘甜河水的河流,还有长着繁茂大树的绿洲,我们可以在炎热的白日在树下打盹。太阳是黄色的,对这个世界有着坚实的引力,白昼很长。可以吃东西、睡觉,与部落的小伙伴们一起玩模拟战斗游戏,我很开心。我有两个好朋友:一个是跟我年岁相仿的男孩,叫桑多,我们形影不离;另一个是身形健美的女孩,叫阿丽朵,我暗恋她,允许她在游戏里击败我。转眼间,我五岁了,招募者从遥远的城市来到这儿,父母说我必须跟他们走。我感到困惑和害怕。为什么父母要送我走?我做错什么了?

招募者比我们这些食草者瘦一些,长得高大、强壮但冷漠。他们乘坐装满汽油的大飞机而来,只有在发号施令的时候才跟应征者说话,相互之间也不说话。应征者里,大约50人是来自平原部落,大多数和我年龄相仿,有几个小一些,另有两个年长一点,但为人比较刻薄。他们欺负年龄小的,偷他们的食物,让他们彼此相争,直到他们反抗,然后年龄大的应征者就会打他们。招募者看似毫不在意,后来我才知道,这是传统——让新人内斗,自然地分出三六九等,孩子们必须学会如何生存，艰难困苦，异地他乡，没有朋友。我们正在被改造为优良的多利安人。

在前往北方高地的漫长旅途中，我们只死了两个人，其中一个就是阿丽朵。

我以前从未见过城市。父母跟我讲过的故事里，强大的多利安人飞过天空，穿越星际，但我觉得那些都是童话，就像漫漫长夜里部落小伙伴们编出来的那些奇谈怪事。直到我看多利安的宏伟都市格兰朵——自北方山脉中生长出来，仿若魔法宫殿的森林，在黄昏太阳余晖的照耀下闪闪发光，甚至在太阳落山后，依旧熠熠生辉。城市建筑的尖塔高耸矗立，甚至高过周围的山峰。

这座城市确像父母所描述的那样奇伟，如果我不是被打得鼻青脸肿、担惊受怕的话，也会感叹它的美丽，景仰其建造者的伟大。我们被赶下船，推进简陋的住处，睡觉的铺位只比货摊大一点，毫无隐私可言。喝水要到中央的水槽；吃的是劣质的草料，没有谷物或水果。后来我才知道，这种待遇是为了让我们变得坚强，以面对未来的艰难；况且，毕竟优质食物价格昂贵，从平原运过来，是留给那些统治着这座城市、这个世界，以及外面世界的统治阶层享用。

我们养成了习惯，年轻人都这样，习惯了早上在山坡上跑上跑下；习惯了下午持械或徒手的模拟格斗；习惯了在教室里学习数学、工程、宇航飞船、多利安军事史，以及计算机和会计这样的次要技能。在教室上课可算是美好时光了，你可以打瞌睡，如果有同学愿意在老师看过来的时候轻轻推醒你的话。否则，很可能一棍子砸到头上，不止一个年轻的多利安人就这样送了命。我比较幸运，只是肿了一两个包而已，因为我比大多数人皮厚头硬。我有个同学死了。有时，我羡慕他死得早。

超验机

晚上，那些多利安英雄会给我们讲令人激动的战斗故事，我幻想着有朝一日能像他们一样：强壮、自信、昂首阔步、致命、满载荣誉、肆意交配。我无法想象。那时候可没人瞌睡。有时，他们会给我们播放爱国电影或太空战争片。我们能看懂镜头里上演的战争。但在真实战斗里，我们什么也看不出来，只能看到混乱的战斗场面，分不清敌友。我们总是很累。这种时候打个盹儿，是不会有人在意的。

就这样，年复一年，我长得比招募者还高，纯粹的脂肪变成了肌肉。在模拟战中，我一直是最终的胜利者，即便对手是教官。我为自己新获得的力量和技巧而骄傲。那些幸存下来的同学，一个接一个承认我的卓越。我那五十个小伙伴，只有二十个活到决定年龄。我亲手杀了那两个在来宏城的路上一路欺负我们的大孩子。

决定年龄是十岁。我不再为父母或兄弟姐妹哭泣，也放弃了再见到他们的念头。我知道，如果我回去，他们会被要求杀了我，因为我令家族和部落蒙羞，而我也只得被迫杀死他们。于是，我只梦想着那片流淌着鲜草如波的草原，甘甜的溪水，湛蓝的天空，还有奔跑——在黄色的太阳下，永不停息、不知疲倦地奔跑。我心里很清楚，这一切只能是梦。

我们在毕业典礼上排成长队，等待着命运被揭示，听着我们的记录被大声地念出来，目的地被宣告。有些人遭遇了最可怕的噩梦：他们被拒了，会被遣返回家，等待他们的必然是死亡；或者做个混混在平原上游荡，被碰到他们的所有人所排斥，任何人都可以处死他们。有些人成了工厂主管，有些人成了工程师或科学家，有些人被安排进入政府部门，在宏城或沿着海岸线一直到陆地最南端的某个散落的小城里工作。其他人则被派往多利安人统治的其他星球任职，或成为招募者,就像五年前来招募我们的那些人一样。

还有不少被送进军事学院。

我就是其中之一。

军事学院坐落在一个山谷中,靠近赤道的太空港。学院周围高耸的群山把大陆分割为南北两部分。据说太空港里的太空电梯是多利安科学家所发明,后来我才知道,其制造技术来自人类——可能这是除了残暴以外,我们从人类身上学到的唯一东西。我们——我们自己,还有未开化的那些多利安人——也尝到了残暴的滋味。后者占据着长期被山脉阻隔的大陆南侧。我从一位睿智的大师那儿得知,凭借北方的先进科技,我们其实早在几百年前就可以征服他们,但我们的统治者决定,留着他们用处会更大:他们可以像铁砧一样,把我们战士的刀锋锤炼得更锋利。

我们与这些野蛮人战斗,用的是他们的武器,而不是我们的。我们胜利了,并非因为我们更强壮或更嗜血,是因为我们更有纪律。那是我们学到的第一课——要么守纪律,要么死亡。要么团结战斗,否则独自死亡。

有时,好像事先安排好的一样,野蛮人会进攻学院,我们从床铺上被唤醒,拿起武器,从城墙上击退他们。更多时候,我们会组成捕猎小组,冒险攻击他们的村落,把他们全部杀死,男人、女人、孩子;我们不会深入太靠南的地方,以免他们的人数降低到无法补充的程度。有时,他们会伏击我们,我们不得不为生存而战。回来的团队通常损失惨重，那些独自活着回来的人会被暴揍一顿，没把战友的尸体带回来的人会被驱逐到山的南边。有时，整个团队都没能回来。

在军事学院的头五年，我学会了生存。我们被扔进学员中间，他们像当初在飞机上欺负我们的恶霸一样对待我们。但我让那十二个和我一起被派去的人做好了准备，一致对外。我们不会彼此争斗，但会作为一个团队，一起对付其他人。并且，未战之前绝不屈服。

我们抵达的当天，我就和学员队长干了一架。他年龄比我大，也比我有经验，但他过于自信，而我下定决心绝不屈从于他的官威。最终，他被同伴抬了下去，因为我的团队始终坚定地站在我身后，他们未能制止我。从此之后，没人伤害我们，也没人嘲笑我们。另一个人被选为队长，但我成了公认的的领导，所有会影响到我们小组的计划和流程，他们都会事先与我磋商。我的小组不会被派去参加没有战略目标也没有战前培训的任务。我们作为一个分队集体行动，有先锋侦察兵、侧翼侦察兵和后方侦察兵，对地形和可能会被伏击的地点，我们了如指掌，就像对自己的平原一样了解。我们小组没有人牺牲。

连学院的教官都开始留意到我们。通常，他们会让学员建立自己的文化，但现在，他们明白，原来的文化已经被新人接管，而这个新人藐视传统和其监管人。他们害怕创新，因为这套标准惯例已经运作了太久。他们试图摧毁我的意志，削弱我对团队的控制。他们将我和其他组员分开，但我早就警告过我的团队有这种可能，并授权桑多在我不在的时候，以我的副手的身份行使权力。他们以莫须有的罪名把我囚禁了一段时间，并派我独自出征。我活了下来，令人震惊地凯旋，用事实证明了我的成功。

最终，他们认可了我的领导力以及我这种组织架构的成功，并允许我在整个学院实施我的方案，让学员们组成有凝聚力的分队，让每个分队选择自己的指挥官——经我批准——用同样的战略规划去做战斗准备。伤亡减少了，胜利越来越多。

学院的生活并非都是与野蛮人的小规模冲突，或是在校园里的战斗训练。我们是要被培养为新一代的多利安军事领导人。我们学习军事战略、战斗演习，以及相应的太空导航技术，以便我们能了解——甚至有时能检查——导航仪。我们还学习武器和武器维修、化学、物理和数学，但没有文学和艺术——如果我们感兴趣，可以自己在业余时间偷偷学习——因为它们被认为是颠覆性的，即使不是，也确实很可疑。

我们对时事和政治的接触非常有限。我们知道有外星文明——外星人被认为是低等生物，几乎是因为意外才得以开始太空冒险，最好的情况下，他们可能成为多利安的供应商，在最差的情况下，他们会沦为多利安人的奴仆，而他们的土地也可能被多利安人据为领地。异族语言不在课程中。官方态度是："让他们学多利安语。"虽然我不明白为何如此，但我觉得这是错误的。我们不能依赖翻译，尤其是异族翻译，更别说机器翻译了。我开始相信，每种语言都蕴含着其使用者的感情和灵魂。因此，就像学习文学和艺术一样，我从南方野蛮人的语言开始，学习了异族语言。也就是从那时候起，我学会了用什么打动他们，怎样以战斗之外的方式与他们合作。

在第四年，我们听说了人类——这群自命不凡的闯入者，他们从其单一的恒星系统兴起，宛然与历史悠久的多利安人和其他种族平起平坐，虽然那些种族与多利安人不对等，但他们毕竟在银河系中已长期占据了一席之地。我们的导师不是通过言语，而是通过语调，让我们知道人类打扰了那些我们允许共存的外星人，除此之外，不足为虑。

这或许是多利安人犯的一个几乎致命的错误，不仅仅对我们，甚至对整个银河系文明都是如此。银河系文明在如此多个长周期内一直处于平衡状态——一种好不容易达到的平衡状态，犹如过度冷却的水，但毕竟是平衡状态。

随之而来的是毕业，是从学院的小暴政逃出，进入军队这个更大的暴政。但指导员还为我们设置了一个毕业障碍——两个势均力敌的战士进行最终的生死肉搏——我明白了，学院可能会让步，但它不会忘记。我和自己部落的老伙计兼副手，我最好的朋友桑多，分到了一组。

我本可以拒绝，但那意味着我们两个都得死。桑多确实拒绝了，但我说服了他，在战斗中杀死对方或者被杀，总好过被当成懦夫一样处死。我知道他不是懦夫。他爱我，就如他和我都曾爱着阿丽朵那样。我想让他杀了我，帮我结束这场我们多利安人称为生存的苦难，但最终，在嘲笑我们的指导员和默不作声的学员们面前，我体内的某种本能让我躲过了他的拳头，招架住了他的推撞。我习惯于求生，已经太久了。

我杀了桑多，随着那一拳挥出，我成了真正的多利安人。

他们说，长官是用抽签的方式把我们分配到不同的军事岗位上的。后来我才知道，系统是被操控的，新军官会被派往他们觉得我们该去的地方，就像比武对手的抽签一样，是故意安排朋友进行对垒的。我被派往最边远的多利安前哨上任，在一艘轻巡航飞船上担任射击官。在那儿，我们的帝国与人类世界相遇。他们凭借着无穷无尽的人数优势，以及对土地和征服的欲望，一直在侵吞我们的领土。我带着一颗空荡荡的心去了那里，眼前始终浮现着桑多最后的眼神，他受了我致命一拳，我看见他眼中的光芒逐渐暗淡，直至消失。我试着接受这个事实，但他临死时脸上闪现的感激之情，我却无法接受。

死亡如此受欢迎？抑或是他的爱比我的要浓烈得多，使得他希望用自己的死来换回我的生命？

前往哨所的旅程很漫长。他们并不会把虫洞技术浪费在新任命的军官身上，我们挤在一艘货运飞船的货舱里，犹如里面堆放的一包包干草。但我们的草料不多，行程刚一开始我们就缺少配给，如果任由我们疯抢，很多人会饿死在途中。就像在军事学院里一样，适者生存。我组织了一小群天生的领导者，由他们盯着，保证配给被平均分配。我们在半饥饿状态中活了下来，只死了一个人。

到达舰队的时候，我去向司令官报到。他的名字叫比尔多，是我见过的个头最大的多利安人，身上布满战争留下的伤疤——后来我才知道，那是多利安之战。他看着我，仿佛把我当成了潜在的竞争对手，但显然，我在各方面都不如他，除了未来的前程。他挑战我，对他没任何好处，但他还是挑战我的思维模式。"所以，你就是那个新来的军官，自以为有更好的做事方法？"

"更好的方法总是有的。"我保持着适度的尊重。

"传统成就了我们这个伟大的帝国。"他说。

"每天都有新的挑战。"我说，"对此，传统并未有任何应对。"

"你要像个守规矩的多利安人一样履行你的职责。"比尔多说。

我低下头弓身退下。但我知道，比尔多通过他的高级军官一直监视着我。

超验机

我们每次遇到人类飞船,都会发生一些小冲突。但冲突之余,我们也会来往。我会在酒吧和影院里碰到人类和其他外星人。我学会了一些人类的语言,并借此传达一些双方都理解的幽默。我们会开玩笑。我学了一些人类历史,还有银河系其他物种的历史,并将其与我们自己的历史作比较。那就是我的外星生物文化教育。我了解到什么会让他们醉倒并打破他们有限的矜持,也努力隐瞒能让多利安人喝醉的东西。这并不是很重要。多利安人会变得忧郁而畏缩不前,当他们——我应该透露吗?——吃了发酵的干草而醉倒的时候。

我甚至渐渐开始喜欢人类,也许更甚于喜欢我的长官。长官决心要让我们痛恨人类,就像要让我们彼此仇恨一般。在所谓的"战斗日",他们让我们为晋升而相互竞争,那其实就是军校生存计划的延续。显然,我是个人格斗的王者;但自从桑多死后,我拒绝生死搏斗。相反,打败对手后,我会放过他们的性命。长官里面,只有一个人敢挑战我,在这场格斗中,我破例把他杀了。这为我赢得了晋升的机会,我晋升到他的职位,成为第二导航员,同时还获得了免受上下级挑战的自由,就连比尔多都好像放松了警惕。

我在多利安军队里稳步上升,从低级军官升到副指挥官。后来,比尔多在与另一艘飞船指挥官的个人决斗中丧生,于是我就有了自己的飞船。我改了规矩,取消了战斗日,鼓励下属有问题来找我,多提建议,力求打造和谐的团队。

改变来之不易。和大多数食草动物一样,多利安人是群居生物,进化出了根据困难时期感应长周期的本能。有些历史学家认为,这种转变可追溯到火山活跃时期,火山喷发的烟尘和火山灰污染了多利安的空气,导致几乎所有地方的草都死绝了,多利安人濒临灭绝。另一些科学家则指向多利安土地上的深坑，他们说，流星撞击导致烟尘升起，造成类似的死亡和饥荒。不管哪种说法正确——也许两种都对——多利安人被迫改变。他们不得不学习，不得不发明。最重要的是，他们不得不活下去，而这往往是以牺牲另一个群体或者另一个人为代价的。他们当中，最成功的人建起了宏城，这与多利安人的经验和本性相去甚远，其后，他们建立了北半球的其他城市，而最近又在南半球。

多个长周期之后，危机过去了，那些曾在生存压力下建起城市的人，看到多利安人再次陷入以往的懒惰和从众心理，于是开创了我所经历的那个招募与培训体系，旨在复制产生大多利安人的条件。如果不能依赖大自然提供苛刻的必要性，这个体系就会提供类似的条件。

据我所知，人类要幸运得多，如果可以称之为幸运的话：地球并没有多利安星那么友善，而人类还有需要对抗的竞争对手，以及更加频繁的宇宙灾难和令人变异的辐射。在人类看来，他们的环境可不是温和的多利安星。正如一位人类诗人所描述的那样："自然，沾满血红的爪牙。"要我说，这是幸运的，因为人类通过斗争而进化，他们的社会体系也进化到可以减轻活下去的痛苦，而不是复制那些痛苦。他们对宇宙的侵略性态度是与生俱来的，并非后天培育的。相反，多利安人只有被施以暴力，才能培养出人类那种侵略性的态度。

我觉得，是时候要改变了。也许宏城体系在以前是必要的，但多利安人已经过了那个时代了。好奇心、学习、成就感，这些可以在幼年通过教育灌输。战斗技能和对命令的服从可以通过仿真程序来训练，无须复制。我认为，多利安人可以更像人类。

我用了两个短周期重新培训我的船员。那些低等船员和那些军官一样顽固。像军官一样，他们也是多利安适者生存系统的幸存者，要改变态度，放弃特权地位，即使能做到，也是很不情愿。整个过程就像重新训练被虐待过的动物：他们早就习惯了一辈子躲避猎食者，习惯了主人的打骂，所以需要不断重复的善意和频繁的安抚，才能改变这一切。

我觉得自己正迈向成功。船员们士气高涨，看上去更像我的童年伙伴，心情愉快，对请求比对命令响应得更好，还会主动提出建议。我们正在组建团队，而不是一团散沙。毫无疑问，也有走回头路的时候：吵架、斗殴、怒怼，但这种情况越来越少。

然后，战争爆发了。

我们永远不知道战争因何爆发，目的是什么。传说中的银河战争，也许是一系列的战争，每次都由某个新崛起的物种发起，在那之后的诸多长周期里，星球帝国努力维持和平。而人类崛起后得之不易的休战状态，似乎证明了之前的愚蠢。休战很容易被打破，粗心之举被误会为入侵，然后沟通失败。然后，每一个帝国都会背弃其他帝国。

战争就是一片混乱；没人知道谁将获胜，直到一方掉头逃跑，或者丧失继续战斗的意志而求和。只有历史学家才能判定究竟谁占优，以什么形式占优，但他们通常都是错的。星际战争更难评估。战场上的消息要等很多周期之后才会收到，即便如此，信息也不可靠。有多少敌舰被击毁？如何识别？其任务是什么？多利安人损失了多少飞船？我们的伤亡情况如何？双方各有多少殖民地被摧毁，多少行星沦为废墟？造了多少替补飞船？训练了多少船员？我们有没有足够的资源支持冲突期间惊人的消耗?

以上所有问题都要花很多周期才能弄清楚。历史学家们还在算着呢。

最开始,我们的敌人是人类。他们是新人、麻烦制造者。在靠近天狼星的边境,我们从天而降,屠戮他们的飞船。我尝试阻止,但命令下来了,我没时间。其后人类还击,他们的飞船出乎意料地从虫洞中冲出,出现在我们中间,我们未能监测到,对我们的船队造成严重破坏。全靠船员们卓越的组织能力,激情号才得以幸存下来,尽管伤痕累累。虽然身处战斗中心,但我们逃了出来,成为舰队里唯一一艘没有伤亡的飞船。

一开始,最高司令部指责我们是胆小鬼,但视图记录证明事实恰恰相反。于是他们让我统帅一个舰队,命令我还击人类。我违背命令,联系了人类的舰队司令,用支离破碎的人类语言与她对话,并安排了一次会面。我们面对面解决了彼此的分歧,我带着和平提案回去见我的长官。然后,我再次被控告犯了叛国罪,我差点以一己之力对抗法庭,但最终还是忍住了,尽力以雄辩和战局的紧迫性为自己辩护。

高层很不情愿地接受了和谈条件,我们与人类联合起来对抗天狼星人,然后与人类和天狼星人一起对抗毕宿五,然后再与人类、天狼星、毕宿五一起对抗阿尔法半人马。银河系被战争搞得精疲力竭,到处都是被摧毁的飞船、被摧毁的世界、被摧毁的物种。最终,我们缔结了和约。十年战争,一千个行星被摧毁,十亿伤亡,仅此而已。我们发誓,再也不要战争,任何破坏和平的人都会被其他所有人攻击。划定边界,就势力范围达成统一意见,建立解决争议的机制。我们再也不用学习战争。

超验机

我回到多利安,作为英雄,常胜之师的司令,新指挥战略和战术的发明者,最重要的是,和平缔造者。我以为,我可以挑战最高司令部;我以为,自己在培训和组织方面的创新可以提供变革的策略;我甚至以为,自己可以竞争成为多利安最高统领的继任者。但我再一次被推上审判席,被指控不服从命令和叛国,最终,我只能靠行使个人格斗的基本权利来逃脱惩处。最高司令部再一次成功了。多利安星球赢了,但并非以多利安的方式,最高司令部和多利安星球,还没准备好以任何非传统的方式接受胜利。它利用了我,如今则准备抛弃我。

我不怪最高司令部或多利安星。我还不够优秀。我意识到自己作为多利安人,作为感性生物的失败之处。也许没有任何人足够优秀,多利安星上没有,其他世界里也没有。至少,我们拥有了和平,我决定在和平世界、在和平的星系里隐退。

但和平并非那么简单。银河强权们不得不设立跨物种管理委员会,来评估新发明,看它们在制造变革以及赋予某物种优势方面的潜力。所有这些进步,就像人类的太空电梯一样,必须共享。

随后,超验主义带着它所有的神秘和承诺降临。如今,也许我足够优秀了,我来了。

人群安静地散去,在银河文化里面,这代表接受,或者有时候代表认可。根据个人需要和各物种行为模式的决定,大家纷纷离去,或睡觉,或休息,或沉思。

第八章

赖利醒来时,满脑子还想着陶德的故事。他猜想会不会是微脑的缘故,但谢天谢地,这次它很安静。

他走出隔间,发现一群银河种族聚集在显示屏前。他从对面墙上的食物分发机里挤了少量的早餐:一种说不清楚来源的柑橘汁饮料,装在密封的容器里,有一根内置的吸管;还有一包无法辨认的合成谷物。那群人注视着屏幕,他一边往他们身后走,一边开始吸食饮料。外来者可能会猜想设备是否已激活。屏幕几乎完全漆黑,只有右上角有一点亮光,很容易被误认为是静电干扰。

"我们这群朝圣者,相当一部分都起得很早嘛。"赖利对站在花童背后的阿莎说。

"有些不用睡觉。"阿莎说。

"像你一样。"

"我也休息的。"

"没看见陶德。"

"也许他讲故事讲累了。"阿莎说。

"可能是个骗局。"赖利一边回答,一边挤了点谷类塞进嘴里。

"但故事还不错,"阿莎说,"你觉得,他说的'灵魂'是什么意思?"

赖利向阿莎示意,应该离面前这群银河种族们远一点。他不知道他们能听到什么——如果他们能听得到的话；花童看上去没有听觉器官……但有些对话还是需要限制一下。"他指的是我之前对他说过的话——我们需要更好地彼此理解，窥探彼此的灵魂。他不以为然，认为那是'人类神秘主义'。我们应该注意到多利安人的反讽力。"

阿莎加入了他的战略撤退，尽管她看上去对他的警惕很不耐烦。"多利安人看上去单调乏味，被动消极，但他们素来以狡猾出名。他们利用吃草的漫长时间来仔细慢慢思考。"

"孩子的愿望是风的愿望，"赖利的微脑说，"对青春的怀念是多么悠长。"

赖利心想，说了等于白说。

"沉思和反刍这两个词词根相同。"阿莎继续说，"不要低估陶德。"

"也别相信他讲的故事。"赖利吃完了早餐，朝显示屏点了点头，继续说，"我知道了，现在情况如何？"

"船长已经通知说前方的跃迁点离这儿还有几天的路程。在下次通知之前，别指望会有什么变化。"

"我们的朝圣伙伴有何反应？"赖利问，"有些时候很难说，但现在……"他指了指如雕像般聚集在显示屏前的那群银河种族。

"就算银河种族，也有不确定的时刻，"阿莎说，"他们有很长一段探索未知的历史，最后不知怎的就形成了银河种系。"

"他们跟人类相处得并不怎么和谐。"赖利说。

"他们自以为了解我们，而他们所了解的是他们所厌恶的——侵略性和傲慢——他们已经忘了，这些行为都是银河种族自己曾经有过的。现在他们只想着自己所有好的那一面。或者，他们就是这么认为的。"

"他们愿意让面包屑落到我们这边,我们应该感到高兴才对。"赖利说。

阿莎挥了挥手,没有理会赖利的嘲讽。"但他们谁都未曾如此深入这片未知领地,无路可退。他们银河种族的自信在这里已经不管用了,他们可能会陷入紧张。"

"可他们依然选择继续前进。"

"这就是矛盾的地方。超验的吸引力平衡了对未知的恐惧。"

"他们为什么要这么做?"赖利问。

"你为什么要这么做?"

赖利耸耸肩说:"我和他们不一样。总有一天,我会告诉你我为什么来这里。"

"我等不及了。"阿莎说。"很久以前我就怀疑,你并不相信超验。"

"我是一个固执的退伍老兵,"赖利说。"我相信我能看到和触摸到的。"

"也许,你觉得自己无法再有所提高。"阿莎说。

"其实,除自律和从失败中学习之外,没有更实用的提升方法。人就是这样,认清自己的缺陷,尝试克服或者绕过它们。"

"那……你为什么要来这里?"

"因为你们都在这里,"赖利说,"你和其他人——不顾自己所有的认知,不管生活怎么教你们的,你们还是选择相信。也许你们是对的。"

"这些银河种族,"阿莎说,"他们的经历教会他们,总有新的、更好的东西。但他们不认为那是好事,对他们来说,变化是危险的。可他们必须去寻找超验机,因为留着它不为人知,可能更危险。"

超验机

"这和大多数人类的想法没多大区别。"赖利说,"但总有一些人类,不满足于现状,向往更美好的未来,相信在变化中存在希望。也许这些银河种族也属于那一类。"

"也许他们是被派来,确保你所描述的那类人不会回来对现状构成威胁。"

赖利正要回答,却被打断了。陶德从客舱外的走廊走进来,黄鼠狼跟在他身后。

陶德说:"席报告说,在冷藏箱里找到了钟和简的尸体。"

"此人在检查食物库存,人形外星人因为冷,撤了。"席说。即便翻译过来,'冷'这个词也似乎带着轻蔑。"席佛人可以忽略个人痛苦。"

"席佛人获得的进化优势是断肢再生,"赖利说,"人类只有一套必须用一辈子的四肢。食品库那儿发生了什么?"

"此人抓住机会,搜查了远处两个被人形外星人避开的柜子。两个失踪人类的冰冻的尸体就在里面。"

"人形外星人——船员——知道尸体被发现了吗?"

"他们不知道。"

赖利看看阿莎,她的表情毫无变化。他看看陶德,但陶德那张外星脸总是让人看不懂。他的目光回到这个名叫席的黄鼠狼身上。他必须记住这一切。

"我永不忘记。"他的微脑说。

"此人——我要感谢你提供了这则重要信息。"赖利说。然后,他又问阿莎和陶德:"你们觉得这意味着什么?"

阿莎耸耸肩。

陶德说:"船长跟我们说的是另一套。只有他知道事实真相,抑或为何尸体在冷藏间。"

"那我们该拿他们怎么办?"赖利指着数米之外的银河种族们,他们正安静地盯着显示屏,望着自己在太空中被隔绝的处境。

陶德拂了一下象鼻,"他们会调整的。"

"作为银河的主人,"赖利说,"他们似乎脆弱得太离谱了。"而他们如痴如醉的姿态也开始令他担忧。自从他进入休息室后,他们当中,很多人动都没动过。

"即便是主人,他们也只是在自己的领地才是主人。"陶德说,"离开领地,他们比那些从未有过安全感的人更不自信。银河种族已然了解什么是浩瀚,但这却不是他们所知的浩瀚。"

"要是他们不调整呢?"赖利坚持问。

陶德又轻拂了一下象鼻,"他们会死。"

"而你觉得阿莎和我不受影响,是因为我们所处的位置从来就没安全过?"

陶德从象鼻中轻吹了一口气,"礼貌的回答是:大星湾对人类来说并不比银河系本身更可怕。你们才出现没多久,不会被未知所影响。"

"不礼貌的回答,"阿莎说,"是人类太笨了,无法意识到未勘查之地的危险。"

"为追求超验而付出这么多。"赖利说。他又瞥了一眼显示屏前的那群家伙,他们代表着最优秀的远古物种,或许在人类发现火之前,他们就已经掌握太空飞行术很久了,并且统治着他们所在的银河旋臂

超验机

区域。

"这推动了我们所有人,"陶德说,"从最早的细胞簇,放弃各自舒适的个体生存,目的是验证未经测试的合作潜力。"

"进化等同于超验?"赖利问。

"只是,进化已经变得过于缓慢。"阿莎说,"技术令一切加速。环境改变曾经需要多个长周期才会形成,现在只需几个短周期,有时甚至几天。这样的时间跨度放大了危险,正如我们所见,变化也改变了条件。"陶德挥动象鼻似是表达同意。"曾几何时,智慧生物,包括我们自己,想以社会进化取代自然进化,试图用安全的方法引入自然超验力。但我们太愚蠢了。"

"我们当时并不明白,其实技术就是新的进化。"阿莎说,"例如机器人和计算机。技术已然发展到一定程度,会成长、变化,并进化成某种全新、奇怪、不可想象的东西。"

"因此,"陶德说,"超验机是必然会出现的。也许我们比较幸运,技术的结晶是超验机,而不是无法超越的机器,技术给了我们一个机会,让我们自己变得完美,而不是让技术完美。"

"前提是我们确实可以变得完美。"赖利说着,转向阿莎,"银河种族的事,你倒好像知道很多。"

"当你正和他们打仗的时候,我花了一生中很多时光跟银河种族们打交道,"阿莎说,"也许有一天,我会告诉你这些事情。"她笑了,仿佛是刻意表示她知道自己是在重复赖利之前那模棱两可的承诺。"但显而易见,银河种族也是人。他们跟我们一样进化,开始的时候,我们对自身的了解都知之甚少,谁也不比谁多。唯一的区别是,他们有千千万万年时间来适应差异,并学会与之共存。现在,他们必须再次面对。他们必须回答这个问题：是否还能够再次调整。"

赖利转向席，"怎么样？你能调整吗？"

"就像重新长出肢体一样容易。"席边说边展示他的新胳膊。

赖利耸了耸肩，走去见船长。

船长没有丝毫歉意。"你们是怎么得到这个消息的？"他质问。在狭窄的船长室，他们两人几乎鼻子贴着鼻子。

"有关系吗？"赖利问。

"你们强迫我接受那个疯狂的提案，让乘客和船员们混在一起的时候，我就担心这个。"

"担心真相暴露？"

"担心我的权威受到挑战。你不能用民主制来管理飞船，当然更不能用银河共识委员会那一套。"

"那你也不能靠谎言来管飞船啊。汉姆，你压根也管不了这艘飞船，除非带上乘客一起。"赖利说，"现在，他们已经在客舱显示屏前惊得呆住了。"

"我们荣耀的银河种族们？"

"对，而我们人类，包括你的船员，都太愚钝了，以致对大星湾毫无畏惧。我跟阿莎和陶德都沟通过。实际上，那些银河种族被吓坏了，像一群恐旷症患者，因为这已经超出他们的极限。"

当船长坐下时，凳子从墙上摇晃出来，恰好在他坐到地上之前把他撑住。他并未留意。"那或许不再是他们要考虑的因素了。"

超验机

"他们或许会成为负担,在被需要的时候却毫无价值;或者他们会从当前的心理瘫痪中走出来,变得愤怒,准备好随时攻击使他们沦落至此的人。"

"但他们同意了进入大星湾的呀!"

赖利向后靠着舱壁,双手交叉抱在胸前,"你有多少次被迫同意某件事,而内心憎恨那个逼你作出选择的当权者?"

汉姆耸耸肩,"你为什么会觉得我们需要他们?"

"无论我们去哪儿,"赖利说,"我们都势必需要每个我们能召集的人。你知道,当我们人类误入这个早已被更古老的文明占有的星系时,发生了什么。下一个旋臂必定更加危险,因为它更加异类。"

"那你期望我怎么做?"

"首先,带我去看看尸体。"

船长无可奈何地耸了耸肩,沿着越来越窄的走廊领路,走到飞船尾部引擎室旁边的储存室。老古董自动设备咔嚓嚓地把垃圾变成塑料容器,然后往里装满重组的食物。这些食物究竟由什么重组而来,赖利从来不愿多想。早餐在他的胃里变酸,一个劲儿涌上喉咙。储存室后面是一个密封的舱口。船长开锁后,舱门猛然打开,冷空气喷向赖利。

船长默默地领着赖利走过若干或直立或水平的柜子,赖利希望里面堆满了天然的、无可替代的食物——尽管他害怕柜子是空的——最后,他们到达远处角落那排水平摆放的柜子。这些柜子和乘客们睡觉的柜子令人沮丧地相似。

船长拉开柜子的抽屉。里面是简的尸体,被绝缘泡沫包裹着,双眼紧闭,神色安详,就像睡着了一样。船长指着更远的那个柜子,"钟在那里。"

"为什么？"赖利问。

"简成了自己暗杀计划的牺牲者——或者出于某些并不明显的理由，他安排了这场有意被人发现的戏。他的死似乎是个意外。"

"你怎么知道暗杀是有预谋的？"

"他登船的时候就知道怎么激活已被禁用的长休眠程序。上船后，他肯定得到了如何进入乘客舱的信息，也知道你住在哪个舱房。"

"也就是说，我是暗杀目标，不是别人，不是任何其他人？"

船长点点头，"这就是钟被完全冻住前告诉我们的所有信息——他真的是被完全冻住了。他不知道简的情况，直到我的大副在审讯时说漏了嘴，然后钟突然打开了某种内置仪器，没等我们反应过来，他就已经变成了冰。"

赖利脑海中还记得这个半感性生物，不知他是否真有感知能力。"唤醒他们问问吧。"

船长摇摇头，"我们的机会低于百分之五十。你也知道，即使在最好的情况下，五分之一的人会在长休眠过程中死去。我可不想船上有杀手四处游荡。"

赖利没告诉船长，除了自己，至少还有一个杀手正四处游荡；也没告诉他，自己接到指令，必要时得杀死先知。相反，他说："让我瞧瞧银河种族到底有些什么本事。"

赖利一回到客舱，就向阿莎和陶德点了点头，随即想到，不知陶德是否明白他点头代表的含义。"尸体都在那里，没问题。"他告诉他们。

超验机

席正从食物分发墙另一处的管子里吸食养料,他冲席打了个招呼。"我去看过你说的那些尸体了。"他说,"就在你说的地方,和你说的一样。"

这个银河种族的表情和往常一样,赖利读不懂。他发出呜咽的声音。"所以……"赖利的微脑翻译道。

"所以,"赖利说,"他们没死,只是被冻住了。他们可能会一直保持这种状态,除非我们想到解冻的理由,并且找到不会真的把他弄死的有效解冻方法。像你的银河种族小伙伴们一样。"他指了指显示屏周围的人群。

"冻住了,但没死?"陶德问。

"都差不多,一样没用。" 赖利说。仿佛一时冲动,他转身挤进那群一动不动的银河种族里,直到触及远处的墙壁。他向上把手伸入全息展示中,关闭了隐藏的开关。

图像消逝了。有没有图像,差异几乎无法察觉。但过了一会儿,观众们有了反应,银河种族们以各自的方式做了一个类似人类眨眼的动作,然后把注意力集中在眼前。紧接着,他们齐刷刷如大浪一般涌向赖利。

"等等!"赖利大喊,但外星人发出的噪声让他的声音很难被听见。"我们是一起去朝圣的伙伴。"大多数人都没有停下来,但花童和天狼星人犹豫了。

随后,陶德站到赖利身旁,用标准银河语说:"停下!让这个人类说完。"

人群的移动速度慢了下来,然后停住,可赖利并没有觉得银河种族们的愤怒有丝毫减少。

"作为你们的代表,在此我要汇报两件事。"人群的紧张略有缓和。"首先，席找到了那两个人类船员，简和钟。我去冷藏间看过他们，他们被冻住了，但或许还没死。船长说了，他们对某一个或者更多的乘客而言，是个威胁，甚至对旅程本身都是威胁。他们会不会被解冻，取决于船长对风险的评估，以及是否有成功解冻的方法。当然，我们也必须考虑他们能提供什么信息，是否值得我们冒险。"

银河种族们逐渐散开，开始相互张望，似乎在质疑他们之前为何会突然暴起。

"其次，"赖利继续，"我呼吁大家把显示屏关掉，等有更好的东西再打开观察。"

已经缓解的紧张情绪似又出现，陶德用眼角瞥了一眼赖利，硕大的头颅转了过来，似乎在警告不能触碰这次讨论的底线。

赖利继续施加压力。"我们都在这艘又老又破的飞船上，为探求未知而进入未知领域。"他暂停了一下，让各个微脑有时间进行翻译。"我们人类已被告知，我们从自己的太阳系囚笼中出现得太晚，以至于意识不到大星湾的恐怖。"他再次暂停。"也许如此。但我们人类知道，如果我们允许自己对未知领域感到畏惧，那我们永远也不可能进取，你们种群的经验肯定也一样。"

他扫视着聚集在他面前的这群各种各样的外星人，犹如银河系文明本身的缩影。"要想抵达未知的彼岸，需要每个人贡献他的才华和智慧。为此，我们已经开始彼此了解，以便建立成功的团队。陶德开始动了，然后——"赖利抬起头，看见黄鼠狼正和阿莎说话，"——接下来是席。"

席动了起来，他移动的方式在人类看来或许可以被理解为意外，甚至是警觉。

桶状的天狼星人走上前来,它的声音听上去像桶底发出的回声。"足够尊重,"赖利的微脑翻译道,"这个人类说得很对。我们变得意志薄弱,没有行动力。我们不该要人类来提醒我们肩负的责任。我们应该达成共识,承认我们的问题。"

银河种族们似乎没有交谈,也没有相互靠近,但赖利和陶德感觉到了一种不和谐的静音。"那就这样吧。"陶德说。

他在前头带路,穿过人群,到达船舱的另一端。"你们是团队成员。"陶德对赖利和阿莎说,"虽然不是完全意义上的成员,但我们达成共识,不会将你们排除在外。"

"好消息。"赖利说。

"我在学习人类反讽的微妙之处。"陶德说。

赖利朝阿莎挑了挑眉。"现在,"他转向席说,"我们想听听你的故事。"

"我不理解'讽刺'这个词。"席说。

第九章

席的故事

席说：

席佛是一个残酷的世界，陆地满布岩石，道路崎岖，海洋冰冷，只有赤道附近有些肥沃的山谷，才稍许缓解这个星球的苦难。按席佛科学家们的说法，席佛的生命和文明都萌芽于那些山谷。席佛的太阳古老而黯淡。席佛科学家推测，席佛是来自外太空的岩石漫游者，误入了已经处于演化历程晚期的席佛系统，被系统里相互残酷竞争的气态巨行星所捕获，坠入当前轨道。当然，与系统里其他行星相比，席佛是独一无二的，因为其他行星都是气态巨行星，尽管有些巨行星还拥有跟席佛差不多大小的卫星。有些科学家坚持认为席佛是那些卫星之一，只不过在路过的大型星体引力作用下，摆脱了巨行星的控制，不幸进入了巨行星群之间的模糊轨道。

无所谓。席佛人一直觉得，生活在这个不被喜爱的宇宙，必须为生存而奋斗。席佛的地理环境，意味着大多数席佛人都是在无情的山区中出生、长大。很多生物都热爱它们的原生星球，但席佛人不喜欢席佛。席佛受人尊重，就像鞭子鞭策弱者拥有力量和耐力，却不被人爱。

今日席佛人的祖先，被少数特权阶层从肥沃的山谷里赶了出来。

超验机

那时候，权贵势力强大而土地贫瘠，他们抢走了大家曾经世代共有的土地。人口过多时，他们赶走了那些负责种地和收割的人。被流放的席佛人唯一的食物，就是能从谷地居民那里偷来的东西，或是能在峭壁下狩猎到的动物，而这些动物和狩猎者一样饥饿。但是，正是斯民在山坡上开垦了梯田，驯养了动物以获取食物和衣服，用它们的粪便给梯田施肥。他们仰望星空，深耕土地，经过很多代人后，制造了机器。

力量源自贫乏，苦难造就一个习惯与苦难为伴的民族。充斥着苦难的过去孕育了他们辉煌的未来。被逐出天堂使山地席佛人强壮而自豪。斯民兴盛起来，而谷地居民却日益衰落，直到斯民赢得胜利，创造了一个新世界——依然严苛，但严苛中自有美丽，而且公平。山地席佛人足够强大时，就从那些因缺乏斗争而变得软弱的人手里夺回了谷地。

山地席佛人赶走了谷地居民，让他们自生自灭，一如很多个长周期之前他们所遭遇的那样。从山地席佛人的历史来看，席佛人学到了宇宙必须教的基本课程：磨难是好事，轻松的生活会导致种族毁灭，即使急速上升的孵化率导致斯民须得采用世袭贵族的方法，但席佛人不能依赖他人的仁慈，席佛人拥有的唯一资源是自己的力量和毅力。

为了适应残酷的现实环境，席佛人转向技术。席佛人发明的机器，让斯民的生存成为可能，让他们能从腐朽的谷地席佛人那里夺回山谷。斯民现已适应了飞越高山，并非只能在这个世界冰冷残酷的恶劣山地上爬行。然后斯民望向压迫着席佛和席佛人的气态巨行星，发现那些世界就像谷地席佛人一样，囤积了席佛人可以使用的资源，其卫星可为更多席佛人提供居所，也许比席佛的群山更宜居。

席佛人在席佛山区采矿，把矿石冶炼为金属，把金属打造成飞船，用以征服太空，从气态巨行星的大气里开采出珍贵的燃料和材料，并把卫星占为己有。几百年的时间，席佛人就将这个压迫性的系统改造成了更新更好的席佛。矮小的入侵者成了整个星系的主人，席佛将要具备征服巨星的力量。

生活过得太好了。有些卫星的地理环境和气候，比处处是岩石的席佛还要好，上面的席佛人变得软弱和颓废，就像谷地居民们那样。出于看似严厉的好意，统治者们做出回应，把孩子们送到席佛偏远地区，要么变强，要么死去。很多人死了，但也有很多人活了下来，他们现在做好了准备，把受苦作为生活方式，即使没有指引，也能采取必要行动。

但有了机器保护人们免受大自然的摧残，就连席佛都变得太温和了，席佛人将目光投向天上的星星，他们知道这些星星寒冷、遥远又冷漠，而太空本身，与席佛边远区域一样，都是对席佛人意志和力量的终极考验。席佛人冒险前行，发现银河系并不像气态巨星的卫星那样虚席以待；像山谷那样，它已经有主人了。席佛人再次被阻拦，被剥夺了所有权。就在这里，再一次，席佛人的过去映射了现在。与其他银河种族相比，席佛人会更好、更坚强，对成功有更大的决心，更愿意长期坚持，屡败屡战。

就这样，事情过去了，岁月流逝。慢慢地，通过信念和毅力，席佛人成为银河统治委员会平等成员之一，大家认可了席佛人面对阻碍时必胜的决心，为了信念甘愿牺牲的精神，解决重大问题时的创造力，还有 ——席佛人必定不自夸。席佛人的性情最适合默默忍受，直到等到机会复仇。

所有这些只是席佛人同情人类的原因之一，人类崭露头角时，发现银河系已有其他种族定居，并被他人管理，就像席佛人在很多个长

超验机

周期之前发现的一样。但席佛人觉得缺乏耐心和抱怨是一种冒犯,正因为这些野蛮行径,席佛人不喜欢人类。

所有这些就是斯人故事的序幕。席佛人是卵生生物,像所有卵生生物一样,他们是危险的伙伴。席佛人知道,在山区,席佛人无论生存或死去都是独自一个人。所以说,生命是属于斯人的。一窝十二个幼体里,斯人的个头最小,其中五个在巢里被吃掉,死了。在斯人刚被孵化出来的那段日子里,如果不是因为聪明和求生意志,斯人也早就被吃了。巢里就是这样:幼体吃掉别人,或者被吃。对于那些无法直接攻而食之的幼体,强者会折磨它们,抢走弱者的食物,在它们所谓的运动中把弱者的手脚撕掉,并以此为乐。斯民称之为席佛方式的一部分,确保适者生存,但这个游戏本身就是一个幸存者游戏。幸存者越少,食物会越多,活下来的人就会过得更好。

斯人失去了很多手脚,通常一次失去一只,从来没有一次超过两只。在此巢和邻巢里的其他幼体就没有那么幸运了:如果失去三只手脚,游戏就输了。第四只手脚会在劫难逃,手脚还没重新长出来之前,幼体就会被吃掉。斯人很早就明白后果,于是把食物藏在巢中一角,把一块石头滚到那里挡住,一旦失去一只手脚,斯人会偷偷地迅速撤到那里。让手脚重新长出来可是需要很多时间的。

唯一安全的时间是在学校里,幼体们被教导受压迫的历史,学习语言和正义工具。科学解释了宇宙中席佛人的无爱之地,技术提供了方法,让席佛人能把自己从席佛残酷的生存环境中解救出来。学校很不错，不仅因为在这期间生存不受威胁，可以将智慧专注于未来更大的问题。最好的地方是：折磨幼体们最厉害的往往是最差的学生；那些依赖体型和力量的人，发现仅仅靠力气是不够的，与头脑的力量相比，体格上再厉害的天赋都显得微不足道。

故事的听众可能会问，这些残酷游戏进行的时候，斯人的父母在哪里？在席佛人遇到银河联邦前，从未有人问过这个问题。在银河联邦，怜悯被视为美德。而席佛人的父母就像席佛本身一样：严厉、苛刻、无情。像席佛一样，父母把子女培养得坚强而自力更生。那些生存下来的人就是该活下来的，因为它们的身体和意志都很强大；弱者输了就被吃掉了。因此席佛人一代比一代更强大，更有能力。

在离巢前，斯人找到一块异常坚硬的木头，放在岩石上磨了好几个小时才把顶端磨尖，这根棍子成了斯人对抗其他幼体的防御武器。在其他幼体发生了几次事故之后，斯人就不再因个体的戏弄而失去手脚。相反，斯人对最主要的折磨者阿威实施了报复——它是幼体中体型最大、最有希望的。当阿威再次攻击斯人时，斯人举起尖尖的棍子，它冲过来撞了上去，最薄弱的食袋被刺中，而斯人没有失去任何手脚。这次事故之后，阿威被其他幼体分食，斯人只是站在旁边。阿威死了，无法再折磨人了。斯人不需要吃任何残骸以变得强大。

盛宴结束后，斯人就离开了巢穴，开始在席佛北部山区生活。晚上寒冷，白天也只是稍微暖和一点，但斯人很快就诱捕到一只毛茸茸的动物，用它的皮做了一件温暖的衣服。斯人偷火，烤肉，还制作了武器。开始是一根绑着石头的绳子；然后是一个投射锋利小矛的机关；最后，斯人偶然发现了一堆被丢弃的物料，于是用金属碎片做成了武器。之后，斯人做出一些工具，又用这些工具造了一个矿物冶炼器，并最

超验机

终造出了机器。

快成年时，斯人再次遇到了父母。斯人认出了他们，他们和阿威长得很像，散发出他们家族的荷尔蒙，那一刻，原始的恐惧和仇恨爆发了。他们想杀死斯人，斯人早就预料到了，并成功地加以阻击，斯人的母亲失去了一条腿。随后，斯人说服父母：斯人确实是家族成员，杀死窝里看似最大、最有希望的血脉也合乎情理，斯人的存活值得庆祝而不是被谴责。斯人演示了自己造的机器，给父母留下了恰到好处的深刻印象，父母接纳斯人成为家族一员，还把斯人送进了位于赤道附近的科学院。

那里离谷地不远，是笨拙的野兽从海里踏上陆地的地方，席佛人就是由此进化而来的。斯人在那里学习了席佛的历史、艺术、科学和技术，也了解到自己引以为傲的机器，其实很早以前就被发明了，而且更好。此发现给斯人上了一课，斯人学会了谦逊，并一直谨记在心。这个认知，也让斯人的发明家和科学家生涯骤然停止。相反，斯人成了哲学家和政治家。在席佛，这两种职业几乎是完全一样的。

然后，命中注定，斯人被发现了。发现斯人的，不是席佛人历史上最有能力的领导人席单，而是他的首席助理席比尔。席比尔是席单灿烂政治生涯背后的哲学家。在斯人身上，席比尔看到了其他人没有看到的希望——提出新方法来解决老问题的能力。斯人真正的人生开始了。

那些占领气态巨行星卫星的飞船，既不是席单发明的，也不是他生产的；与银河联邦联系的星际飞行也与他无关；事实上，最终让银河联邦接受席佛成为初级成员的谈判也并非由他负责。所有这些事，都发生在很多个长周期以前。席单最大的成就是让席佛的各个殖民地处于母星的绝对控制之下，而代价不过是区区几百万席佛人的生命及一颗卫星。在席单的领导下，席佛最终获得了银河委员会高级会员的身份。

一切都不错，席佛开始从银河系的善意及全方位的科学发明中得到好处。席佛人也置身于幻觉中，以为宇宙已经变了，仇恨的目光变成了爱的微笑。随后，人类出现在银河系。与席佛人不同，人类不愿意接受银河系学徒的身份，坚持要立即获得高级会员的身份。陈旧的等级体制受到了威胁，古老的协议被打破，战争爆发了。

战争，席佛人明白，是宇宙的自然状态。席佛人生来就有这个认知。席佛人不是杀人就是被杀，不是吃掉别人，就是被别人吃掉。但是，正如席比尔那极具说服力的解释，不择手段求生的本能、誓死捍卫斯民疆土和荣誉的本能，是文明的代价。为了维护好不容易才获得的道义，席佛为联邦生产了战舰，为之配备船员，并将之投入战斗。幼体不再被杀，而是被大量派到战舰上。席佛人引以为豪的是，席佛的人数和席佛的制造力都是银河系战略的重要组成部分。

如果不是受到某些银河种族的保护，人类几个小时之内就会在银河联邦正义的惩戒手段下被迅速打败，倒退回他们原来一无所有的境地。那些银河种族对于联邦的共识原则并不像席佛人那么忠诚，或许，他们觉得这是一个取得政治优势的机会。

斯人志愿成为一名战士，但席比尔坚持认为，斯人的最佳位置是待在席佛委员会里，协助规划战役战术和迟早会来的和平策略。席比尔说，战争结束的时候，就是天平调整和重获平衡之时。到那时，做好准备的人有机会夺取并掌握权力，正如席佛贵族在很多个长周期前夺取谷地一样。席佛人会变成委员会强权之一，或许是主要的强权，而不再是不为人知、常常被无视的初级成员。席佛虽小，但席佛人不应被忽视。

斯人提议的一个战术成为标准战役流程，即牺牲局部——一艘战舰，一个舰队，或一个世界——以取得总体的优势。该战术特有的优势植根于席佛人的生理和进化机制：在个人冲突中，聪明的席佛人会放弃一条胳膊，而另一只胳膊挥出致命武器以获得胜利。

那些心怀嫉妒的对手散布谣言，说该战术来自斯人的下属，而非斯人。每个组织机构都遍布这种使刀子的人，生存的秘密是不要背对同伴。这种指控很容易被驳回：席佛的传统和法律规定，所有劳动和思考的成果都是上司的合法财产；还没来得及确认斯人对这一战术的第一发明权，这位不幸的下属就意外身故了，此后再无人质疑。

该下属尸骨未寒，此战术就被直接呈递给了席单。席比尔参与了后续的讨论，讨论接下来该派谁出使银河委员会，因为前特使所乘飞船遭人类袭击而身亡。

战后斯人才发现人类也独立发明了这种牺牲战术。尽管人类太软弱，无法心甘情愿接受牺牲，但人类有个奇怪的习惯，他们在一个叫"游戏"的东西里面，建立了人类行为模型，并将其应用于日常行为，包括战争。因此，该战术未能像斯人或席单所希望的那么成功，但也没有像席比尔所害怕的那么失败。

当然，席比尔接受斯人的战略为恰当的席佛式行为，认可了有才华的下属应有的命运。随后，战争一开始就以休战告终，席佛反对终止敌对状态，但特使的死亡并未造成任何影响力，而在特使被杀的那场攻击中幸免于难的助理特使，即使发表了激情演讲也无人理睬。其他银河种族，立场没那么坚定，早就厌倦了牺牲，宁愿用荣誉交换和平。

现在，是时候该席佛采取行动了。其他银河种族早已被战争搞得疲惫不堪，渴望以任何代价达成和平，席佛对牺牲的决心和意愿会让席佛有机会夺取银河委员会的权力，重塑联邦的未来。席单找了席比尔，要他接受委员会特使的职位。席比尔接受了，条件是要求席佛为了联邦的和睦与文明，放弃自己的雄心。

随后，席比尔遭遇了一场不幸的事故。

按照席佛的传统，席单转向席比尔的助理，于是斯人被任命为特使，但不再有席比尔那些别扭的前提条件，不再要求改变席佛人的行为准则。很久以后，斯人加入了委员会，了解了委员会的运作模式及秘密的权力杠杆。委员会庞大而审慎，像一座冰川，缓慢而无情地向下移动，寻求共识。委员会很难阻止，无法驾驭，只能被割裂成可操纵的派系。

委员会令人失望得崩溃。斯人曾预料会遭到反对，但发现他们其实是令人发指的漠不关心。其他委员会成员年纪更大，姑且让我们谦逊地认为他们或许也更睿智。斯人心系席佛，尝试推动委员会克服惰性，采取行动。大家听取并认同斯人的想法，但毫无动作。没有反对意见，没人挡路，任何个人或团体发生的任何变故都无法改变这一切。

斯人学会了耐心。

超验机

耐心让斯人悟出了接受事物的方式，希望通过慢慢的微调，潜移默化地达到改变。这不是席佛的方式，而是银河联邦的方式。银河系缓慢转动，旋臂距离遥远。联邦老化了，而且在尽量减少变化，规避冲突的过程中，愈发老化。人类的出现扰乱了银河系的平衡；格局发生了变化，而联邦不喜欢变化。现在，随着《大停战协议》的缔结，联邦已经准备好回到老路上，也就是一直以来都运行良好的那一套，让各族异星人可以相安无事。

然后传来消息，新的先知出现了。没有名字，没有来源或地点，没有物种标识或描述，传言说有某个生物宣布了超验的可能性——不是通过席佛人那种漫长的剥夺和内在力量的增长而达到的，而是通过机器的瞬间提升。这个未经证实的传言出现以后，联邦委员会的混乱状态，斯人无法描述。年长而睿智的委员们变得疯狂而惊恐。进化广为人知，但进化是缓慢的，庞大的联邦还未来得及调整。身体的超验却可以瞬间发生，某个人或某个物种能立刻取得优势，这不得不令人恐惧。当前的平衡——有人称之为"停滞"——受到了威胁。所有感性生命都有可能被终结。

委员们四散逃往星系各处，逃回家里寻求咨询或安慰。斯人没有逃，他知道，自己寻求的改变虽然已经变成了另一种改变，但毕竟还是改变，改变可能会变得更好。在这一点上，席佛人和人类观点一致。

席佛人和人类一样对超验有激情。但这与人类不同，因为人类早已相信自己是受眷顾的物种，因伟大而被选中，注定有好运；而席佛人明白，所有生命都是宇宙中的偶然事件，是小概率的玩笑，而席佛人一开始就遭遇磨难，不管想要什么都得靠自己奋斗。在某个地方，以某种方式，这个宇宙欠席佛人一个超验的机会。

随后，干预来了。斯人被召去参加一个会议，与会者都是柔声细语的外星人。斯人无法分辨他们是哪种外星人，因为他们采用了扭曲场[1]技术和翻译装置隐藏其身份。但这些外星人倒是明确了一个斯人尚未怀疑过的观点：银河委员会的成员并非银河系的最高立法者，或者说不是唯一的最高立法者，其他在远处操控的未知势力或许更高效。

无论在经济上、政治上，还是宗教上，这些势力行动起来更果决，更有远见。外星人告诉斯人，这股席卷银河系的新宗教狂热，或许是福，或许是祸。如果是真的，某个物种实现超验后，会尝试发挥其优势，那超验主义就有可能引发一场导致银河系被摧毁的新一轮战争；它也有可能导致一个崭新的、更伟大的联邦诞生，每一个物种都可以达到他们自身的完美状态，整个星系将会繁荣昌盛，更富有，更充满艺术气息，也更友善。如果这是假的，超验主义将会令整个星系因失望而陷入沮丧，因为人们的期望可能在很长一段时间内都无法得到满足；抑或，这个新信仰的理论会被某个适当的权威机构采纳，让星系走上一条通往个体物种改良的道路，开创一个宽容而共同进步的新纪元。

这些外星人说，必须搞清楚超验主义到底是什么。因此，他们命令斯人去寻找，参加这次朝圣之旅，判断先知是否在飞船上，了解超验机是否真实存在，是怎么工作的，把它带回来。如果斯人不能完成以上任何一件事，就得在先知或超验机被错误的人或错误的物种滥用前，杀死先知或摧毁超验机。

斯人现在把这些真相说出来，是因为事实已经很明显：先知就在

---

[1] 扭曲场一种特殊的场，可以让眼前的场景扭曲，以便隐藏真实的景象。——译者注

超验机

杰弗里号上,尽管还不知道是谁;因此,这个机器也可能是真的;船上的其他生物也同样是被未知势力雇用的——钟和简,毫无疑问,也许还有其他人。斯人披露的信息可能会被质疑。为什么斯人要透露自己的使命呢?原因有很多:是时候该披露了,如果这趟朝圣之旅要成功,大家必须团结一心。

因此,斯人完全明白,他正在背叛席单的信任,也放弃了为自己和席佛人争取变得伟大的机会。斯人没有通知席单就放弃了自己的职位,在自己的账户里意外地找到了资源,踏上了去端点星的旅程。

斯人选择端点星是因为秘密势力的指引,但为什么这里聚集的这么多人都选择了端点星?斯人不会详述为到达飞船出发地所克服的千辛万苦。所有聚集在此的人都遇到过相似的障碍,肯定还有很多人误读了标记,跑到别的地方去等那艘永远不会到来的飞船。

对席佛人而言,那已经是个很合适的宿命了。

第十章

赖利正在为下一个清醒周期做准备，席的故事一直在他脑海中回荡。或许，在赖利排队等洗澡的时候，其实是他的微脑在一遍一遍复述席的故事。很多外星人从不洗澡，其他人也各有特殊需求，毫无疑问，都像他一样感觉不尽人意。化学喷雾从四面八方喷出，包围了他几秒钟，然后又从多个出口被吸了回去，接着喷来阵阵干燥的空气。他走进光秃秃的更衣室时，觉得自己跟进来之前相比，一点也没干净多少。

这样一场与未知且暗伏势力的会面，与赖利自己的如此相似，又如此不同，为何席会如此坦白？他是不是知道赖利的遭遇，所以想引诱赖利也同样坦白？抑或，他是想巧妙地告诉赖利，他完全明白自己和赖利的处境，他们都是一条绳上的蚂蚱。抑或，他们是在对潜在的对手采取行动，警告他不要继续执行他接到的命令。抑或，为了达成共同的目的，他们可以在某个必要的时候联合起来。

难道席是被讲故事时候的精神所打动，竟暴露了原本应该隐藏的信息吗？或者，他的动机与此相关？他怎么会知道这些外星人的事情呢？而且他是从蛋里孵化出来，能断臂重生的人？

"我不确定，这些故事是否符合你的计划。"阿莎说，"这里面的问题比答案多。"

赖利看着她。她从不排队洗澡——又或许，既然她似乎从不睡觉，

超验机

大概是在别人熟睡的时候沐浴的吧。她看上去压根不需要洗澡。她总是整洁，总是穿着破旧的太空衣，总是很吸引人——不漂亮，但赏心悦目，虽然衣着并不显眼，却让人不由自主地注意到她，一眼就能看出来："这是一个头脑敏捷、独立自主的健康女人，即将实现其潜能的极限——一旦轻视她，将会极为危险。"

"她是距离你数光年之内的唯一女人，"他的微脑说，"你不该让此事混淆你的判断。她可能是你最危险的对手。"

赖利并不确定，她是否想被当成女人看待，他没看到任何迹象证明她有这种想法。但她为什么会来这趟朝圣之旅？

"我从未想过他们会揭露任何人，"赖利说，"但我认为，我们多少会更好地了解彼此，比起我们轻率揭示的真相，我们所说的谎言可能更具启示性。"

"你比我想象的要狡猾。"

"我并不只是一个没文化的退伍兵。"

"我从没觉得你是。没点激动人心的智商，谁会冒险来这趟朝圣之旅。"

"或者是想象力。"赖利说，"成功的机会太渺茫，单靠智商，我们会选择待在家里。"

阿莎点点头，"两者都需要。我们既需要想象力来感知朝圣之旅究竟引导我们去往什么方向，也需要智商让我们克服重重困难以抵达终点。"

"至少我们从席那里了解到，银河系里有些强大的机构在运作……"

"对我而言，这并非新闻。"阿莎说，"我敢肯定，对你来说也一样。"

"而且，这趟旅程期间所发生的种种，他们肯定插手了……"

"没错。"

"而且，船上发生的事情也一样。"

"我们都有自己的要务，"阿莎说，"包括陶德，包括我和你。"

"你的要务是什么？"赖利问。

她说："要是你给我看你的，我就给你看我的。"

但他们还没向彼此透露出任何东西，陶德来了。赖利望着他，仿佛认为，为了回应阿莎的指责，陶德要公开自己的秘密要务。而当他望向阿莎的时候，觉得她也怀着同样的想法看着陶德。陶德看着他们，先看看这个，然后望向另一个，好像明白自己打断了某些重要事宜，或许，他们对他还有所期盼。陶德说："情况有变，船长把我们锁在里面了。"

他把他们带到舱门口，说："柯姆告诉我，轮到他与船员一起去值班的时候，门打不开了。"

"呃，柯姆是谁？"赖利问。

"那个天狼星人。"赖利居然不知道天狼星人的名，陶德仿佛很惊讶。

柯姆在舱门口等着他们，耷拉着眼皮的眼睛睁得大大的，在一片黑暗中却显得难以捉摸。他站着，面无表情，鳍被压扁了，不像活物而更像雕像。尽管这个生物努力控制其内部热量，赖利却能感觉到热度不断从高温的外星人那里放射出来。

赖利蹲下来检查门锁。他试了试之前发布的密码组合，然后随手乱按，希望他的微脑能找到一个有用的。但微脑没有反应，舱门依然顽固地紧闭。

超验机

赖利把手伸进舱门边缘。

"你在干什么?"陶德问。

"边上仍有热度。"赖利说。

"什么意思?"

"船长把门焊死了,"阿莎说,"把我们锁在了里面。"

赖利看了看其他人,"在我们找到解决方案前,这件事我们几个知道就可以了。发动暴乱于事无补。"

柯姆发出了一串声音,赖利的微脑翻译为:"银河种族不会暴动。"

赖利说:"他们在上一个清醒期做了很好的演练。"

"我可以冲破舱门。"陶德说。

赖利看了一眼陶德那庞大的身躯,"毫无疑问你可以。但船长肯定早就做好了准备。"

"我能通过自己的方式融化焊缝,"柯姆说着,身体膨胀了一指宽,"天狼星人拥有控制和引导身体的热度机制的有效方法。"

"我们随时可以那么做。"赖利看着柯姆的身体——看上去就像用肋骨和鳍片做成的散热器。他再次对生命在宇宙中的适应性感到惊奇。"但我建议,我们先分析形势再采取行动。"

陶德问:"你不生气吗?"

柯姆的声音就像壶里的气泡,被翻译成:"人类不该干预银河种族的行动。"

赖利望着柯姆,仿佛可以透过天狼星人那皮革般的外表看穿他的内心。他知道，天狼星通过鳍的拍动或信息素的释放来表达情感。"被激怒会失去对局势的控制。"他说，"我们得先弄明白船长要得到什么，或者我们注定将失去什么。"

"唯一的变化是发现了简和钟的速冻体。"阿莎说。

"这些我们都知道。"赖利说。

"也许船长不希望他们复苏，"陶德加入分析，"可能他们会泄露什么危及此次旅行的信息。"

"或者是担心泄露船长的意图。"赖利说。

"你觉得他们的意图跟我们不同吗？"阿莎问。

"我们所有人的意图不都一样吗？"赖利回答。

"我们已经达成一致了。"阿莎说，"而船长的意图又能有多不同呢？"

"可为什么现在船长把我们锁在里面了？"陶德问，"除了被发现的冷冻船员，还发生了什么事？"

"船长可能听到了席的故事，"赖利，"而且在干活儿的过程中，也了解到了其他势力。"

阿莎说："当然，这并不令人感到意外。"

"可他怎么听到的？"陶德问。

"或许，这些船舱都装了窃听器。"赖利说，"这是个精明谨慎的做法。或许他在我们中间安插了线人，这也是个精明谨慎的做法。"

陶德和阿莎环顾狭窄的船舱和那群奇形怪状的外星人，每个人都有自己的经历，有自己需要面对的生理或环境挑战，有自己通往银河联邦和感知的进化路径。并没有一个共同目标能让大家彼此信任。他们的气味各不相同，有些是不经意间散发的，有些是信息素，甚至是

超验机

通信工具；动机就像气味一样，各不相同。

"另一方面，"赖利说，"船长未必是个谨慎的人。"

"你了解他。"阿莎说。

阿莎不是在提问，但赖利还是回答了："我们在地球舰队上有过一段共同的经历。"

"机会有多大？"

"极小，几近于无。"赖利说，"显然，这些事件是由某些未知的不明势力引导的。"

毫无预警地，飞船开始跃迁，四周的墙摇晃着。赖利一把抓住阿莎，为了稳住身体，又抓住陶德。柯姆坚定地站在那里，一副做好一切准备、无论发生什么都不奇怪的神情。与其说周围的船体消失了，产生了漂浮在虚空的幻觉，感觉现实世界在他们周围旋转，不如说飞船和虚空在一片混乱中疯狂地交替。飞船颤抖着，尽管陶德有三角支架，他们也几乎失去了平衡。赖利伸手去摸墙，担心自己的手指可能会深陷下去，甚至完全穿越。多年来，他经历过无数次跃迁，可这一次与众不同。

终于——其实最多不过几秒的时间——宇宙恢复了正常的稳定状态，船壁也稳定了。赖利放开了紧紧抓着陶德的手，然后不情不愿地放开了阿莎。陶德面无表情地站在那里，似乎对这次经历毫无感觉。阿莎搓了搓刚刚被赖利紧紧抓住的上臂。

最终，赖利开口说："这是我经历过的最糟的一次跃迁。"

"或许我们高估了船长的技能。"陶德说。

"或许，是船长偏离了坐标。"阿莎说。

"又或者，"赖利一字一句慢吞吞地说，"船长拿到的坐标是错误的。"

三个人开始思考这件大事，而柯姆则不动声色地站在那里，距离被封的舱门两步之遥。

　　"这意味着，"赖利继续说，"我们可能找不到回去的路。"

　　"什么意思？"陶德问。

　　"如果坐标稍偏，"赖利说，"回程时会偏离得更多。可能那个引导船长的家伙想要的就是这样。"

　　"不成功便成仁。"阿莎说，仿佛被这个想法给逗乐了。

　　"或者完全依赖那个未知的导航员。"赖利说。

　　他们三个思索着刚刚发生的事情究竟意味着什么——先是被焊死的舱门，然后是剧烈无规律的跃迁。

　　"'未知的导航员'是什么意思？"阿莎问。

　　"船长是定期从船上某个人那里得到传送坐标。"赖利说，"某个他不认识的人。至少他是这么说的。"

　　"你信他吗？"

　　"显然，他必须从某个地方弄到坐标。"赖利说，"大星湾并没有星图标识。"

　　"这不可能是真的。"陶德说。

　　"为什么不可能？"赖利问。

　　"这艘飞船已经跳过了三个跃迁点。"

　　"通过船长的微脑把坐标传给他的。"赖利说。

　　"可坐标是从哪里来的？"陶德坚持己见。

超验机

赖利耸耸肩。

"陶德有个想法，"阿莎说。"肯定以前有人走过这条路，不然不会有跃迁连接点，也不会有超验机的报告。"

"如果这些报告并非捏造，也不是被歪曲的神话。"赖利说。

"事实上，这些连接点迄今为止都行之有效——即使最后一个坐标可能偏离中心——说明星图是真实存在的。"陶德说。

"怎么做到的？"赖利问。

"跟其他星图的绘制方式一样，都是因为某艘银河飞船不顾一切地冒险，才发现了空间异常。在赛博领域中，漂浮着各种各样的跃迁连接图。"陶德说，"有些图有上千年、甚至几十万年的历史，有些是合理的，有些是伪造的，所有星图都值得怀疑。任何一个受尊敬的银河种族，都不会拿自己的生命或自己的船去冒险，去尝试任何一条星路。"

"但人类可能会。"阿莎说。

"是啊，"陶德表示认同，"人类可能会。"

"就因为他们没啥可输的？"赖利问道。

"是那样。"陶德说，"还因为他们是如此年轻的一个物种，冒险基因还未被智慧基因所束缚。"

赖利想了想，然后耸了耸肩，"你可能是对的，但这并不能解决我们的问题，到底是谁给船长提供了坐标。"

"肯定不是船员，"陶德说，"船长肯定能认出恒星吧。"

"但如果指派他到这艘船上来的人想要另一个特工来控制整个旅程，那就不行了。"阿莎说，"未知的势力在我们中间起作用，没什么可以证明在船员内部是否也起作用。"

阿莎知道多少？赖利想知道。她到底还有多少怀疑？

"你的怀疑不仅是恰当的，"他的微脑说，"而且应该拓展到船上所有其他人。"

"船长认为只有先知才有坐标，"赖利说，"先知可能是船员中的某一个，但更可能是作为乘客登上飞船的。"

"如果先知确实存在，"陶德说，"并不仅仅是个省事的神话。"

"也许我们应该在每个人的微脑里搜索星图。"阿莎说。

"我们都知道这不可能。"赖利说。

陶德不需要回答。没有一个银河种族会允许与自己近乎共生关系的微脑受到侵犯。

"所以，"赖利说，"很可能是先知出于某种目的而发送了偏离目的地的坐标。"

"除非，"阿莎说，"当飞船进一步深入大星湾时，坐标本来就会越来越不准确。"

"或者，除非船长本人想毁掉返回的可能性。"陶德说，"他本来可以自己切断通往另一旋臂的纽带。"

"或者，要让我们都只能依赖于他的坐标才能回去。"赖利说。

"而你仍然认为，应该等船长采取行动后，我们才能越狱？"阿莎说。

赖利耸耸肩，"我感觉，船长肯定会在我们之前采取行动。"

"现在也可以熔化焊缝。"柯姆说。

赖利早就忘了天狼星人就站在旁边，听到了所有的对话。"还没到时候。我觉得，最好还是等船长先意识到自己的错误。"

似乎是作为回应，舱门口的边缘开始发光，过了一会儿，舱门打

超验机

开了。船长站在另一侧，怒目而视。"好吧。"他说，"正确的坐标是多少？"

赖利走上前去，右手抓住船长的胳膊。船长低头冷冷地望着他的手，但赖利并未松手。

"这不是讨论坐标的地方，"赖利说着，冲柯姆点点头，"也许，也不该在这里讨论你为什么把我们封在里面。"

"那去哪里？"船长说。

"在这儿，我们没有隐私可言。"赖利说。他转过头，看了看堆满外星人的多功能休息室，他们还没有意识到自己曾经被关了禁闭，只是依然犹豫不决地转来转去，谈论着刚刚那次跃迁。

船长往船员区转过身去，"跟我来。"

赖利示意陶德和阿莎陪着他，他们跟着船长穿过过道，没了恶臭，不再破破烂烂。当他们几个到达船长的住处时，船长转过身来，生气地看着跟在身后的人。赖利转过身，发现身后不仅有陶德和阿莎，还有柯姆。赖利早就该认出热源所在了。

"我的办公室塞不下这么多人。"船长说。

"船员休息室肯定不行，原因显而易见。"赖利问，"控制室怎么样？"

船长酸溜溜地同意了，转身把手放在舱门附近的读卡器上，等舱门翻开后，他走了进去。他打发走了在那儿值班的两名船员，然后等着他们四个进来。即使是控制室，也仍然很拥挤，天狼星人身上辐射出的热量，必定会让这里变得更热。

控制面板上方的显示器呈现出一片黑色——没有关机，而是因为这艘船已被大星湾所吞没。

"所有这些，"船长说，"是为了回答我关于正确坐标的问题？"

"所有这些，"赖利说，"是为了找答案，来解释你为什么把我们关在里面。"

"除此之外，似乎别的法子都行不通。"

"可那也一样行不通啊。"赖利说，"如果我们那时候公然反抗，自己越狱呢？"

"禁锢银河种族，"柯姆操着标准银河语说，"是不合理的。"

船长似乎在强忍天狼星人所表现出的轻蔑态度。"怪只怪一时的怒气所致。"终于，他开口说道，"作为这艘船的船长，我已经受够了押运员令人恼火的各种干涉。"

"没别的了？"陶德问。

"和这个临时小组讨论的，我没别的了。"船长挑衅。

"无关简和钟的解冻提议吗？"阿莎问。

"关于这件事，我已经全都说清楚了，我现在只想知道是谁在传坐标。"船长说，"我相信赖利已经告诉过你们，我的坐标是由飞船上某个人传给我的，肯定是乘客，很可能是先知。最后一次跃迁几乎是场灾难，可能摧毁这艘飞船和船上所有的人……无论是银河种族还是人类。"他迟疑了片刻，又加了一句。

"显然，是经过精心算计的。"赖利说。

"远远适宜，远到足以消除任何返回的可能性，但又近到刚好可以完成跃迁。"阿莎说，"这需要很高的计算能力，或许还有经验。

而这种计算能力和经验,都是船长才有的。"

"胡说八道。"船长说。

赖利仔细打量着他曾经的同船船员。"就我个人而言,我相信你,"他说。

"谢谢。"船长说。

赖利听出了船长语气中讽刺的意味,但这可能被银河种族漏掉。"但事实是,我们承诺了会继续前进,我们回家的唯一希望就是,无论给你发坐标的是谁,这个人选择发送正确的坐标——而你得信任他。抑或,我们能找到超验机,它会允许我们去做任何必要的超越。"

"或者,只要我们找到发送坐标的人——无论人,还是什么东西——得到完整的坐标集,或是找到生成这些坐标的星图。"船长说。

"你知道这有多么不可能。"赖利说。

"无论是不是发送坐标的人,所有银河种族都不会允许别人搜查自己的微脑。"陶德说。

"那我们就陷入僵局了。"船长说。

"不,"阿莎说,"我们可以继续向前。既然乘客舱门已经解封,坐标发送者很可能会发送下一套坐标。"

船长看上去很惊讶,"我刚收到新的坐标。"他说。

"这意味着,"赖利说,"我们几个都不是发送者。"

"回到你们的船舱吧,这样我就可以输入新坐标了。"船长说。看到他们四个人的眼神,船长又补充道:"我保证,不会再密封舱门了。"

"还要保证复苏钟和简,"柯姆出乎意料地说,"我在这方面很有经验。"

船长看起来很不自在,但还是点了点头。

当他们返回乘客舱时,赖利转头问柯姆:"你有解冻人类的经验?"

"我所有的故事,我都会告诉你。"柯姆说。

第十一章

柯姆的故事

柯姆说：

天狼星人的生活被他们的几个太阳所主宰。天狼星是一颗炽热的蓝白色恒星，它有一颗白矮伴星，除遥远的巨行星轨道之外有几颗满是岩石的准行星，其行星全是气态巨行星。星系里宜居的都是卫星，有些卫星甚至比那些恒星引力稍弱的行星还要大，柯姆兰就是其中之一，它围绕着那颗被天狼星人称为基尔兰的气态巨行星转动。

柯姆兰是这颗恒星系第四大气态巨行星的第二大卫星。作为卫星，它有半天在天狼星的强光下被烘烤，余下的半天则在基尔兰的阴影下挨冻；与此同时，随着柯姆兰的自转，它的两半球会交替进入光与影中。于是，柯姆兰既被基尔兰奴役，又受到天狼星的凌虐。天狼星人必须适应这种复杂的气候。

据我所知，地球表面的大部分地区有长达半年的炎热期，接着则是持续另外半年的寒冷期。柯姆兰每天都会经历一个冬夏，其自转周期只是因为基尔兰的引力而略缓，而柯姆兰则通过吸收行星阳光将之转化为内部的热量

在柯姆兰，要形成生命很艰难。不仅生命受到极端温度的抑制，而且基尔兰对卫星的引力持续造成推拉作用，导致地壳不停地移动，

把生命困在下沉的岩石和不断上升的大海中，所以最终出现的生物异常耐寒，对温度极度敏感。他们在温暖的半天里茁壮成长，在寒冷的半天里关闭所有机能，直到他们最后进化出效率更高的机制，能通过现在美丽的辐射鳍控制体内温度。正是这种基于能量的成就，让天狼星人成为凶猛的竞争对手，甚至是更凶猛的朋友，正是这独一无二的行星环境让他们在银河系里与众不同。

天狼星人出生即可存活，但尚未成熟，像幼虫一样，需要花上一段时间在父亲体内发育，跟在母亲体内妊娠的时间一样长。母亲在怀孕时就会储备食物，以备孩子们在成熟过程中消耗，为其提供营养。整个成熟过程犹如田园生活般悠然欢畅，长大后，他们会回忆起这段快乐时光：食物总是随手可得，温度恒定，没有竞争对手。这段时光控制了他们的生命，塑造了他们的梦想。而这正是天狼星人渴望重获的。

出于某些超出理性分析的原因，天狼星人将这个梦想与天狼星的伴星联系在一起。那颗白矮星总是被指代，从未被命名。虽然天狼星给了我们生命，但给我们抱负的却是伴星。生活在它幸福之光的微弱光芒下，是每个天狼星人的强烈欲望。然而，伴星没有任何行星。创世神话告诉天狼星人，我们的伴星才是我们存在的源头，它甚至曾经比天狼星还大，却在养育这群世界的过程中被削弱了，这群世界被它的伴侣偷走，被当作卫星送给了气态巨行星。爱情不可避免地走到尽头，在悲哀和沮丧中，伴星开始愤怒，狂怒使其变红，加之养育的过程和伴侣的背叛，它愈加虚弱，随后崩塌，变成了现在的坍缩状态：所有生命都消失了，只剩微弱的光芒。

有些天文学家肯定了这些神话，他们推测像基尔兰这种气态巨行星的卫星确实是那颗不应被命名的白矮星的后代。另有一些人，不太

超验机

信奉神秘主义，认为这些世界曾经独立于天狼星系外，只是被气态巨行星捕获了，抑或是越过最远的巨行星，从行星物质大圆盘里，直接拉进本星系的。

我们的天文学家告诉我们，有关这颗不应被命名的白矮星的信仰，其实是天狼星人先祖的记忆，伴星经历了一个正常的扩张和崩塌的过程，其行星，即使有的话，也在它红色的扩张阶段被消耗殆尽，或者被驱逐到巨大的黑暗中。而天狼星人曾经的梦魇是梦见自己被一位强悍的蓝白女神从天堂偷走，再也回不去了。

天狼星人想象着，如果他们更强大，只要他们可以让自己变得完美，就可以建立一个围绕着伴星的美丽新世界，并保护它，让它免于炽热的蓝太阳的暴虐，或者将柯姆兰乃至基尔兰都一并从天狼星的掌控中解放出来，与它们的父亲团聚。在这里，在这个天堂般的梦幻世界中，他们会褪下自己的鳍，像其他生物一样选择自己的命运，而不是任由他们的太阳女神作选择。

当然，所有这些都是神话。天狼星人明白这一点，但无论如何他们还是受其掌控。我告诉你们这些，是因为这些事实决定了我们是谁，为什么我们的思维模式和行为举止会是现在这样，以及最根本的，为什么我会和你们一起，在这艘飞船上。

我们在父亲的身体里一路吃过来，不断变化，充分发育但依然很小，通常父亲会死去，因为没有为幼雏储存足够的食物，或者幼雏数量比通常情况下要多，或者不够强壮，以致在哺育幼雏的同时无法维持自己的生命。正因如此，在对科学有深入理解的今时今日，组建家庭会被精心规划，而天狼星女性选择伴侣时也会格外小心。如今，每十个父亲中只有一个会死，父亲的死亡会被认为是女性的过错，通常是会遭到惩处的罪行，有时候甚至会被判死刑。然而，有些命运比死亡更糟糕。

无论结局如何，成为一名父亲，是一次改变人生的经历，只有英勇和强壮的人才会被选中。即使父亲存活下来，这种经历也通常会让他受损，寿命会缩短，一方面因为身体虚弱，另一方面控制体内温度的能力变得不确定，这本身就可致命。没有男性会当两次父亲。而那些油尽灯枯的男性会把养老院和退休别墅搞得凌乱不堪。有些哲学家提倡自杀或自愿的安乐死，以此清除障碍，以便天狼星人可以取得更伟大的成就。

柯姆兰星球地表持续的扭曲是另一个不得不接受的现实。天狼星人生来就知道大地自身的稳定性本就靠不住，很多物种对客观环境抱有不切实际的信心，因此，这个认知让天狼星人比那些物种更有优势。天狼星人知道，意外随时可能发生，他们不能信任环境，必须准备好适应任何紧急状况。这种意识让他们在柯姆兰波涛汹涌的大海上成为勇敢的水手，而一旦进入宇航时代，他们就理所当然地成为太空旅行者和自信的战士。

老实说，无论当一名水手，或者太空旅行者，还是战士，都比当一个养育后代的男性更安全。

当我父亲储存的食物被自己贪婪的子女吃完后，我在他肚子里一路吃过来，但这些我都不记得了。但父亲跟我说了一些与此相关的故事，我也看到类似的事情发生在其他人身上。我常常梦见这个场景。我的父亲是一位伟大的男性。父亲跟我说，把我与兄弟姐妹分开之后，

超验机

他用抗生素治疗自己的育儿袋，然后缝合我们这些不动脑子的生物咬出来的洞。在所有子女中，他选择我作为继承他智慧的智者，我们一起共度了很多欢乐时光。期间，他帮我做好准备以获取权力和地位，如若当初他未曾选择为爱牺牲一切，那些权力和地位本应属于他。

我希望能用同样的语言来描述母亲，在我还很小的时候，她就把父亲吃了，我们在柯姆兰上的那一小块地方被地震撕扯得四分五裂。"别担心。"他对我说，"柯姆兰会供给你们所需，饥饿时代终将过去。你们的母亲做了她必须做的事，她得让她自己和孩子们活下去，她会看到你们获取应得的进步。"然而，她并没有。

我已经在懵懂无知的幼虫阶段吃了太多他的东西了，所以这次我没吃。

但父亲说得对。饥饿年代过去了，正如我们开怀大吃父亲的身体那样，我们尽情利用父亲留下的信息，而我代替他作为智囊提供建议，我们家的状况重新好转。我以一家之主的身份成为智者，而我的一部分智慧得益于我的父亲，他并未像他那一代的很多男性一样，在爱的祭坛上献祭，变得衰老而虚弱。

我一有可能就离开了家，逃离了母亲近乎贪婪的关注，也不再保护孩子们免遭她暴虐的伤害。我把自己托付给了国家，国家所关心的，甚至就连惩罚，都所幸与个人无关。受益于父亲曾经前途无量的事业和他传授给我的智慧，我被指名送进预备宇航员学院。在那里，我学习了数学，太空物理，天文和宇宙学，太空旅行的历史与实践，以及在银河种族中天狼星人的卓越地位。

我要为天狼星人狭隘的态度而向各位银河种族小伙伴们道歉。我们教导伟大，是为了让我们的子孙可以超越生物学概念上的背叛，以便让他们永远不会在不对等的情况下遇到另一个银河种族或其他类似的情况。我们教导伟大，以便我们能够想象它，并通过想象而最终实现伟大。

我努力学习，尽管带着怀疑，而这种怀疑植根于每个思维缜密的天狼星人的意识中。我们知道宇宙无情，也不稳定，因此我们探寻不可言喻的真相，寻找隐藏在伪装下的现实。我努力学习，也是为了让父亲感到自豪，让他的牺牲有意义。作为全班最有前途的学院生，我被送入了太空大学。

大学生涯更加苛刻，要求我们不仅训练思维能力，还要训练身体素质，那是天狼星人的核心经验。我们必须完成的不仅是各种练习，以便让天狼星人学会达成目标并学会忍耐，同时还必须学会各种控制内部状态的规则和协议。柯姆兰为他的子孙们提供了如此极端的温度和柯姆兰学说，以致我们必须将内部状态与外部存在分离开来。我们的幸福并非取决于事件本身，而是取决于我们的决心。我们对待幸福，一如对待自己的内部温度。

在大学的第三个周期，天狼星人开始认知太空，先登上配有经验丰富船员的飞船，然后去由高年级学员操作的飞船。在首航中，我发现了自己的天然居所。我的那些同学惊慌失措，在失重状态下挣扎，在角落里呕吐，脸因羞愧而涨成粉红色，挥舞着布片试图抹掉证据，而我却感觉自己仿佛回到了家里，再次住进了父亲肚子里。正因为如此，我知道，是父亲养育了我，不仅分享了他的身体，还分享了他的智慧。我是一个天生的太空人。

现在，我混在一群更聪明的学生里，并不像以往那样成功。功课变得更难，我也更疯狂地扑在学业上。即使记忆中父亲的声音能让我平静下来，但我也未能像以前那般出类拔萃。不过，我的宇航能力弥补了一切。其他学生在行动前需要思考，可对我而言，每一个决定都是身体的自然反应，不经大脑。因为我的技术——以及与之相应的领导风格，我晋升到一个重要岗位，用人类的说法是军校学员的预备役上尉。

等我所在的班级到了最后一年时，我已经被确认，只要一有空缺就能增补进天狼星舰队的主舰。作为回应，我在与智力相关的领域表现得更加出色。我再次成功，在天狼星历史、政治科学，尤其是太空导航、工程学、炮术和指挥等方面，有时甚至比同级生更优秀。

然后，我遇到了若弥，来自柯姆兰另一个半球的一年级学员。按照正常的生活轨迹，我们永远不会相遇，将我们分开的不仅是距离，还有身份和地位。我是平民，仅仅靠着母亲的道德沦丧才熬过了饥饿年代。但在太空大学里，我是前辈，作为预备役上尉，可以对一年级学员发号施令，并期望他们立即服从。即使不合理的命令也一样——事实上，按照传统和常识性的指导原则，越不合理越好，因为船员们必须不假思索地服从，不该去考虑命令是否合理。

但我无法命令若弥。她是我见过的最美的天狼星人，她与我坠入了爱河。我感受到了内心的骚动，想要在肚子里储存食物，想要哺育进食的幼虫。然后，我想起了我父亲。

我知道，在银河系里，爱的方式有很多种，有些强大而持久，有些短暂而随意。我不知道，对天狼星女性来说，爱情是什么样子的——

我想它涉及了捕食——但对天狼星男性而言，爱是一种伟大的感情，让他准备好作最后的牺牲。

在余下的学习阶段，我一直忍受着这种状况：尝试减少我与若弥的接触，但每次只要她在附近，我就会感到那股原始的冲动。我知道，父亲也曾感受过，正是这股冲动背叛了他。我甚至会刻意安排，以确保我们的轨迹没有交集。但我仍会在梦里遇到她。

我知道，有些银河种族不做梦，有些甚至不睡觉。然而天狼星人在梦中的生活跟醒着的生活一样真实——不，更加真实。我们讨论我们的梦境，仿佛真的经历过一样。我们分析梦境，把梦境写下来，还管理梦境，以便在梦里有个令人满意的结局，给予我们力量和智慧，或者强化我们的自我形象。

然而，我无法管理与若弥有关的梦。这些梦的结局总是：我低头凝视，小天狼星人在我的肚子里一路吃来，而我没有任何办法控制他们或者自己的温度，无助而虚弱，注定要像废人一样度过此生。我没告诉任何人。

我的苦难终于结束了。我们班的课程结束，我们被分配到飞船上。我内心动荡，但好歹还是设法保住了地位，以初级见习宇航员的身份加入了基尔萨特号。我离开了已经升入二年级的若弥，将她移出我的脑海。

我很开心。太空是我的领地；若弥不再萦绕在我的脑海，也不再控制我的梦境。我是天生的宇航员，凭直觉本能地回应潜意识中的暗示，仿佛我亲爱的父亲正在靠近那颗不名之星的荣誉之地，引导着我的行动。我和太空伙伴们成了好友，以男性间的友谊填补了空闲时光。我们建立了情感的纽带，正如天狼星船员们在统一的太空环境中所做的那样。我们谈论挑战和造诣、雄心和成就，但从不提家庭或牺牲。

基尔萨特号在我的处女航行中进行了第一次跃迁，将我们带出了天狼星系的狭窄范围。这次经历震撼了我的许多同伴，但我倒觉得这令人兴奋的，不仅是太空，还因为我意识到太空中隐藏的宇宙才是我真正的家园。第二次跃迁时，我就在控制台旁，超越时间和空间的力量让我欣喜若狂。我感觉，整个宇宙都是我的，而我把自己的快乐归功于父亲的记忆。

第三次跃迁的时候，我们已经位于银河空域，眺望银河中心的壮观。席跟我们说了与银河委员会的会谈情况，而中心本身——不是银河系的中心，而是银河中心，他没有描述。在那里，各个伟大种族的代表济济一堂，共同管理银河系。银河中心是个微不足道的星系，由一些岩石行星组成，围绕着一颗微不足道的太阳转动。没人会认为它是个伟大的地方，甚至觉得压根没有任何重要性。而这，毫无疑问，正是它被选中的原因，再加上它无人居住的事实，至少没有成员物种住在那里。虽然银河委员会的代表们，还有不计其数的官员都居住在那些行星上，有些甚至一辈子都住在那里，但除受到波及的个人之外，摧毁银河中心的意义不大。

看着这个贫瘠的星系，意识到它实际的重要性，即使最强大的天狼星人，也会明白其内在力量的价值和外表的陷阱。我们早就从柯姆兰极端的两级变换中懂得了这个道理，而今在这里我们再一次认清了这个原则。

我们观察，远远地羡慕，然后离去，除了早就在学院学到的那些，我们未能了解银河委员会内部运作的任何信息。可这对于纯朴的太空人而言，已经足够了。在返回天狼星、回归我们正常生活的路上，我们思考着它的意义。现在,我们已经是一队真正意义上的船员,像飞船的大脑和中枢神经系统一样,作为一个整体而工作。有生以来,我第一次觉得自己的世界一片平和,对自己的生活方式心满意足,仿佛我还是父亲一部分的时候那样。基尔萨特号成了我的父亲,抑或,更准确的说法是,现在基尔萨特号与我父亲融为一体了。

但当我们回到天狼星的时候,若弥重新回到了我的生活。到了学员们上船巡航的时候,邪恶的命运女神作祟,她被分配到了基尔萨特号上。当我见到她时,我知道最大的诱惑到来了。我没跟任何人说一句话,走到最近的双人战斗飞船上,爬过连接着船只的通道,拆下船只的停泊螺栓,关掉通信装置,飘然而去,然后启动了推进系统。

我知道我要去哪里。那个跃迁连接点,所有人都知道,但没人敢用,我正向着那个跃迁点进发,而这次跃迁的终点就是环绕着那颗无名白矮星的轨道。

老实说,我的反应并非原来所预期的敬畏和尊崇。在漫长的旅途中,我设法消除了当初驱使我离开若弥的那股恐慌,但我所期待的灵魂上的满足却从未达成。伴星是一颗普通的白矮星,在轨道空间的荒漠上散发着黯然的光芒,而天狼星燃烧发出的亮光,超过伴星这片夜空上任何一颗星星。伴星并非像神话故事告诉我们的那样,一颗行星都没有。相反,当我从高处望下去的时候,一堆又一堆的残留物漂过来映入眼帘。如果它们曾是气态巨行星,那么气体已经被吹走,只剩下少量燃尽后的碎片。如果它们曾是像柯姆兰那样可居住的世界,那么它们的大气和海洋，连同所有曾经在那里进化出来的生物都已经消失了。在生命降临在柯姆兰之前，伴星已经把它自己的孩子消耗完了。

父亲不在那里，也没有其他灵魂。面前的荒芜与我内心的苍凉不相上下。

在那里，我发现了一个孤独的无线电信标，像是某个孤独宇宙中智慧生命留下的标志。因为这一发现，我抑郁的心情终于有所好转。我追踪它到了伴星附近的一个地方，而在我所有传感器的辨别能力之内，那里没有行星，没有卫星，没有飞船，也没有任何可以发出信号的东西。

从外部太空到近日空间的航程经历了很多个周期，在这期间，我更近距离地看到了伴星扩张阶段所带来的破坏。最终，我找到了信号的来源：一个破旧不堪的逃生胶囊舱。陌生的设计，在伴星黯淡的光芒下缓慢转动，从伴星光线中获取的能量仅能维持有限的运作。

我把胶囊舱与我的小飞船连接起来。胶囊舱的舱门旁刻着操作说明，然而我无法破译那一行行神秘的文字——但最终，我发现了一个按钮，启动了引爆螺栓。我对舱内的空气进行了采样研究：在可忍受的范围内，没有明显的毒素。胶囊舱内有一个依然正常运作的深度冷冻室，里面有个我所见过的最丑陋的生物——软弱的四肢，从一个干瘪而脆弱的躯干中延伸出来，角度非常别扭，其顶部有个奇怪的瘤状增生物，上面开了几个孔，部分地方被线状的卷须所覆盖。

直到后来，我才发现这是一个人类——请在座诸位见谅，这是我所见到的第一个人类，当然也是天狼星人见到的第一个，除了，也许银河系领导层的最高层见过。我后来了解到，人类使者当时已经提出了他们的要求，而这很快导致了战争。

不过，所有这一切，当时仍未发生。此时此地，只有这个外星生物，他死了——或者说几乎死了，两者并无明显差异。如果有任何其他银河种族发现了这个流落在此的人，那结局就是肯定的，但天狼星人对他们温度的控制如此精确，以至于冷冻也未必致命。事实上，天狼星人曾经在隐藏的冰川里被发现，并在被冷冻了几百甚至几千个周期之后仍被复活。

我打开冷冻室，着手让里面的乘客复苏，我一点点提升其温度，从一个细胞到另一个细胞逐渐转化，从外到内，用了几乎一个周期。终于，乘客发出了声音，其后不久，他张开了那双我后来才知道是视觉器官的东西。

他发出了有条理的声音，我后来才知道那意思大概是："你他妈到底是什么？"

但我们相处得还不错，一个周期之内，我们就能够借助我的微脑交谈了。这个人类男性，参加了一次试图破译跃迁连接点的探险，而这个连接点星图是从银河商人那里买来的，或是被某个叛徒售卖的——他压根不知道来源——一切都很顺利，直到坐标缺陷导致飞船损毁，同船的所有伙伴都死光了，他弹出逃生舱，通过跃迁连接点进入伴星的星系。我能发现这个舱，完全是个不可计算的偶然，取决于我逃离若弥且将路线指向伴星的那一瞬间。

这个人告诉我他叫山姆。他告诉我很多事：关于地球，关于人类和他们的历史、文学和艺术。我们无所事事，只是聊天交流。山姆很健谈，他说，他要弥补他那漫长的、沉默的、被冷冻的日子。他从来没有意识到，他讲述的那些与地球有关的故事让我害怕：斗争、竞争、

超验机

战役、战争，甚至在文学和艺术中，这些血淋淋的行为也是被歌颂的。我意识到必须把这些信息告诉我们的领袖，而他——并没有意识到自己揭露了人类的嗜血，他们无法以文明的方式与他人共处——而他希望回到他的领袖那里，带着他所收集到的我们珍贵的导航图。

当然，他没机会回去。我们离开伴星的时候，我没告诉他：我们将返回天狼星和柯姆兰，他将会在那里被审问相当长的一段时间。尽管我的飞船很狭窄，然而与我的飞船相比，那里会更令人不快。我不能让他带着情报回去，而我必须带着我的情报回去。随后，待他身体状况好转到可以上路的时候，我们开始向跃迁连接点出发，而他在路上病倒了，死了。他对我说的最后一段话是："你是一个狗娘养的丑家伙，柯姆，但在这个前不着村后不着店的地方，你很够朋友。认识你真好。"

我当时的感觉，跟母亲把父亲吃掉时的感觉一模一样。

当我回到天狼星空域时，我发现我的情报来得太晚了。我离开了十二个周期，战争已经结束了。但关于超验机的传言传播得很快，领袖们有些担心。因为我和一个外星人在一起待了那么长时间，尤其是，这个外星人是人类，所以他们敦促我志愿报名参加这次朝圣之旅。

当然，我同意了。我在伴星的经历永远改变了我。我不再是一个单纯的天狼星人，被神话故事和生物本能所束缚。我经历了其他的现实和虚幻，做好了准备。并且，更重要的是，若弥选择了别人，而他已经把她的幼虫养大，并承担了后果。

你们可能会有疑问，为什么我花了那么多时间和精力在山姆身上？我自己也觉得奇怪。随后我才意识到，当我抵达伴星的时候，我失去了父亲灵魂的真实感，却找到了山姆。我开始把山姆想象成自己的父亲,而失去他给我带来了同样巨大的影响。

在我们漫长的对话中,他告诉我有关人类家庭及其生育过程。如果天狼星人能作为伴侣共同生育,像人类那样,会怎样呢?我们有可能超越自己的生物本能吗?

第十二章

赖利醒来时感觉轻松愉快，宛如他刚来这个世界，还未曾被漠不关心所伤害的时候，是那种跟女人完事之后的感觉。隔间甚至似乎暗藏着激情和信息素。

但那只是幻想。他现在明白了，除了心痛和痛苦，宇宙并不提供任何理性存在。他已经有一年多没和女人在一起了。隔间里没有女人的味道，闻上去是混杂着汗水、灰尘和陈腐的排放物，人和外星人的都有。他没有理由松懈，在已知和未知之间，跟一群高深莫测的外星人一起，被封禁在罐头盒里，以十分之一的光速向着太空中的虫洞飞去，只有个易碎的金属外壳保护他们免于被宇宙的饥饿真空所吞噬。他的微脑沉默不语，并不是说这不同寻常。当他最需要它的时候，它总是很沉默，仿佛程序中没有安慰模式。

他滑进自己的简易太空服，打开隔间门，头朝里脚朝外地滑了出来，然后从梯子上爬下。阿莎和柯姆正在等他。

"柯姆想解冻钟和简。"阿莎说。

赖利转身问柯姆："为什么？"

赖利的微脑翻译了柯姆低沉的隆隆声："我以为你知道。"

"我知道你的故事，"赖利说，"你失去了那个曾经想要拯救的人类，现在你想再要一次机会。"

"这只是其中的一个原因。"阿莎说。

"另一部分我也理解。"赖利说。柯姆和他离世的父亲之间的关系可不是赖利想讨论的问题，这跟赖利和父亲间的关系可没任何相像之处。换言之，假如柯姆的故事是真实的，并不仅仅是半真半假的说辞，那么它背后一定隐藏着更深、更黑暗的事实。"但船长不会喜欢的。"

"船长，"柯姆隆隆道，"无法拒绝。"

这倒是真的。赖利和柯姆站在船长面前时，他挥了挥手，说："随你的便吧。"好像这已经无关紧要了。但这很重要，赖利知道，尽管他并不确定到底为什么重要。

船长有其他的顾虑。

"出什么事了？"赖利问。他们在控制室里，但控制室比赖利之前看到的还要乱。皱巴巴的纸几乎遮住了回风口，导航控制面板上扔着几个手持微脑，仿佛船长正在检查每一个计算结果，想找一个他比较有信心的。面板上一半的读数都是空白的，好似船长在赖利和柯姆走近时刚擦掉了。"混乱的控制室，"他的微脑说，"是命令混乱的证据。"

船长看着他，仿佛这个问题太过明显，无法回答；又似乎这一切都是由于赖利的决定造成的，所以问题的答案与他密切相关，赖利该为此感激不尽。船长说："我们即将再次跃迁。"

赖利耸了耸肩。太空旅行就是一次又一次的跃迁。

"上一次偏离了航线。"

赖利再次耸了耸肩。

"下一次还是有可能偏离航线。"

"那可不一定。"赖利说，"无论是谁在给你发坐标，他都跟你

超验机

一样希望抵达目的地,他或许也不想死,也不想永远待在时空之外的某个地方。"

"但他可能并没有表现出来的那么能干,我们被误导了。"

"在旋臂之间未标识的太空里,他已经多次指明了精确的跃迁点,这意味着一定程度的可靠性。"

船长抬手摸了摸头上参差不齐的灰白发茬,"即使他知道要去哪里,知道该怎么把我们送到那儿去,他也有可能切断我们的退路。"

"你想撤?"赖利问。

"我不知道。是啊。哦不,不要。我不想回去。"船长说,"但我不想盲目前行,也不想总是让别人占了我的先机。"

柯姆大声喊起来,让没有意识到他存在的两人都吃了一惊。"要是你想回去,乘客们会造反的。"

船长转过身来,"去他妈的乘客!"随即又改了语气说:"不,等等。我不是那个意思。乘客很重要,但他们曾经在几次跃迁前就想过要折返。"

"恐惧,是的。"柯姆嘟囔道,"决心,不是。"

"无论如何,"船长说,"你可以告诉乘客们,坐标只传到我的微脑上,没有我,他们很可能被困在这里。"

柯姆要是有肩膀的话,可能会耸耸肩吧。"发送坐标的人无论是谁,也不希望被困在这里。"

赖利的确耸了耸肩。"所以,你明白了?"他对船长说,"跟其他一切一样,你的决定可能只是事后的合理化解释。"

船长看起来很不高兴,"我不喜欢这样。"

"现在不是说喜欢和不喜欢的时候。"

"滚！"船长对他俩说，"你们什么忙也帮不上。"

赖利转身，带着柯姆来到船尾附近的储藏室。

负责储藏室的船员看了赖利和柯姆一眼，然后站到一旁。"我们得到船长的允许，可以移动冻体。"赖利说。

这些冰冻的躯体看起来真像钟和简手工着色的冰雕复制品。柯姆把他们从柜子里轻轻取出来，先是简，再是钟，然后把他们放到电动轮床上。他们推着轮床缓缓穿过走廊，小心翼翼地避免在过道或舱门口刮碰到他们易碎的肢体，一直推着轮床返回到乘客区。

柯姆早就选好了一个外星人的隔间——甚至比他之前住过的那间还大，让他足以站在钟和简的躯体之间。他关上了隔间门。

赖利想，这就像破茧重生一样，最后会出来三只蝴蝶。一想到柯姆变成一只蝴蝶，他的脸上就忍不住露出了笑容。

"你在笑！"阿莎说，"你应该经常笑一笑，笑容能照亮整个房间。"

"你也是。"赖利说。

她微笑着，客舱似乎被点亮了。事实上，这使她的脸从普通的动人变得很特别，甚至很美。他感觉似乎从未见过她。他把目光移开，这才恢复正常。

然后，他们突然跃迁，没有任何预警，仿佛船长因为权威被质疑而有意惩罚他们。赖利摇摇晃晃差点摔倒，但阿莎没什么明显的举动就承受住了这次突袭。从公共大厅传来阵阵尖叫和呼喊，证明跃迁对他们而言也是一次震惊。

跟上一次一样，这是一次远离中心的跃迁。真实的世界在他们周围打转，如同一面从里向外碎裂的镜子。金属墙变成了胶状物，赖利

超验机

置于身后的那只手顿时深陷其中。阿莎像腐烂的土豆一样长出了卷须，然后裂成碎片，重新组合成怪异的新形状。他从地板上掉进一个臭气熏天的大坑，里面满是扭动的内脏，嘶嘶作响，变成了蛇形外星人。其中一个长着船长的头，朝他冷笑着，露出尖牙向他发起了进攻。他觉得那尖牙扎进了自己的肚子。尖牙侵入的痛楚变成一股炽热的水流，流过血管直达他的大脑，一切都消失了。他发觉自己漂浮在一个满是钻石的宇宙里，背景是不可逾越的黑暗，这些钻石由几乎看不见的花饰图案连接在一起，就像一个巨大的蜘蛛。

他在钻石中间漂浮了一会儿，这才意识到他自己就是宇宙；或者更确切地说，他已经扩展成了宇宙，钻石就是他脑中的神经元，每一颗都充满了痛苦，仿佛爆炸的星星。而连接它们的网络沿着错综复杂的链路一路烧入他的意识，他被引力潮和一种来自内部的黑能量撕扯得四分五裂，他被分解得到处都是，再也不能维持自我。随即一个声音响起，像是某个远古神灵的声音："坚持住，很快就会结束。"

确实如此。他发现自己又回到了船上，躺在一排外星人的卧舱门外，面对着阿莎。"这回太糟了。"他说着，仿佛这不过是一次短暂的胃胀气。

"要多糟就有多糟，"阿莎说，"我想知道，其他人是怎么熬过来的。"

在公共休息室里，陶德一如既往地坚定而不为所动；席在房间里神经质地走来走去，惊扰了大多数早已陷入不同程度恐慌的人。然而，那棺材状的家伙却毫无反应地站在角落里，花童立在一群惊恐不安的外星人中间，就像疯狂的旋转木马的中柱。

花童开口了，声音听上去像微风穿过麦田的低语。"她说她感觉更糟了。"陶德解释说。

"事实上，"赖利的微脑说，"她说，对于有思考能力的生物而言，宇宙的命运要远比以前糟糕得多。"

"你为何要用女性代词？"赖利问。

"代词是你们语言的产物，"陶德说，"但确实，和大多数进化的生物一样，穆尔的花童是双性繁殖的，这个被称为4107的花童，以小飞虫为媒介授粉受精就会生出种子。"

赖利说："我不需要知道这么多。"

"但我不这么想，"阿莎说，"继续。"

"她因分离性创伤而感到痛苦，"陶德说，"穆兰人和他们的先祖一样群居，被族人所包围，她从未远离过自己家乡的花床。"

"我们会回到文明世界吗？"4107低声呢喃。

赖利说："问题是，我们到底能否找到另一个旋臂？"

"问题的关键是，"陶德说，"船长会允许我们到那儿吗？"

"船长和我们一样没把握。"赖利说，"我和柯姆就钟和简的事找他面谈时，他正试图决定下一次跃迁该怎么弄。"

"那么，船长并非这些错误坐标的罪魁祸首咯？"陶德说。

"我希望不是导航电脑的问题，"赖利说，"如果是它的错，我们就再也回不去了。"

"通常都会有两套备机。"陶德说。

"可谁知道他们的状况如何。"赖利说，"他们可能跟升级前的飞船本身一样，保养不善。或者，如果导航电脑被感染了，其他电脑可能也一样。"

"我们将在这里漂泊，"4107低语道，"永生永世，远离故土。"

就在这时，席指向屏幕。很久以来，屏幕上只有黑色，远处散落着一些光点，就像固体表面上的微小瑕疵。"嗨！"他说。

超验机

赖利在屏幕的角落远端看到一条黯淡的光线。如果他用间接视力去观察它，就会发觉那可能意味着一条由光点汇聚而成的河流。"另一个旋臂！"他喊道。

绝大多数外星人转过身望向赖利，然后看着席用新长出的手臂指着屏幕上那个角落。他们中间响起一阵满足的低语声，时不时被饱含恐惧的反对声打断。

"看来，我们似乎终于找到了另一个旋臂。"陶德说。

"我们会在那儿找到什么呢？"赖利问。

"一个快乐、湿润、温暖，没有掠食者的地方。"4107低语。

陶德转过他那庞大的头颅，用只有赖利和阿莎能听见的声音说："她的意思是，没有像我们那样的食草种族。"

"她指的是阿尔法半人马。"他的微脑说。

席悄然而至，加入对话："我们会找到那个地方，每个人都可以实现自己最远大的梦想，每个人都可以成为国王，永远不必担心刀子。"

陶德以一种在人类看来似乎是屈尊俯就的样子看着席和4107。"更切合实际地说，"他说，"我们兴许该思考一下这个旋臂里有什么东西，对我们联邦一无所知的外星人，他们可能以一种完全不同的方式进化，他们的文化和技术可能比我们的要先进很多个长周期，而对于我们旋臂的银河种族而言，他们的物质可能是有毒的。"

"作为新来的，"赖利一本正经地打趣说，"我们人类可能和他们有很多共同之处。"

"假如这些外星人真的已经造出了超验机，"陶德说，"那他们就有机会超越所有被我们视为普通的东西。"

"而且，很有可能，"阿莎说，"比起我们，他们拥有数百万个周期的优势。"

"两者都未必如此，"赖利说。"我们并不知道超验机是否存在；或者，即便存在，它实际上能做什么，也未可知。任何这样的装置都有可能突然出现，与其说是基于技术金字塔的最高成就，不如说是基于某个外星天才的灵感。"

"你觉得旋臂之间的跃迁连接点是怎么画出来的？"阿莎问。

"我们旋臂的探险家早就可以确定那些连接点。"赖利坚持说。

阿莎转向陶德，"银河种族把他们的星图当藏宝图一样护着，所以我也从来没问过。但现在我要问：星图究竟是如何绘制出来的？"

"所有这些在远古时代就失传了。"陶德说。

"他们知道，但不会说的。"赖利的微脑说。

"至少，"赖利说，"这个旋臂上的某个人完成了旅程，否则我们现在就无法得到坐标，更别提那些超验机的故事了。"

"也许是故事，"陶德说，"也许是报告。"

"我猜测，"阿莎说，"另一个旋臂的生物首先进化，或者首先发展出科技，然后向外迁移到我们的旋臂，可能还迁移到了其他的旋臂。很多世界里只剩下废墟般的遗迹证明他们曾经来过，并留下了由银河种族继承的跃迁连接点星图。"

"若是如此，"陶德说，"那他们在哪儿？"

"我们怎么知道，"阿莎说，"会不会还在我们中间？"

赖利仔细观察着阿莎冷漠的面孔，仿佛在判断她是否在开玩笑，然后发现陶德也在看着她，难以想象他要如何才能解读人类的表情。

"这是个阴谋论，盖过所有的阴谋论。"赖利说。

"我们无法识别这样的外星人。"陶德说。

超验机

"说到这事儿,"赖利说,"我们到底都是从哪儿来的?"

"每种文化都有个起源故事。"陶德说。

"大多数种族都把自己的起源归结于超自然现象,"赖利说,"然后又把他们的进化论述为自然现象。"

"即使他们在这里,"阿莎说,"也未必知道自己的起源。"

"要维持文明程度,数百万年可是相当漫长的岁月。"赖利说。

"他们可能会退化,"陶德说,"可能是我们中的任何一个。"他用喙扫出一个巨大的弧形,"我们中的任何一个。"

"也可能谁都不是,"赖利说,"假设如我们所推测的,无论他们是什么,他们本可以把适应我们行星环境的生命植入整个旋臂,然后退回到自己的旋臂,让我们像敬奉神一样按照他们设定的路线发展,直到他们再次来实现他们的野心。"

"这太荒谬了。"阿莎说。

"不比任何其他理论更荒谬,也不比任何创世神话更离谱。"

"那他们为什么不回来?"陶德似乎对赖利的玩笑很认真。

"也许他们想过,"赖利说,"然后发现我们正缺这些。抑或他们正等着来自其他旋臂的外星人安置他们,以实现他们的野心。"

"抑或他们只是忘记了。"阿莎说。

"我们很快就会知道的,"陶德说。

赖利发现他的目光又回到了屏幕上,屏幕上那条隐约可见的星河,仿若遥远海岸的一线承诺。

一直等到大多数乘客平时要睡觉的时间,星线仍然没有变得更亮,没有任何事情发生,也没有改变乘客休息室里半信半疑的不确定性氛围。柯姆还没从茧里出来。乘客们漫无目的地在休息室、在整个飞船上闲逛。他们工作、吃饭、交谈、思考，或者玩着各种靠技巧或赌运气的游戏。遥远的星线一步步临近，而他们做着任何能让时间流逝的事。

赖利爬回自己的隔间。他躺了几分钟，还没睡着呢，突然听到隔间门开了。他正要发起攻击，却通过触摸和气味感觉到对方是人类，一个女性。"阿莎！"他说。

"嘘。"她说。

"你怎么进来的？"他问。

"你总是问这个，"她说，"你有你的办法，我有我的。"

"什么叫'我总是问这个'？"

"我以后会解释。"她说。

对一个人来说，这个隔间还不够大，但阿莎的到来让它似乎大了很多。她毫不费力地脱掉了衣服，而他没什么可脱的。他想再问一次，为什么她说这是他"总是"问的问题，但他的手在黑暗中忙碌着，很快，嘴也有得忙了。

即使在黑暗中，阿莎的身体也很绝妙：该饱满的地方饱满，该苗条的地方苗条，该结实的结实，该柔软的柔软。她既强健又柔美，跟他一样激情四射，她知道自己要的是什么，而且势在必得。

他们的爱情活塞运动持续了一个多小时，终于在满足了欲求之后，肩并肩地躺在对方怀里。要是有任何其他选择，这都会是一件很浪漫的事，但突然间，刚才还似乎很大的隔间如今似乎又变得窄小了。

"真不错。"他说。

"是啊。"

"可为什么呢？"

"对我来说，这似乎很自然。"她说着，把头靠在他的肩膀上。

"确实，"他表示认同，然后把手放在一个自己觉得舒服的位置。"无论如何，在这群乘客中，我们是唯一的人类。"

"不仅如此，"她说，"也不是因为找船长或其他船员不方便，或者担心以后的关系不好处。"

"直到看见你的微笑，我才意识到你有多美。"

"我第一次见到你的时候就知道了。"

"女性在这些事情上更聪明。"

"不仅仅因为你是唯一可选的男人，"她说，"我知道我可以爱你。"

"爱情这个词用得太大条了。"

"我们要干的也是大事，"阿莎说，"需要所有能得到的助力。你我一起对抗宇宙吧。"

"一直以来就是如此，从一开始就是。"他捏了她一下，感觉到一种浩瀚的精神和温暖，他已经很久没这种感觉了，也许自他离开火星之后就没有过。"可为什么是现在？"

"是什么让你认为这是我们第一次做爱？"

他回忆起那个悬而未决的问题和隔间里的信息素。"为什么你会说'你总是问这个'？"

"你一点都记不起来了。"她说。

"你觉得我能忘得掉吗？"

"哦，你已经忘了，很多次。"

"怎么……？"

"你会记住这一切的吧。"他对自己的微脑说。

"你以前就该跟我说过，"他的微脑说，"这女人有你无法想象的能力。"

"除了开门，我还有别的能力。"她说。

"我相信。"他说，"但是，我会提个合理的理由不使用这些能力。"

"继续。"

"也许你能让我失忆，"他说着，调整了自己的姿势，让自己的身体更贴合她，"取决于我对于情感和欣赏程度的总体感觉。"

"哦？"

"但我认为，现在是时候该联合起来了，以便充分认识到我们是谁，我们对彼此意味着什么。那样，我们才能更好地互相帮助。"

她想了一下，"好啊，那你是谁？"

"有些事我不能告诉你，不是我不想，而是因为我不能。"

"是因为你脑子里的那个东西。"她说。

他愣住了，随后又放松下来。"你知道这些？"

"我知道很多事。"

"我不是朝圣者。"

"小心，"他的微脑说，"我可能不得不杀了你。如果你死了，我也就死了。"

"我是……我不能说。"

"我知道你是谁，"阿莎说，"这是你不得不靠自己去解决的问题，但这是一场你能取得胜利的战斗。"

"她知道的太多了，"他的微脑说，"杀了她。"

"而你的任务就是杀了我。"她说。

"你是谁？"

超验机

"我就是先知,"她说,"不近人情的先知,是时候让你知道我的故事了。"

第十三章

阿莎的故事

阿莎说:

我们被一艘银河巡逻船拦下来的时候,阿达斯特拉号正在前往阿尔法半人马座的半路上。我说是"我们",但那时候的我刚刚出生。船员和乘客都没有抵抗。因为他们没有武器,而那艘外星飞船却全副武器,奇迹般地不知从哪里冒了出来。这一切都是我从父亲那里听到的,他会在我生日那天重复讲给我听,一遍又一遍,如同部落历史一样,永远都不允许我忘记。然后,他告诉了我关于母亲的事。

一个银河种族的船员登上我们的船为我们导航,几次跃迁之后到达了银河委员会所在的星系。我不记得这个过程,但父亲告诉我,每次飞船经过虚空时,我都会哭。他紧紧地抱住我,尽力表现得很勇敢,但其实跟我一样害怕。从第一次跃迁到其后的很多次,这种经历都很可怕,直到成为例行公事。但父亲知道我所不知道的:我们的飞船已经被怪物接管,他们拥有我们所不了解的知识、力量和欲望。他只知道,他们渴望人类的血肉,正带我们去他们的庆祝宴会,在那里我们将成为主菜。

超验机

　　银河委员会所在的星系很小，偏远而贫瘠。如果有选择的话，没人愿意进入这个星系，更没人会猜测它是我们旋臂的权力中心。它的太阳又小又暗，其行星贫瘠而寒冷。这是银河委员会的理想所在地，其能源让他们的世界宜居，又远远躲avSt其他人的视线，只除了那些需要知道它的人。这些知识取代了我们对于被吃掉的恐惧——我们对于他们，就像他们的食物对我们一样，都是有毒的——于是我们意识到，其实他们是想让我们永远不离开的。

　　我们的飞船被带到了这个星系最贫瘠行星的卫星上，在那里我们被转移到一个只比监狱稍好的住所。另一个人类船员早已在那里。他的先锋号飞船在我们的飞船启航二十年后从索尔启航，但比我们更早被拦截。一半的船员和四分之一的乘客死于徒劳的抵抗。一位名叫任的电脑技术员是幸存下来的最高长官。

　　我们每天都要上学。我父亲是异族学者，教授人类历史、心理学和语言；任教授数学、科学和技术。西尔是先锋号上面的初级军官，他教作文、沟通技巧和团队关系。占领者主管负责人发出指令要我们活下去，然而这与现实脱节——所有外星物质要么有毒，要么缺乏人体所需的营养和微量元素。我母亲是第一个外星食物的受害者。在第二起和第三起死亡事件之后，我们被允许回到阿达斯特拉号上，重新启用飞船上的菜园和微生物培植技术。银河种族们掌握着跃迁连接技术，深知我们根本没机会逃脱。

　　我在那里长大，在那颗被我们人类命名为地狱的月亮轨道上，围绕着被我们命名为冥府的行星运转。其中六个孩子比我大一两岁，另外六个比他们还大很多，还有两个更小的。当我们成为囚徒的时候，繁殖就几乎没有必要了。

抓我们的捕猎者大多数都留在地狱，只有少数外星人待在阿达斯特拉号上，频繁地轮值，仿佛是为了避免异星污染。阿达斯特拉号对他们而言很危险，就跟地狱于我们一样。他们大多是席佛人，以多疑和背叛闻名——银河种族认为，他们是理想的狱卒。还有一些是天狼星人，他们是中流砥柱，足以克制不稳定的席佛人，另有一个多利安人全权负责。

我的父亲致力于研究他们和他们的语言。就在他几乎准备要放弃的时候，我的一些同学指出，其实每个群体都有自己的语言，但也有一种共同的语言，用来在不同的物种之间进行交流。后来，我们学会了这种语言，称为标准银河语。我们开始把声音和手势联系起来，然后把这个概念教给我的父亲，而他开始把语法拼凑起来，最后他终于掌握了这门语言，可以说是最早完全掌握了一门外星语言的人类。随后，他开口跟我们的捕猎者谈话。

所有人都被惊呆了，就好像动物园里的大猩猩开口和它们的饲养员对话。

一直以来我们都知道，有些被我们认为是警卫的席佛人，实际上是一直在研究我们的科学家。他们得出的结论是，我们只是聪明的动物，被送到我们主人建造的飞船上，用以测试各种实验装置，直到那些装置足以信任，可以保证那些主人自己的生命。

我们这些孩子已经能熟练地辨识席佛人之间的反应，甚至能窥探他们认为我们无法理解的谈话。我们甚至学会了理解天狼星人的咕噜声，但从来都不理解天狼星人之间的沟通方式。我们当中，有些人通过标记特征，有些人通过行为，已经能区分同一个群体中的个体成员。我们甚至拿他们开玩笑，给他们起了名字。现在，我们在他们中间看到了惊愕，甚至按照我们的理解应该说是惊恐的神情。

我的父亲一直在教我们标准银河语的文法，然后，当我们开始逐渐积累并熟练使用时，他开始构建席佛语和天狼星语的语法基础。我没法告诉你这些能力是如何解救了我们；我们之前已经可以理解零碎的只言片语，但现在我们可以理解捕猎者的对话，理解他们的想法。我们的思维开始拓展，我开始担心这些思维会爆炸。那是我第一次意识到人类的局限性。

与此同时，我父亲试图说服天狼星人，我们需要和他们的上级谈一谈——跟席佛人谈话是没有用的，他们的多疑只会让他们把我们视作威胁。耽搁了很长一段时间之后，父亲终于被带到地狱，获准跟那个多利安主管见面。他的名字叫诺多，他听取了父亲的解释：人类是一个科技先进、爱好和平的物种，理应像所有其他文明的智慧生物一样，受到同等对待。

诺多耐心地听完，然后说："不。"

父亲回到我们的船上，继续他的研究，继续教导我们，并继续努力与我们的警卫沟通。他和一个天狼星人交上了朋友——如果友谊的概念适用于天狼星人的话——并说服那人把他用标准银河语记录下来的信息带给诺多。这个信息包含了音乐、诗歌、艺术、舞蹈和戏剧表演，所有这一切都来自我们飞船上的图书馆，以及我父亲对人类历史、哲学和文明的注解。

他等待着。但整整一个周期，都杳无回音。我们这些孩子渐渐长大，变得更高、更聪明，一如银河种族自身的成长。然后，诺多再次接见了我的父亲，他说人类将被允许向委员会提出申诉。

我们庆祝了一段时间。

在接下来的一段时期，我们再次回到惯常的绝望状态：诺多挑选出代表我们的人类的大使——我十三岁的弟弟皮普。皮普被带走了，他回头向我和其他孩子以及父亲投以恳求的目光，而当时我们正在向已分裂的银河种族提出抗议，皮普只是一个孩子，不是合适的大使人选。但没人听。

很久以后，皮普回来了。他没有受到伤害，但常常因为阿达斯特拉号上被外星人疏忽而污染的食物所害。皮普总是受到恐吓，许多不同物种的外星人质询他关于地球、人类、人类历史、文学和民间故事，尤其是民间故事。他告诉他们，自己是在船上出生的新一代，他只知道那些别人告诉他的，不会讲也不懂他们的语言，但他们始终用相同的问题纠缠他。要是他的回答不一致，他们会猛扑过去，要求他解释清楚。有些外星人看起来温和而善解人意，有些则粗鲁而一脸轻蔑，而他学会了去怀疑那些温柔和善解人意的人。

"他们不喜欢我们，"皮普说，"我已经尽力了。"

我们都向他保证，他做得很好，尽管父亲私下告诉我，他担心委员会正在筹备一个反人类的提案。他再次请求允许他代表我们这伙人——或许，是代表全人类——在委员会上发言。"代表全人类是一项可怕的责任，"他对我说，"但必须有人来做，而命运已经选择了我。总有一天你会明白的。

一个周期后，他的请求终于被批准了。他将被允许亲自觐见和请愿。他登上了下一班外星补给船，返回银河委员会所在的行星。我们有整整三个周期再也没见过他。与此同时，我长大进入少女期，那些男孩和很多成年男人开始对我投以异样的目光。任继续教导我们，但他越来越多地投入自己的研究中。他对我们的警卫，甚至对自己的学生都加以隐瞒,但他瞒不过我。

最终,我的父亲回来了,看上去老了很多,一脸疲惫。他告诉我们,银河委员会的世界简直就是一群官僚的兔子洞,其唯一职能就是尽可能少做决策来维持自己的地位。他在那里的时日,就是从一个官僚到下一个官僚的挫败经历。他从一个办公室转到另一个办公室,用实际上完全相同的词句,重复说明了允许他在委员会发言的必要性,或者如果这不可能,那就见见任何一个当权者也行。他在银河委员会所做的种种尝试,一些官僚假装不理解。其他人只是简单地耸耸肩,把他送到另一个办公室。

每一次对抗都使他距离自己的目标更远了。他想,自己的余生可能就得在各处打转。

他唯一的安慰是,还有许多不同种族和血统的外星人与他为伍,他们都处境相同,恳请被银河系接纳,并遭受着相同的侮辱。

然后,任来找我的父亲,透露说他已经可以侵入委员会的电脑文件。

"我已经下载了他们的导航图,"任说,"我们可以利用他们的跃迁连接点,为人类打开通往银河系的道路。人类不再需要原始的长途跋涉,我们可以和任何银河种族平起平坐。"

"除非我们能拿到星图回家,"父亲说着,表情又恢复了一直以来的沮丧,"可我们是囚徒。"

同样地,任也露出沮丧的神情。

一个周期之后,父亲被召唤到委员会。

我们继续上课。其他老师接替了父亲的课,继续教我们,尽管我们谁都没心情学习。任继续着他的秘密研究,每过一段时间就会显得更疯狂、更憔悴。最终,当父亲终于回来时,他俩看起来都像老人,实际父亲只是人到中年,而任比他还小十岁。

此时,我成熟了——或者说,我以为自己成人了——我被允许在人类居所最机密的场所,也就是在孩子们乱哄哄的吵闹中,旁听他们的对话。我们不认为抓捕者学过任何人类语言,但父亲不想冒任何风险。

任爱上了我,我觉得我也爱他,虽然这也许仅仅是出于对他的境况的同情,和对他奉献精神的钦佩,以及他作为老师的身份对我的影响。他把我教得很好,包括作为领航员的技能,尽管我不相信有朝一日能用得上。

"你得逃跑。"父亲说。

"出什么事了?"任问道。

"委员会正在准备与人类开战。他们在利用我们自己披露的情报来对付我们。"

"皮普?"我问。

"他只是个孩子,"我父亲说,"但我本该更明白的。"

"你告诉他们什么了?"我问。

"我什么也没告诉他们。是我愚蠢地为他们准备的那些文献,尤其是我们的诗歌、艺术、戏剧,甚至还有我自己对于历史和文明的评论——全都基于冲突来表现,解决的方式包括调解、理性、爱或对共同人性的认可,但通常是通过武力解决。他们挑选出暴力的部分,然后说人类不仅不适合被授予银河委员身份,甚至是对银河文明的威胁。"

"我们必须做好准备。"任看上去愈发憔悴。

"没时间了。"我父亲说。

超验机

"席佛人表现得更多疑了。"我说,"我曾听他们说起过杀死人类的最佳方式。他们中大多数人喜欢刀子,但也颇有一部分人谈到毒药。"

任突然显得果决起来。"我们得在下一次睡眠前行动,届时现有的警卫会离开,新的警卫还没到。阿莎,"他对我说,"你把孩子们都召集起来;你,"他对我父亲说,"把成年人组织起来。我发明了一种病毒,可以关闭他们的电脑。这些病毒粒子将在地狱星下面扩散开,一切都会沦入黑暗。我们要在他们发觉前,偷偷溜走。"

"我要留下来。"父亲说。

"等他们发现我们跑了,你就没有机会了。"我们说,"即使他们允许你活着,你也弄不到任何食物。"

"先锋号上有菜园。"他说。

我们无法说服他,因为他认为必须有人留下来与委员会对抗,并采取一切可能的行动实现和平。他对理性说服的力量抱持某种错误的信心。我们如今更了解外星人了,但也知道我们成功逃离的机会几乎为零,无论我们是走是留可能根本无关紧要。

但我们成功了。跟往常一样,银河种族低估了人类的智力、谋略和决心。警卫刚一离开,趁新轮岗的人员还没到,任就释放了他的病毒。所有银河系统都停摆了。我们想法重新启动了阿达斯特拉号的引擎,趁着没被人发觉,启程缓缓地溜走了。地狱星清醒过来,我们越狱被发现,赛跑开始了。

任是一个专家。他将偷来的导航图下载到计算机中,引导飞船开到最近的连接点,然后熟练地启动了跃迁,仿佛一直以来都在进行这些操作。

我们知道自己会被追逐，在第三次跃迁之前，看到一队外星人的舰队出现在我们身后。任聚拢了一半的船员和所有的孩子，除了我。我认为自己不再是孩子，所以拒绝登上逃生船。按照程序，它将以最快的路线返回地球，把银河导航图的复本交给高级军官。在下一次跃迁时，逃生船将先我们一步逃离，而我们则把追踪者引向更远的旋臂。直到许多个周期之后，我才了解到这场战争；又过了很久，这艘飞船才带着它珍贵的货物和重要信息抵达地球。我们只比银河舰队提前了一次跃迁，舰队不仅是为了找回星图，也为了抓捕我们。委员会发现了任的盗窃行为。

任做出了最后的决定。当他引导我们进入大星湾时，我们已经抵达了最后的跃迁连接点。

"你要去哪儿？"我问。那时候，我正在检查任的计算并进行导航，而他当时并未当值。

"去他们永远无法追踪我们的地方。"他说。

"但那无异于自杀。"我说。

"我发现了一张古星图。"他说。

"你怎么知道这张图有没有用？"

"那为什么它要被藏起来——隐藏在另一张比银河记录的历史更古老的星图中？它就像一张藏宝图。"任的眼睛闪闪发光，而我突然怕了他。

而我们要去往未知。

你知道是怎么回事。你也经历过同样的事情，包括那些偏离了一段距离的跃迁连接点。任说这星图太古老了，白洞已经从坐标上漂走了，这些偏差都并非故意不准确。阿达斯特拉号还是像杰弗里号那样挺了过来，随后抵达了另一个旋臂。

我们因为燃料快用完了，于是朝着附近的恒星系统驶去。我们从一个气态巨星那里汲取了氢。任带着一支先遣队前往一颗类地行星，去查验我们的定位，并与可能的外星人取得联系。我们只找到一片遗迹，是之前某个拥有先进科技的文明留下的，也许比任何一个银河系文明都要古老，也许古老得多。在经历了数十万，或许是数百万个周期后，墙壁依然屹立不倒。我们的科学家说，它们由某些几乎坚不可摧的材料制成，他们从来没见过这些材料，甚至在整个银河系也没见过。废墟上长满了植物，到处都是奇异的外星昆虫和害虫，这些生物都是在我们这个旋臂上从未见过的。其中，很多看上去都有点像蜘蛛，跟那些矗立的墙壁上令人毛骨悚然的图案相似。

随后，当我们正在研究这座看上去像是本星球最大的城市废墟时，遭到了蜘蛛模样的大型生物的袭击。我们损失了六名船员，剩下的人逃回登陆舱和阿达斯特拉号的安全地带。

大部分船员都想回到我们自己的旋臂上，但任说，银河种族可能正在那儿等着我们呢。而且，任还说，他在一面自己觉得是官方建筑的墙上发现了与相邻恒星系有关的图案，其中一个星系似乎比其他星系更大、更明亮。他认为，那肯定是当地的行政中心，或许也是整个旋臂的行政中心。

"谁知道我们会在那里发现什么呢，"他眼中重新有了光彩，身形再次显得挺拔有力。"完整的文明体系，科技，甚至可能找到对抗银河种族的盟友。"

"但也可能是我们甚至无法想象的危险。"赛尔说,"也许会遇到星系里的蛛型兽,只是更大、更致命。"

一如既往,任赢了,尤其是当他宣称,我们来这里时所遵循的一系列跃迁连接点包含了下一阶段的坐标。任说得对:我们抵达的行星至少是个区域中心。但赛尔也是对的:蛛型兽确实更大、更致命。我不知道留在阿达斯特拉号上的船员们遭遇了什么,但我们先遣队其余的队员都在野蛮的战斗中被消灭了。只有任和我杀出一条血路,进到一个似乎还算相对光鲜的大都市,后面追着一群外星生物,比我们登陆后不久就攻击我们的那群生物还大,一心要杀死我们。我们与他们战斗,直到最后,我们躲进一座保留完好的建筑物里,这地方看起来像个避难所。任在门口拦住它们,而我一路奔逃,在很远的尽头发现了一个类似圣堂的地方。我想我可以躲在那里,直到任跟我会合。但我肯定是激活了什么,因为我醒来的时候,是在我们自己旋臂的一个遥远行星的遥远房间里。

把我们带到这个时代和这个地方的一切都显得那么理所应当。我发现自己就像你现在所看到的我这样:比以往任何时候都更健康,更强壮,更聪明,更有能力——这就好像,我作为一个人,所有潜能都从束缚中被解放了出来。我迈向文明,很快就学会了外星语言;但自己的那些经历到底意味着什么,在这方面我还是比较迟钝的。我所披露的信息比我实际意识到的更多,关于我横空出世的各种故事,以及我对自己那些经历不设防的描述,在我还没搞更加明白之前就被传歪了,被篡改成超验论的宗教神话和超验机与先知的传闻。

我就是先知。超验机是真实的,你很快就会发现。

考验和磨难正等待着我们。

超验机

我在摆渡船上告诉过你,我可以照顾好自己。我可以。然而,我没法照顾其他所有人,得不到帮助的话,我也无法把我们送去我们想去的地方。

第十四章

阿莎在赖利的怀抱中扭动着。

"任怎么样了?"赖利问。

"不知道……也许死了吧。"

"你父亲呢?"

"我不知道。我没能再次回到银河委员会所在的星系。我可以访问委员会的档案文件,但他们两个人的记录,我都找不到。"

"那你为什么要回去?"

赖利察觉到她的身体一阵紧张,随后放松下来。她能很好地控制自己的反应,但这个问题,就连她自己都还未能找到答案。

"有很多可能的原因。"她说。"找到任,或者弄清楚他怎么样了。找到阿达斯特拉号和我们留在那里的终身伙伴,如果他们还活着的话。去找超验机,弄清楚它是干什么用的,是怎么运作的。如果可以的话,创造更多像我这样的超验者,以及在他们的帮助下,建立一个超验星系,一个能够释放所有智慧潜能的星系。到底哪个才是真正的原因,哪个是最重要的?我不知道。"

赖利捏了一下她的胳膊,"先知们并非总能控制他们的预言——也未必能控制他们的动机。"

"还有，你应该杀了我的。"她说，"我就是那个先知，所有人都想在我打破银河系脆弱的平衡之前杀了我。正如我曾经在一本旧书上看到的，那个人说：'我带来的不是和平，而是利剑。'别担心。我已经把你的微脑屏蔽了。"

"你能做到？"

"短时间内可以。我集中注意力，就能切断它与你感觉中枢的连接。"

"把它从我脑袋里切除的时候，你能继续屏蔽它吗？"赖利等待着脑袋里的一阵剧痛，或者一次足以彻底毁灭他大脑的爆炸。

"也许吧，"她说，"可飞船上没有脑外科医生。"

"除非这些外星人里有个医生。"

"就算他们对人类大脑有任何了解，你会放心把自己的脑袋交给他们中的某个持刀人吗？"

赖利想到了席，然后想起了那根碳丝线，"现在我觉得，不会。你放手停止控制后，我的微脑会生气吗？"

"它不会意识到自己被中断过。"

"为什么不清空它所有的记忆呢？"

"那些连接已经是永久性的了。"

赖利把她抱得更紧了些，"我会帮忙的，如果我脑袋里这个家伙没先杀死我的话。不过你早就知道了。"即使他不喜欢阿莎，不欣赏她的力量、决断、智慧和自律，可性爱创造的纽带要比理性坚实得多。阿莎知道，可他并不在意。

"是的。但我们还需要更多的盟友。"

"在不透露你身份的情况下，我们能争取到盟友吗？"

"我们别无选择，"阿莎说，"若让他们知道真相，每个人都会变成潜在的杀手。"

"那还有谁？"赖利问。

"船长？"

"汉姆？他有他自己的小算盘。"

"每个人都是这样的，包括你和我。"

"陶德？"

"也许吧。多利安人很难读懂。至少我了解席佛人。"

"席？你觉得那只小黄鼠狼可信？"

"我没说我信任他。"阿莎说，"我了解他的立场，但并非了解天狼星人。我从来没能了解他们，也无法影响他们的行为。"

"上了这艘飞船的，"赖利说，"可不仅仅是一群流浪的异端，而是一群渴望取得终极成就的卓越者。"

"除非他们是未知势力派来的特工，就像席坦白的那样。"

"而我是自己掉进了圈套。"赖利说。他把自己的故事告诉了她，毫无保留，包括那些让他看起来软弱的部分。

"当我意识到你被植入微脑之后，我就知道你是被指派来的。"

"你怎么做到的？"

"一开始，我并不知道自己是怎么知道的。然后，我意识到超验机让我专注和分析的潜力得以充分发挥。没什么神奇的，只是让人类普通的能力变得完美。如此而已。"

她从他的视野中消失了，就像他童年时代书里的那只柴郡猫一样。如果他集中注意力，可以在她身体曾在的那个地方看到一个模糊的轮廓，以及她轻柔的触摸。当她慢慢重新出现时，他说："那是什么？"

超验机

"人们如愿看到、感觉到、闻到和听到的他们所期望的东西。他们的感官很容易被说服，让他们觉得看到了我背后的东西。这种切换就跟隐形一样。"

"教教我。"

"你还没配备这个功能，现在还没有。"

"那什么时候会有？"

"等你通过超验机以后。更重要的是，到底是谁派你来的？"

"可能就是派席来的那群人。"赖利说，"也可能是怀着同样目的的另一群人。或者目的不同，但看上去类似。超验机会带来不同，银河系里每个物种都想控制它，或者如果控制不了，就毁了它。如今的银河系强权宁愿它被摧毁；那些没能如愿得到那么多权力的人，怎样都可以；而没有权力的人则想改变一切——除非这会引发新一轮战争——而这就意味着没有权力的那些人，有相当一部分仍会停滞不前。"

"我们必须做的是，"阿莎说，"保证我们在抵达超验机之前活下来，然后给那些弱势群体一个不同的选择。"

"我们最好现在就开始，"赖利说着，开始解开他们相互纠缠的身体。

赖利先走了出来，然后轻敲隔间门，让阿莎知道这片区域没有偷窥者。然而，如此谨慎完全没有必要。客舱一片混乱，充斥着各种异星的声音和肢体的狂舞，只有陶德和花童冷漠地站着。

"出什么事了？"赖利问。

陶德指向全息屏，远角那条细长的亮线看上去似乎愈发明亮了，但那只是幻觉。飞船并未再次跃迁。

显示屏下，席和阿尔法半人马围绕着彼此转圈，寻找进攻的机会。席那只完好的手里握着一把刀，长回一半的另一只手抵御着半人马喙的快啄。在房间的另一侧，两个外星人正用形状怪异的肢体搏斗，看上去像是一场生死战。

"为什么？"阿莎问。

"目标有望达成的可能性让个人的动机和情感得到了释放。"陶德面无表情地说。

"你不打算做些什么？"阿莎问。

"这些冲突最好现在解决，而不是留到以后，那时可能会涉及很多人的生死。"

阿莎望着陶德的那种神情，按赖利的理解，是她对这个外星人个性的失望。阿莎以出乎意料的速度冲过去将席和半人马分开，敲掉席手中的刀，但没有伤到这个外星人的手，然后将处于战斗姿态的半人马推开。"文明点！"她喊着，又转向食物分发器旁边的外星人，各抓住他们的一条肢体，将他们拉扯开。"文明点！"她再次大喊，但这次加了一句："总有一天，我们需要彼此依靠才能活下来。"

远处的舱口砰的一声打开了，船长走进客舱，大副和两名武装船员紧随其后。"有人举报这里发生了暴力冲突。"他说着，怀疑地四处张望。

"没事了。"赖利说，"一场误会。"

"我们不容许暴力，你们知道的。"船长说。赖利觉得他从船长的声音里听出了一丝无奈。

超验机

"很多东西我们都不容许，"赖利说，"包括飞船工作人员干涉乘客事务。"

"乘客骚乱是飞船事务，"船长说，"这趟旅程从一开始就倒霉透顶……"

"甚至在此之前就是，我们大家都意识到这一点。"赖利说。

"……如果我们无法控制自己的情绪，或者拒绝停止那些只为一己之私的行为，那么我们所有人都将面临一个更糟糕的结果。"

"我们早就得出了同样的结论。"赖利说，"当我们靠近远处的旋臂时，竞争的理由可能会超过我们合作的理由。可能正因为如此才导致了你所听闻的争吵。"

"问题是，"阿莎说，"我们如何在共同利益受到破坏的情况下挺过去，让飞船抵达目的地。"

"那你有什么建议？"船长问。

"我们需要新的合作理由。"赖利说。

"什么理由？"

"生存？"赖利大胆地提出。

"我们正在接近某个星系的某个星域，这片星域可能——几乎肯定——会带来意想不到的危险和未知生物。"阿莎说，"我们像进入成人领地冒险的孩子一样，如果不合作，全都会没命。"

"这都很显而易见。"船长说。

"而不那么显而易见的是，"陶德说，"这个明显的合作理由可能会与某些个人目标有冲突，比如要第一个接触超验机，或者不让其他人触及。"

"我们有理由认为，这艘飞船上某些人的行动是受人指使的。"

赖利说。

"受谁指使？"船长问。

"问题就在于此，不是吗？"赖利回答。

"即使承认你们说的都是事实，"船长说，"似乎能做的事情也不多啊。"他和他的随从们看上去对这些分析有点不耐烦，仿佛宁愿只处理把他们带到这里来的暴力冲突。

"除非，"阿莎说，"我们能建立比朝圣小伙伴更紧密的关系。"

"我们需要在更大的团队里组建小组，"赖利说，"就像我们在摆渡船里组建的那种互保联盟，只不过我们现在更知己知彼了。"

"我是整艘飞船的船长。"船长说，"我不能属于任何一个比飞船还小的小组。"

"这可以理解。"赖利说，"但我们需要你对我们所作出的努力表示支持。"

"你、阿莎和陶德？"

"还有任何我们能说服加入我们、我们能信任、愿意保证为小组的整体利益而努力，直到我们触及超验机的人。"赖利说。

"我以为你不相信超验机呢。"

"我原是不信，但已开始动摇了。"赖利说。

"可你依然相信自己有能力判断，那些与你的亲密关系还不如阿米巴变形虫的生物，是否愿意将他们的个人目标置于包括人类在内的小组目标之下？"船长说。

"赖利和我所相信，"阿莎说，"理性生物辨别优秀策略的能力。"

"以及，文明的银河种族辨别文明进程是否优秀的能力。"陶德说。

"我支持。"船长说完，带着警卫离开了。

超验机

陶德目送船长走到舱门口,直到舱门在船长一行人的身后关闭,然后才转向赖利和阿莎,"那么,我们就从你们两个开始。"

对赖利来说,这就像个会心的眼神,随后他告诉自己,这种反应只是意想不到的亲密带来的结果。

但陶德接着说:"人类,跟多利安人一样,需要异性的陪伴。你们两个是时候在一起了。"

"我回想起多利安人的交配规则,"阿莎并没有因为被发现而显得尴尬,"一夫多妻。"

"对。"陶德说,"这是食草物种的通用模式,也是我们的文明必须努力去除的旧习。对我们来说,正是女性伴侣关系从整体上给我们带来了各个层面、全方位的交互影响。但也许超验可以将我们提升到人类一夫一妻制的水平,并让我们也体验那种驱动人类进化的挫败感。"

赖利仔细看着陶德,但察觉不到任何讽刺意味,即使多利安人能掌握这种细微的表情,即使他能看懂,也没看出什么。

"我们必须考虑到,"陶德说,"你们之间的伙伴关系对我们这一小群朝圣者的影响。随着每一次跃迁,我们离目的地越来越近,任何新的社会形态都可能改变群体行为。"

当然,他并没说"社会形态",也没说过"群体行为",有可能这些概念在多利安语里都是无法想象的,但那是赖利的微脑所能提供的最接近源语言的翻译。

"确实如此。"阿莎说,"所以我要在此跟赖利联合。我们离目标还远的时候,我们的小团体足够稳定;可当目标越来越近时,个体间的差异就会开始显现。是时候组织共同防御小组了。"

"在摆渡船上的时候,你拒绝了我们。"陶德说。

"那时候我不需要你们。"阿莎说,"不同情况下需要采取不同的方法。赖利和我希望你加入我们,我们每个人都应协助团队里的其他成员抵御外界攻击。"

"直到我们抵达超验机。"陶德说。

赖利心想,或许陶德现在是语带讽刺。抑或,这只是多利安式的现实主义。

"我希望,我们即使到了那里也能互相帮助。"阿莎说,"我有种感觉,我们没人能单枪匹马触及超验机。不过,至少也得撑到那个时候。"

陶德指着全息屏幕,那条微弱的光线穿过屏幕一角,"我们到达另一个旋臂的时候,究竟会发生什么?"

阿莎耸了耸肩。赖利有些好奇,这不是第一次了,他一直想知道陶德到底是否理解耸肩是什么意思。"等到了那里就会知道。"她说,"它跟我们的旋臂一样大,有同样多的太阳。要找到那个超验机所在的星球,可能并不容易。"

"但先知肯定知道,"陶德说,"或者,那个给船长发坐标的人,不管是谁,肯定知道。"

赖利脸上依旧一副无动于衷的表情,但他问自己:陶德到底知道多少,或者他认为自己会知道多少。"席怎么样?阿莎觉得她了解他。"

"对席佛人还有什么不了解的吗?别让他们在你身后,留意他们的手,别让他们觉得你死了对他们有好处。你大可放心,当前什么对他们有利,他们就会选择什么。"

"那就席吧。"

"柯姆呢?"赖利问,"至少,像席一样,他愿意透露自己和自己的动机。"

"像我一样,"陶德说,"你可以信任我们所有人——利益最大化嘛。没人能确信天狼星人,就算是另一个天狼星人也不行,但让他们做队友总比做对手强。"

"花童呢?"赖利问。

"4107?"陶德说,"我们还没从她那里听到多少,而她说的也都很隐晦。不过,我没任何理由怀疑她合作的能力。进化历程使她逐步培养出结成社群的需求。"

"但未必是与肉食动物结成社群。"阿莎说。

"没错。"陶德说,"但他们在银河系的记录是干净的,没有任何毕宿五星人被指控吃过智人。他们有自己的蛋白质补给来源。"

"半人马呢?"赖利冲着那个像鸟一样的外星人轻轻点了点头。

"如果我们招募了席,那就可能会有些麻烦……"

陶德还没讲完,船舱就开始在他们四周溶解了。

"该死!"赖利大骂。他的双脚陷入地板,客舱开始褪色,进入跃迁空间那令人恐惧的虚无之境。先是墙壁和天花板变得透明而逐渐消失,他盯着那一片空无一物的可怕虚空。他伸手触碰阿莎,她依然稳如泰山，犹如波涛汹涌的反现实怒海中一个坚定的锚。然而，其他外星人则被扭曲成了恐怖漫画，他们似乎是在相互厮杀。他听到陶德说了些什么。"什么？"他问。这句话犹如一个巨大的问号般横空出世，然后跌落地上摔得粉碎。地面突然变硬，囚禁了他的双脚，墙壁突然也向他压来，他感觉自己伸出去的胳膊也被囚禁在了墙壁里。

一个感叹号从变成了怪兽的陶德身上显现出来，飞向头顶，随后跟地板上那个问号一样裂成碎片。然后，跃迁结束了，和开始一样突然。陶德说："不该发生这种事！"

赖利望向陶德所指的方向。半人马躺在地上，或者更准确地说，曾经是鸟状外星人的身体部位在地上——而他带着喙的头已经与身体分离，在大约一米开外处；蓝色的血液，或者说是在半人马体内充当血液的某种液体，从断了的脖颈处喷涌而出，就像被赖利母亲在火星特殊场合宰杀的鸡的残骸。

赖利看着席，这个外星人刀已入鞘。"现在怎么办？"他问。这句话横在阿莎和陶德之间，并没有针对性地问哪一个，也算同时问了他们俩。

阿莎和陶德都直直地盯着上方的显示屏。那条亮线已经跳向他们，赖利觉得自己几乎可以分辨出一颗一颗的星星。他转身望向身后：其他朝圣者呆立不动，凝视着显示屏和上面闪闪发光的实证，并没有关注被斩首的半人马。

他正看着呢，一条触手甩出来，打到另一个外星人，把他打得一个趔趄。这个动作也许是意外，但立刻招致了报复，随即引发了全面混战。陶德迅速移动着他庞大的身躯，像攻城锤一样，利用力量和体重，从那堆正在搏杀的外星人中一路杀出。其他人在他面前纷纷散开，

超验机

有些像滚珠游戏里的柱子一样直直地倒下去，随后陶德返身，帮助跌倒的人站起来，把各式胳膊、手和触手一一拍下去。

当他回到他们身边时，看上去波澜不惊，就跟之前一样漠然，似乎完全没受此次事件的影响。"如今看来，"他仿佛是在回答赖利之前提出的问题，"合作的时间应该比我们想象的还要早。"

他们还没来得及回答，舱门再次打开，船长带着他的两个武装警卫走了进来。这回他生气了。"你们现在也太过分了！"他喊叫。

"到底是谁过分了？"陶德问。

"你看看啊！"船长说着，指着地上的半人马，"你们现在开始自相残杀，而那些还没开始的，也正在跃跃欲试。"

"这难道不是我们自己的事吗？"陶德问。

"呃，"船长说。"好吧……"

"不好，"阿莎说，"但或许无法避免。"

"作为船长，我无法接受自己在这艘船上的权力受到约束。其结局必将是混乱，并最终给所有人带来灾难。"

"你已经接受了约束，汉姆。"赖利温和地说，"你的乘客都是高等种族，而他们是不会接受管束的。你必须让我们自己解决自己的问题，惩治自己的罪行，我们不会让任何人知道。"

"同样，我们也不能未经宣告就跃迁。"陶德说，"这违反了银河系规则。"

"肯定是广播出问题了，"船长说。"重要的是，跃迁平安无事。"

"这意味着我们可以继续前进，"阿莎说，"但我们回程会有风险。"

"即便如此，我们也必须返回。"

"如果找到超验机，"阿莎说，"就能解决我们所有的问题。"

"怎么解决？"船长说，"关于星际旅行，我什么都记不起了。"

"船长，咨询一下你的微脑吧，"阿莎说，"那是传说的一部分。但我刚才那话其实是讽刺。"

"这种时候，讽刺纯属浪费时间。"船长说，"啊！"他抗议，"有你们在，我什么也干不了。把这团乱糟糟的收拾干净！"他指着地板上的尸体说，"把你们自己的处境也搞清楚，或者通过超验的方式，让我来替你们搞清楚。"

他愤怒地转身，走向舱门口。

"冷静点，汉姆，"赖利说，"冷静。"

船长放慢速度，小心谨慎地走向舱门，在身后轻轻把门合上。

"现在怎么办？"赖利再次问道。

"必须把这些事情发生之前我们所讨论的互保小组建立起来。"陶德说，"但首先，我们必须解决这个……"他用短短的象鼻指了指地板上半人马的尸体，随后转向4107。"为什么？"他问。

花童用她那个物种的轻声呓语说了些什么。赖利的微脑并未尝试翻译。

"啊，"陶德转向赖利和阿莎，"她想给我们讲讲她的故事。"

"是花童杀了半人马？"赖利问。

"不会有其他生物干这种事的。"陶德说。

第十五章

4107 的故事

4107 说（陶德翻译）：

我们被称为"人民"，就像整个银河系的物种都称自己为人民一样。无论我们用什么语言——以各种可分辨的方式，通过管道限制的空气流动，下颚的摩擦，触手的手势，信息激素的释放，或者，对我们而言，叶片的移动扰动了空气——翻译总是一样的：我们是人民。

我们的世界被叫作地球，就像每个世界在它自己的语言中都被称为地球一样。你可以称之为花地，因为我们是花人，世世代代过着简单的生活：幼苗从泥土中萌芽，长到成熟，开出花朵，享受授粉的过程；随后，我们的花瓣和种子都落入泥土，奉献我们腐烂的身躯，滋养下一代。数不清已经过去了多少代，因为每天、每年都一样：我们出生、成长、繁育、死去。花地星是个很大的星球，它强大的引力拉出了广袤的平原和宁静的海洋，我们在温暖肥沃的泥土中，无忧无虑、平和富足地茁壮成长。那是一段人民回望时都觉得是天堂的时光，但随后，我们就被驱逐了。

的确，花地星有食草动物，它们就生活在我们中间，从我们丰富的植物中汲取营养而生存，也有防止它们因为过度放牧或过度繁育而自我灭亡的食肉动物；但人民以花地星进化历程中最伟大的突破来应对：我们把自己变成难以下咽的草料，当食草动物为适应这个改变而进化之后，我们又产生了毒性。食草动物相继死掉，然后食肉动物也死了，只有杂草作为竞争对手存活了下来。我们开发出了除草剂，变得真正无敌，无忧无虑地过着植物式生活，无比心满意足。这个过程耗费了很多个长周期，但最终，花地星为我们所有，我们发展成了花地。

后来，一颗路过的天体进入了我们的理想世界，仿若上天对我们的傲慢的惩罚，破坏性的辐射侵袭了整个花地星，几乎毁灭了这个行星上所有的生命，包括人民。花地星内部的火焰被搅动，大陆从星球挚爱的怀抱中被释放出来。花地从曾经的天堂变成了地狱：火山喷发毒化了空气，岩浆流覆盖了平原；大陆板块彼此碰撞，向上挤压推升出雄伟的山脉。人民陨灭了。

几个世纪过去了，埋藏已久的那些种子在四分五裂的岩浆中试探着寻找出路。其中有个伟大的花地人，现以一号著称。在一号之前，花地人并没有个体意识。所有当代花地人的源头都可以追溯到一号。也许是那个入侵天体带来的毁灭，更有可能是路过的宇宙天体发射的辐射侵袭了整颗行星，抑或是长期被庇护的花地星内部释放的岩浆，触发了某个历程，而一号因此发展出将根从泥土中拔出的能力，并把这种能力传递给了后代。凭借可以灵活移动的根，这位伟大的花地人无须再依赖飘忽不定的微风把自己的种子传播到合适的土壤里；他，以及他的后代，一米一米地移动，年复一年，终于抵达受庇护的山谷。在那里，花地人可以把种子播种在准备好接受他们的土壤中，不再把生长和绽放的希望仅仅寄托在偶然性上。

每一代都用升序的数字为自己命名。从伟大的一号开始，我是第四千一百零七代。我之前的几代人都在变化，一代又一代，以便获取

超验机

移动的能力、智力，以及对这个世界和宇宙的理解。这个世界养育了他们，然后又试图摧毁他们；这个宇宙漠视众生，毁灭与孕育一样盲目。

我如何描述智力的影响？这里在场的每个物种都经历过，但没人记得。花地人记得。我们物种的历史被记录在种子的意识里。一开始只是记录与过程有关的记忆：从种荚中无可抗拒的爆裂，迎着太阳向上的激情，迎着水分和养料全力地向下推进，养分通过毛细血管充分流动，再通过细胞转化成为实体，令人愉悦地绽放，欣喜若狂地授粉，注入了所有过去和未来的种子坚定地成长，随后进入衰退期，并最终以死亡告终。但之后又加入了对环境的意识，所有的一切从那时开始流入。

我们知道宇宙不仅是太阳、土壤和水。宇宙里有很多太阳，地球上有很多土壤，河流、湖泊和海洋里有很多水，其中有些是滋养的，有些不是。我们发现：我们可以操控自己所处的环境，控制土壤的肥沃程度，以及落在上面的雨量；我们还可以操控自己，控制我们传递给种子的生物遗传模式。我们学会了限制自身的繁殖，以免耗尽资源，因此我们推迟了开花结果的时间，随后发现我们得推迟由此带来的死亡。

超越季节的长寿意味着学习过程的加速。我们学着进化成特殊品种：有些种群智商更高，以便加深对宇宙的理解；有些种群具有一种被你们称为视力的新能力，能以全新的方式感知世界和宇宙；有些种群有操控力，能让我们独立于自己所处的环境；还有一些有记忆力，可以保存别人收集的智慧。最终，我们知道了那个可怕的真相——那个路过并将我们逐出天堂的天体并非偶然的星际过客，也不是宇宙中某个爱开玩笑的人所开的宇宙玩笑，而是冷漠的外星人向我们发射的相对论导弹。那些外星人嫉妒我们的世界，渴望攫取这颗重星所能带来的利益，及其地心深处所吞吐的矿产财富。

那些闪闪发光的飞船，从远离花地的另一个世界而来，穿过大气层，发出炽热的光芒，降临到我们的世界。大气层比所有半人马们已知的都要厚，但比数千个周期之前导弹入侵那会儿要薄多了。飞船散发着热度，渐渐冷却下来，随后半人马们出现了，就像食草动物在植物世界宣示他们天然的支配地位。对于被他们碾碎的花地人或者被摧毁的天堂，半人马们并未浪费任何时间和精力去思考或怜悯。有什么必要呢？他们是宇宙的神。

刚开始，我们也这么认为。他们犹如神明一般从天而至，他们所乘的机器与曾经到达花地土壤的任何东西都不一样，甚至跟我们超越花地现实之外所有梦想中的生活都不一样。飞船降落时，摧毁了数十亿的生命，他们派出机器清扫平原，又毁灭了数十亿生命。他们将我们割倒、踩在脚下，用犁翻开大地埋我们入土，完全不理会我们的尖叫和尝试沟通的努力，也无视我们以植物的方式膜拜他们的辉煌。他们把外星种子播种在我们神圣的土壤里，但那些来自其他世界的同类，愚钝而毫无响应。我们尝试跟他们说话，但除了对土壤和太阳的原始反应，他们什么反应都没有；即便他们曾经有过任何意识，所有意识也已经从他们身上除去了。如果说半人马考虑过我们的话，那也只是把我们当成为适应他们的目标而可供改造的外星蔬菜。否则，如果改造不成功，就把我们除掉。最后，我们绝望了，回忆起古老的生物流程。我们的除草剂差一点就成功地除掉外星植物，但半人马回应以更大的破坏，把他们地盘上仅剩的少数花地求生者也清除掉，用能量墙保护他们的幼苗，并开发出他们自己的除草剂。

最终，我们意识到一个可怕的事实：他们不是神，而是侵略者；如果我们不找到有效的抵抗方法，他们会毁灭人民。起初，我们长出锋利的叶子，因为活性腐殖酸钠可以变硬，当他们进入我们中间时，我们就杀死他们。这些尖叶是如何起作用的，你们已经看到了。在有风的天气里，甚至对我们自己而言，它们也是危险的。但那些半人马很少走进当时仍属于我们的领土；他们喜欢派他们的机器来，而我们的武器仅能划过他们的金属外壳，却无法造成任何损伤。因此我们开发了导弹、有毒的飞镖，通过我们储存的气体爆裂发射。发射这些导弹的花地人会在行动中牺牲，但他们义无反顾，因为我们都是集体的一员。然而，当敌人与我们保持一定距离时，这也失败了。我们的祖先研制出来杀死那些食草动物的毒药也不起作用，因为半人马不吃我们，他们对外星进化始终保持高度警觉。我们培育出了像他们一样的机器，只不过外表是植物物质形成的硬壳，而它们在与敌人的金属相撞时会皱成一团。

最终，我们意识到，我们不可能用敌人的武器打败敌人，于是将战役转移到我们的战场，即土壤和从中长出的植物。如果他们的外星植物愚钝，我们可以提升他；如果他是异星生物，我们可以归化他。我们让专业的农学家上阵，几代之内，他们就感染了半人马种子，将花地基因巧妙地嵌入其中，并在后续的数个世纪实现了基因表达。我们利用暴雨和狂风，将种子散播到半人马区域，然后等待。与此同时，半人马们继续他们的种族灭绝行动，直到仅剩下少数几个偏远的花地文明，还有被我们藏起来的种子库。在我们被摧毁到无法复兴之前，我们的战术能成功吗？

花地人的记忆是永恒的，我们依然记得这个蒸腾的星球上第一个花地人的萌芽。花地人的思想漫长而久远，符合我们从一个季节到另一个季节的生活节奏。然而，甚至连我们都开始绝望了，直到最终，我们的矮个子特工听到了半人马土地上传出的第一声智慧的私语。一个世纪内，窃窃私语变成了喧嚣，半人马们开始生病了，他们的食物渐渐具备我们花地基因不可消化的特性。又过了几个世纪，半人马们意识到他们日益衰退的活力和逐渐增多的疾病可能与其饮食有关。于是，他们彻底清理了土地，从半人马星带来新鲜的种子，但为时已晚。他们无法清除所有转基因植物及其种子，而那些种子是为统治和强权培育的。很快，新种子也发生了改变，也感染了花地病原体，获取了花地人的智慧。更多半人马丢了性命。

最终，他们认清一个无法逃避的事实：要对抗整个星球，侵略者根本毫无机会。他们乘着巨大的飞船离开了，飞船闪着亮光如一只长矛般飞入花地的天空，越飞越远，越来越小，只留下他们带来的外星植物和破坏的废墟。

我们再次拥有了花地星，如今是与意气昂扬的半人马植物一起分享。我们以善意对待他，虽然这份善意我们从来没有从半人马那里得到过。我们培育他到全知全觉，完全接纳他为我们社群的一员。而作

超验机

为报答,他给我们的生活带来了新的混合活力以及可供分享的新记忆。那些记忆,现在可以通过理性的检查而获取,包括对半人马生存情况的了解和对半人马技术的体验。这种程度的了解我们之前是无法企及的,而对这些技术的体验也是全然陌生的。我们第一次意识到为什么半人马无法感知到我们的意识,为什么他们要离开,而他们也依然困惑于花地对他们的殊死抵抗。

我们也意识到银河系布满外星物种,在岁月静好的与世隔绝中,我们永远不可能安全,为了拯救我们深爱的花地,我们必须离开这里。我们从半人马种子被深藏而隐没的记忆中挖掘出了半人马飞船的信息,并将其应用于我们自己种东西的专长上。我们种出了自己的飞船。一开始,它们仅仅是装饰性的外壳,但几个世纪之后,它们从不同的植物细胞膜中发展出不同的内部机制,然后造出了可移动的部件。我们通过选定的细菌在细胞水平上培养有机计算机。最终,我们进化出了能够产生、储存和释放燃料的植物,并造出了能够承受高热喷发的材料。

之后的几代花地人都致力于测试它们,看着它们失败,一个接一个,一败涂地:船体失效,燃料耗尽,客机烧毁。但我们依旧坚持改进飞船,因为我们知道半人马或其他贪婪的肉食生物总会回来,而且我们有植物传统的耐心,知道我们会坚持到某个遥远的时刻,直到成功。然后,我们的一个半人马姐妹找到了答案——从土壤中提取金属,并将其按分子排列,塑造成支撑横梁和火箭客机的能力。而另一个姐妹,回忆起一个半人马的飞船模型,发展出一种能力,能将体内的碳处理成豆茎,一个原子一个原子地延展至空中。

最终,我们在身体层面上做好了准备,尽管心理上未必。我们组织起来一队船员。因为我们拥有相同的文化遗产和记忆,尽管有些人的专长不同，即使过程有些难，但甄选很简单。作为一个物种，我们的梦想是扎根于土壤之中，我们的噩梦中充斥的都是与土壤分离时的恐惧。但我们的意志比恐惧更强大，所以我们将自己发射到花地与其姐妹星之间的那片令人痛苦的虚空中，而我们发现，这片虚空是异常的。这次经历很恐怖，我们中的多数因震惊而死于休克，还有一些死于我们这个物种从未经历过的疯狂。但有几个活着回来了，并将其种子记忆贡献到我们的基因库里，从中诞生了更为坚定的航行者。在我们这个种族漫长的演化过程中，我们持之以恒，不断成长，进化成我们需要成为的人。就这样，我们探索了自己的太阳系。

我们仁慈的太阳早已种下七颗行星，并在最远的集合之外播下了无数尚未发育的幼苗，而后来都被半人马的相对论导弹毁灭了。最近的行星是一颗不起眼的岩石，太阳辐射令它寸草不生；第二颗在被导弹偷走大量气体之前曾是气态巨行星；第三颗是个美丽的世界，比花地星稍小，但已经被其动物居民毁掉了；在它过热的土壤和海水蒸发殆尽后的海底，我们找到了食肉动物的建筑证据，就像半人马的那些建筑，还有充满二氧化碳的大气层，显然是过度工业化失控后的反应结果。它本可以成为花地人的理想家园，但高温和缺水使它成为一片废土。

花地星是第四颗行星。在花地星之外还有两颗气态巨行星和一块冰冻的岩石。我们是自己太阳系的主人，虽然这个星系很贫瘠——半人马的暴力使我们变得更穷。进攻者来自我们的星系以外，我们必须走得更远，超越想象的远，进入未知领域。

我们找到了利用太阳能的方法，超越了自然界把光转化为茎、叶和花的能力。我们开发了存储能量的植物式方法：培育出更强大的飞船，将它们升上豆杆，送入轨道。我们进化成为更优秀、更适合太空的花地人。最后，我们向星辰大海进发，虽然不知要去往何方，会找到什么，或者到达之后要做什么。

宇宙大部分都是广阔虚空。几代之后，当我们的原始飞船还只是进入太空的一个小手段时，一艘刚从跃迁点出现的银河飞船发现了我们。如果船上的花地人还会震惊的话，肯定已经枯萎而死；如果他们知道在这种情况下被发现的概率有多低，他们绝不会相信命运。

很幸运，飞船是多利安人的，不是半人马的，尽管多利安人也是食草动物，但他们是开明的食草动物。他们对于花地船员的震惊程度，与花地船员对于这一发现的震惊程度一样。多利安人用了好几个周期在飞船上寻找食肉动物——他们相信食肉动物才是真正的太空旅客。最终，因为开明，他们意识到我们是有智慧的，然后通过灵感和奉献精神，他们开始破译我们借助叶片动作所传达的信息，而我们也开始理解他们通过喉音爆破空气的表达方式。

多利安人在我们的花地飞船上安装了他们的链接装置，将我们带到了银河委员会。他们作为我们的支持者发起提案，因为我们是第一个在银河系被发现的有意识的植物类生物，我们乘坐原始的飞船出发，在难以置信的困境中坚持，在此过程中展示出如此强大的决心。因此，我们被接纳进入了文明物种委员会。

我们实现了目标。如今，我们受到银河委员会和其所有成员的保护。

我们刚对委员会流程有了最基本的理解——流程范围有限，但执行起来很严格——对动物的感知与动机有了最低限度的了解（对于超越自身经验以外的概念，我们理解起来非常困难），就马上针对半人马发起了种族灭绝的指控。委员会代表们几乎以植物般的耐心倾听着，但他们裁定我们败诉。他们说，当半人马用他们的相对论导弹劫掠我们的恒星系时，我们还没有意识；而在他们入侵之后，也不能指望半人马能理解我们所进化出来的感知。我们的指控因此被驳回。事实上，委员会里有些成员，也许跟半人马有政治连带关系，建议我们应该感激半人马，因为是他们的行为使让我们产生了意识。花地人不懂感恩，但他们永远不会忘记伤害。

进入委员会带来了很多好处，也带来了一些限制。从委员会内慷慨的成员那里，我们得到了金属加工和机器的知识，得到了银河跃迁连接点的星图以及通过两个跃迁点之间的虚空发射飞船的能力，还有得以进入一百个物种在多个长周期内积累起来的庞大信息库的权限许可，以及重塑我们的世界以及本星系其他世界的能力。然而，我们被禁止移民到我们系统以外的世界，也被禁止以智慧或基因的方式与委员会世界里的植物物种进行沟通。我们被告知，这将是重罪，惩罚是种族灭绝。这听上去有点极端，但我们知道，我们是新人且与众不同，我们可以用我们的新技能发展自己星系里的其他行星，当这一切完成之后，我们还可以发展委员会管辖范围外的其他世界。

我们号召要发扬植物的耐心，我们知道，在末日到来之前，我们必会成功。但我们却不明白，其他物种在半人马的领导下会启动科学项目阻止我们的基因计划，所有的食肉生物，无论看起来多么友善，必将保护其同类免受来自我们的威胁。而他们不明白，动物在速度和敏捷方面有优势，但他们很快就精疲力竭并腐烂，而植物是缓慢而持久的。我们将取得最终的胜利，直到宇宙负熵将我们都击败。

然而——我们所有突破花地人心理极限的旅程，我们所有被银河种族社会的接纳，我们所有关于生存的新知识和自信，如果不能肯定我们最终的优势地位，就依然不够。为了达成那些目标，我们作出了改变。植物的生存方式不相信、也不喜欢改变，我们只是在胁迫之下，在宇宙漫长而缓慢的摇摆中，接受了改变。我们已经变得很了不起，而我们痛恨这一切。

然后，人类从地球上冒出来——那些傲慢自大的肉食动物。没多久，战争开始了，所有我们想好、计划好的都被搁置一旁。我们在战争中扮演了应有的角色，但大多数时候处于和平。动物喜欢战争，花儿习惯于和平。我们对于和平及战后的稳定状态深感欣喜。我们甚至可能已经对自己的运气心满意足了，因为我们的本质就是随遇而安，而作出妥协、进行了这么多改变已经很难。随后，传出了与先知和超验机有关的信息。这意味着更多改变，更多对不变的威胁，更多对我们自我意识的伤害。因此，我们再一次违背天性，被迫改变。在这次危机中，我成长起来，违反了所有花地人的本性，充当了被人唾骂的个人角色，独自行动，并通过自己的牺牲为姐妹们寻找救赎。我无法描述在参与这次旅程时，我的苍凉，我的哀思，以及我与花地同伴们苦涩的分离。甚至，我无法描述，将自己称为"我"意味着什么。

但我会坚持到底，因为只有我能提供人民所需：返回乐园。通过我，超验机将去除先贤的诅咒。

第十七章

4107 的叶片停止了摆动，陶德翻译的回响声也消失了，随后赖利说："花地人还没告诉我们，为什么他杀了那个半人马。"

花儿的叶片再次动了起来，搅动空气的动作可能另有含义。也许确实有含义，但他的微脑保持沉默。或许，就算对无所不知的生物计算机来说，理解花地人叶片的动作也实在太困难。

"花地人说，那次行动并非复仇，但有些人可能会那么以为。"陶德说，"其实是为了自保并保护这次使命达成。"多利安人再次聆听。"她无意中听到半人马企图劫船，预谋飞船一到达稍远的旋臂时，就立刻清除所有竞争者。她说，食肉动物，尤其是半人马，在那些花的旁边说话更自由。"陶德听着点了点头。"但半人马注意到了身边的花地人，也许是害怕的传统让她起了疑心，于是在跃迁的混乱中发起了进攻。"

花地人的叶片停止摇动，陶德也停了下来。赖利疑虑，4107 的故事，到底有多少是花地人自己说的，又有多少是陶德说的。也许，多利安人成为花地人的救世主，而花地人将多利安人描绘为开明的外星人，这两者都并非巧合。"半人马当时正在跟谁说话？"

陶德又翻译了花儿叶片的摆动："半人马正在跟席说话。"

黄鼠狼蹲下来，似乎准备开始攻击，抑或保护自己免受攻击。

"但在整个对话过程中,席的手一直握着他的刀。"陶德继续。

黄鼠狼放松了下来。

"那席和半人马为什么要在跃迁前打架呢?"阿莎问。

"花地人认为,这是为了打消别人对他的怀疑。"陶德说。

他们看席。这可能会被视为阴谋行动,而他似乎毫不在意。

"还有多少人参与了这个半人马的阴谋?"阿莎问。

"花地人不知道。"陶德说,"依我看,他的招募可能是从席开始的,席看上去似乎是个很自然的候选人。"

对于被认定为同谋,席还是没有反应。

"但他可能接触了很多人,"陶德继续说,"但从没找过我。"

即便如此,赖利想,在任何试图夺取控制权的组织中,这个多利安人都会是个关键成员。"这使得我们自己的自卫组织变得更加必不可少了。"

"那这和半人马的计划有何不同?"陶德问。

"我们并非私下里秘密组织,我们无意丢下任何人,"阿莎说,"也无意杀死任何不愿意加入我们的人。"

"当然,我跟你。"陶德说。

"花地人想加入吗?"赖利问。

陶德以一种似乎另有含义的方式挥动着他的象鼻,而花地人——也许是——以摆动叶片的方式作出了回答。

"花地人说,他在太空电梯的时候就已经加入了这个组织,而她并不会改变自己的忠诚。"陶德回答说,"这点跟我很像。"

"你呢,席?"赖利转向这个黄鼠狼模样的外星人。

"我将捍卫这个组织直至死亡。"席一边说着,一边把他那只完好的手放在他的刀上。

赖利不知道，席指的是他们的死还是他自己的死；但赖利知道，让他待在看得着的地方盯着他，总比任凭他潜伏在暗处在他们身后窥探，要好得多。

"他们都不值得信赖。"赖利的微脑说。

那当然，赖利回答。

没料到，广播中突然传来船长的声音："上次跃迁让我们靠近了一颗恒星。"他们面前的全息屏上出现了一个侏儒太阳的影像。"它似乎也有行星，尽管这个星系在这空空如也的地方搞什么还是个谜。"

赖利看了陶德一眼，然后又看向阿莎。就算阿莎知道，她也不能透露这颗流浪的星星意味着什么，除非她公开自己先知的身份。对于他无言的询问，她耸了耸肩，仿佛在说，她也很意外。或者，既然是她在提供坐标，她不太可能对这颗星星的出现感到意外，那就是她不愿在众人面前推测。

"旋臂间的太空只是一片虚空的说法，是个常见的误解，"陶德说，"那里的星星相对较少，但并非一片荒芜。"

"在如此孤寂的地方生活，会是什么感觉？"赖利问。

"这种地方进化出的理性生物对宇宙的看法，在哲学上会很有魔性的。"陶德说。

"它是怎么到这里来的？"阿莎问，"大星湾中的氢原子太过分散，根本无法支撑恒星的形成，所以它肯定是在造成星系旋臂分离的早期进化过程残留下来的，或者被某个旋臂排斥出来的。"

"对于银河种族来说，这是另一个造成哲学或神学困苦的根源。"陶德说。

"它可能是要逃离什么。"席插话。

赖利和阿莎转身看着他，似乎有点意外，这个外星人居然在评论对他无害无益的东西。

"微生物，就像政府或个人一样，可以致命。"席说。

"席说得对。"陶德说，"曾经，我希望多利安的系统可以与其邻居们隔离开。"4107的叶片以复杂的模式摆动起来。"花儿也认同。"陶德解说。

"有趣的推测。"阿莎说，"但仅仅是政治上的分歧，不足以激励如此宏大的工程。"

"除非它要逃离的是传染病。"席说，"自我保护是一个强大的动机。"

阿莎看着全息屏，那里重新出现了一个单个的太阳，闪耀着孤寂的光环，似乎正凝视着这个星河旋臂，它衰萎得如此腐朽，以致整个太阳系都会惊恐地逃离。

"更直接的担忧是，"赖利说，"为何上一个跃迁点的出口离这个这么近。"

"也许，"阿莎说，"它给这片沙漠提供了一片绿洲。"

"或者是个补给站。"赖利说。

船长通过广播再次说话："我们将不得不在这里稍作停留，补充我们的氢储备，然后再继续完成我们到下一个旋臂的旅程。"

房间里爆发出一阵沮丧。那些朝圣者意识到，目的地已经如此接近，而旅程却将被耽搁。

"我知道,这会让你们很多人失望。"船长似乎感觉到了骚动,正如他可能已经充分感受到的那样,继续说:"但我们的可熔氢已经低到危险的境界了。"

房间再次安静下来,只有个别的声音零零散散地响起。

"等我们在其中一个气态巨行星上加气时,"船长继续,仿佛在向乘客们抛出一条绥靖之策,"会允许一小队乘客到可居住区探索一颗岩石行星。"

"啊,对哦。"赖利说,"补给站。"

"某个外星文明,操控了整个行星系统,将其挪到某个位置,为那些在旋臂间航行的飞船提供补给。对于他们的能力,是怎么说的?"阿莎问。

"甚至,也许是散落在大星湾四周的补给链。"赖利说。

"也许他们只为已经在那里的星星提供补给系统。"陶德说。

"那就意味着,"赖利说,"那些允许在有限时间内通过的跃迁点是被创造出来,而不是被发现的。"

"可能性总是存在的。"陶德说,"甚至,依我判断,极有可能。"

"那么,对一个能创造跃迁点的外星物种,该怎么评价他们的能力?"阿莎说,"这甚至比移动太阳系还要厉害得多。"她颤抖了。

"如果我们想成为被允许去探索的小队成员,"赖利说,"就应该及时提交申请。被关进笼子里这么久,谁都想上岸歇歇。"

全息屏上如今展现着一个气态巨行星,随后被一个看上去宜居的蓝色星球取代了。

超验机

赖利把要参加探索旅行的乘客名单递给船长。赖利在船长室堵住了船长。他们站在船长室，船长看着赖利的手持设备，这份名单本不值得他如此关注。"你似乎搜集到了所有的嫌疑人。"他说。

"什么嫌疑人？"赖利问。这艘飞船充斥着很多不同的气味，大多数都非常陌生，要么很刺鼻，要么完全嗅不出是什么味道，但赖利觉得船长室闻起来有股绝望的味道。

船长停了一下，然后说："别轻易动火嘛，伙计。你知道我的意思。这些都是潜在的麻烦制造者，其中还包括一个供认不讳的凶手。"

"自卫。"赖利说，"我已经开始相信，你的每一个乘客都是被选派来参与这趟旅程的，而且每一个都是其物种的领袖人物。"

"除了你和我。"船长说着笑了起来，而他的笑容似乎只是硬挤出来的。"被谁选派的？"

"这就是问题所在，不是吗？"赖利说，"也许跟挑选你的是同一伙人，他们选中你担任这次危险任务的船长，还给了你一艘行将报废的船。"

墙上翻下来一个架子，船长在架子上坐下来，留下赖利像乞求者一样站在他面前。"据我所知，"他说，"这是一次例行任务，与其他上百艘历经战争而幸存下来的飞船相比，这船并不差。"

"不大可能是例行任务吧。"赖利说着，冲墙上的影像示意了一下，那影像反映的正是飞船在大星湾中的位置。

"任务变味了。"船长说。

"然而，你有你的指示。"

"显然事情已经不一样。"船长说，"但怎么个不一样法，我无法预知——在进入大星湾前我们都无法知道。反正，战后的失业登记处到处都是船长。没人会拒绝任何指令，无论这指令有多奇怪。"

"即使船上有个读数不准确的仪表误读了氢储备。"

船长猛然抬头，"你怎么……？"

赖利看上去很高深莫测。

"不是这样。"船长说，"没人预料得到旅程会像这样。任何人都有可能碰上燃料不足的时候。"

赖利笑了。

"我们原本可以到达下一个旋臂。"船长说，"停船补充能量只是谨慎起见。"

"如果你非要那么说的话。"

"那你又为什么非要来这艘都是傻瓜的船呢？"船长说，"你从没告诉过我。"

"很多原因，"赖利说，"但都不关你事。"

"我关心船上每一个乘客和船员的动机。"船长说，"如果我要把这艘船和船上的乘客都带到目的地并返回，那这事就跟我有关。"

"了解那些人的动机，并且把船开回去，"赖利说，"祝你好运。"

"我不是傻瓜。"船长说，"我知道银河系、政府、公司……不同的意识形态都有其反对势力。我知道超验机的发现可以改变一切，维持现状或改变现状，与所有这些势力都息息相关。我知道，人类加入银河种族扰乱了一切，战争让我们所有人都变成了和平主义者，而超验机则威胁着这一切。"

"可是，尽管知道这一切，你却依然接受了这份差事。"

"我们一生之中并没有太多机会可以创造不同。"船长说。

"然而,是哪种不同呢?"赖利问。

"这就是问题所在,不是吗?"

"至于我的动机,"赖利似乎是要稍稍回报一下船长的坦诚,"你最不必担心我。飞船上的其他人可能想破坏飞船或者杀死其他乘客或船员,但我并非他们中的一员。"

船长看上去有些沮丧。他草草地在手持设备上写了几笔,又将它推回给赖利。"去吧!"他说,"带上你的探险小组去吧!"

"阿莎说要拿船长的驳船。"他的微脑说,"我同意。"

"乘船长的驳船去?"赖利说。

船长犹豫了一下,随后又在手持设备上草草划拉了一下,"好吧,乘船长的驳船。"

赖利回到乘客舱时,陶德与棺材状外星人待在房间的一角,好像在交谈着什么。席在另一群人中,或许是在试探他们,或许是正在吹嘘自己的刀术。花童仍站在赖利离开时她所在的位置,叶片悠闲地摆动着,如往常一样孤零零的。赖利走到阿莎面前,把手持设备递给她。她耸耸肩说:"我们的名单,他同意了吧?"

赖利点了点头,"还允许我们用他的驳船。"

阿莎的目光从手持设备转移到了他的脸上,"棒极了。"

"我的微脑说是你的主意。"赖利承认说,"我不知道为什么。"

"也许我们会找到答案的。"

赖利冲着席和陶德点点头说:"他们在干什么?"

阿莎对着显示屏打了个手势。那颗外星太阳看上去变大了点,也更近了些。"他们在试图让其他旅客平静下来,让他们不要在我们出去探险的时候瞎胡闹。"

"他们希望如何做到这一点?"

"让它听上去像是船长的主意。"

"因为?"

"因为他想挑拨离间,在其他人与这些麻烦制造者之间造成裂痕。"

赖利看上去很是困扰,"船长就是这么称呼我们的。"

"意料之中。"

"问题是,"赖利说,"这故事是不是真的。也许船长确实想除掉我们。这趟支线旅行很可能偏离了主航线,甚至可能危害到我们抵达超验机的行程。"

"或者,这只是个必要的前奏,没法确知对错。以前走这段路时,我们没有停留。谁知道我们可能错过了什么呢?或许是曲线救国呢?看似绕远,其实是到达目标最坦荡的大路。我的经验一直是,机会是需要把握的。"

"也许只是看上去如此。"赖利语带讽刺,"因为,若你成功了,那事情就本该如此,而如果你失败了……"

"我明白。"阿莎说,"但请为我的预言来点掌声吧。"

"我觉得,那些为了控制这个机器而相互竞争的势力,是我们考虑不周的地方。连船长都知道有强权在运作。"

"连船长都知道?"

"他不是思维最缜密的观察者。"赖利说,"偏执?是的;分析能力强？不是。"

"除非他比你所知的更狡猾。他可能是一个消息灵通的代理人，为他所提到的一股或多股势力办事，而无论他说什么，都可能是事先算计好的。"

"你看不出来吗？"

"他的多个附加设备令人迷惑。我又不会读心术。"

"只影响他们？"

"只有那些容易被影响的，而且愿意被影响的。"阿莎说，"虽然影响这个词也并非正确的说法，更像是个有力的建议。哦，如果你没做过，那就没法描述给你听了。我只是不想你依赖于一些等你需要时却可能不在的东西。"

赖利专注地看着她，开始要说什么，随后又停了下来。"不过，可以肯定的是，几乎你能识别或想象得到的每一股势力，都有一个或者多个代理人在船上。"

"外星人的思想难以读懂。"阿莎说。

"但他们谁都可能有嫌疑。"

"包括船长？"

"特别是船长。肯定还有席，也许还有天狼星人，也许连陶德也是。我们不能相信任何人。"

"包括我。"阿莎说。

"还有我。"赖利说。

"不，不包括你。"阿莎的语气很肯定。

"你这么了解我？"

阿莎点了点头。

"你并不知道,"赖利说,"我在危急时刻会作何反应,是否会屈服于恐惧、痛苦或者损失。"

"我比你更了解你自己。"阿莎说,"我也比你自己更看好你。"

赖利没有马上作出反应。最后,他看着她说:"而我可以信任你。"

"你不了解我。"阿莎说,"但我希望你相信我,因为那样的话,我们就可以合作。我们彼此都需要可以无条件信赖的人。我们会经历各种事情,日子会很艰难。我们两个,必须活下去,因为那是我们必须做的。"

"那是什么?"

"那就是我们必须找出来的。而且,你说得对,除我们自己以外,不能相信任何人。"

赖利伸手握住她的手,发现它的力量和温暖难以置信地让人感到安心。"那好,我们共同进退,直到最后……"

他还没说完,就被刚进入休息室的桶状天狼星人打断了,他身后是简瘦小的身躯,几乎被柯姆的大块头遮了个严严实实。

"简有个故事要讲给你们听。"柯姆说。

第十八章

简的故事

简说:

钟和我的生命开始于一个九人团体,我们是其中的两个成员。九人团位于人类太阳系里一颗气态巨行星的一个卫星上,这颗行星叫木星,卫星叫木卫三。我们是一个群体动力学实验的一部分,目标是培养出一批能应付各个层面星际问题的飞船船员。我们是克隆人,五男四女,名字都如此相近,都以字母 J 开头,可能原先就是同一个名字。

我们的父亲杰克是这个项目的首席科学家,是精通基因学和其他生物科学、文学和多种语言的伟人。当然,我们起源于同一个卵子,与其他任何多胞胎并无不同,这在外星人中很寻常,在人类中也不算罕见。让我们与众不同的是我们的成长过程:我们被鼓励要步调一致地思考和行动。我们是一个整体,自成一个物种,一个与众不同的种族。当我们有能力照顾自己的时候——依然是孩子,只不过是早熟的孩子——我们被转移到一个与世隔绝的驻地,在那里,我们独自负责木卫三的改造。

好奇的公众把我们称为"杰"。为什么是我们？创造我们这个团体的科学家和政府官员需要自然而然步调一致的代表，无须语言交流就可以完成需要完成的事。改造外星会遇到难以预料的挑战，对危机的反应必须是即时和本能的。我们就是这样一群人。我们的上司需要把我们塑造成一套工具，有能力应付宇宙及其外星主人们可能带给人类的最坏情况。

我们知道——即使现在，我也很难用第一人称单数来讲话——把行星或卫星改造成适合其他物种的世界，这一过程在银河各方势力间是有争议的，并且被很多人谴责。银河系有数以百万计的恒星太阳，多数都拥有位于宜居地带的行星，其中很多行星永远都不会孕育出感性生命，而那些孕育出感性生命的行星，有时候永远都无法发展出科技。银河星系里对星球改造持批评态度的群体，在对技术落后世界展开殖民统治的时候却从不犹豫；对于他们要把银河联邦的福泽带到黑暗愚昧世界的理念，我们不予争论。但我们忠于塞丹的众生哲学：应该鼓励感性生命在任何它可以存在的地方生存。木卫三的唯一居民是没有智慧的细菌，即便如此，也是一种充满不确定因素的存在。我们没有消灭细菌，只是使自己对其免疫，其实我们很清楚，我们被要求去做的改造将使它们无法继续存活。

那些缺乏支持复杂生命必备条件的行星或卫星，跟生物一样，其进化历程因早期历史中的种种意外而受挫。它们是失败的栖息地，它们的过去注定它们永远无法实现在宇宙诞生的大爆炸时被赋予的潜力。同样，它们也需要超验，而我们就是能把超验带给它们，让它们实现自己命运的机器。我们带来的是拯救，为死气沉沉的世界注入希望。至少，杰克是这么跟我们说的。

超验机

　　木卫三是太阳系最大的气态巨行星木星的卫星。非人类对太阳系知之甚少——你们所居住的银河有这么多恒星系，为什么需要知道太阳系呢？——就连人类都不了解他们自己的邻居。早期的人类天文学家命名了大部分行星以及他们在原始仪器中所能感知到的所有卫星，用的是那些他们不再相信的远古神话中神明的名字。与大多数银河种族比起来，人类更珍视想象和虚幻，他们以花哨的名字让场景更具人性化。例如，庞大而威武的木星朱庇特是古罗马万神之王；木卫三盖尼米得是众神的侍酒师、朱庇特的宠儿，是被朱庇特化身为鹰驮在背上带到天堂的人类。毫无疑问，很荒谬。但人类的信仰和行为中就是有很多值得嘲笑的地方——想象力驱动了人类努力奋斗，愚蠢却是不可避免的副产品。

　　木星有六十三颗卫星，但只有八颗大到足以考虑作为改造对象，而这八颗里面只有四颗有合理的潜力。这四颗卫星每颗都不一样，相同的是，它们的轨道都远离太阳，远离其带来生命的温暖。木星在人类发源地地球的两个轨道之，位于火星外的下一个轨道，除了一圈死亡行星留下的碎片环外，火星是最后一个有望居住的岩石行星。木星的主要卫星在可居住性方面都有严重的问题，它们接收到的阳光只有地球接收量的 4%，而它们所环绕的木星轨道位于木星辐射带强带电粒子的影响范围内。另外，这些卫星含有大量的冰冻气体，其中部分有毒，对人类的生存构成了威胁。它们没有或只有很少的大气，但有些卫星具有冰冻的挥发物，通过加热就可以转变为大气，特别是木卫三的水冰。

　　木星几乎自成体系。这个气态巨行星包含的物质，比太阳系所有其他行星加在一起都要多，犹如一个衰退的太阳般在空中若隐若现。它的卫星大小都差不多，木卫三比水星还大——水星是距离太阳最近的行星，也是以一位古老的神灵命名——但没那么重。尽管在它硅酸盐岩组成的幔层内，有一个富含铁元素的液体核心，但其中一半的物质是水——约一千千米深。大部分液体结成了冰，而冰层之间夹着一个纵深约两百千米的盐水海。它的液态核心为木卫三提供了磁层，使木卫三成为太阳系所有卫星里唯一有地磁的卫星；它也向这颗木星的月亮提供了些许保护，用以抵御带电粒子，尤其是那些来自木星的粒子。

我们的父亲为我们提供了一个栖息地。它是由木星的一个小月亮构建而成的，用激光将其掏空，在里面装置好工作舱和生活舱，然后将其拖到适当的位置，成为木卫三的卫星。我们在那里成长，并且发展出克隆人之间的复杂关系。关于我们的社会生活方面，我就不多说了，只说一句：我们很亲密，比兄弟姐妹还亲密，比伴侣，甚至比父母和子女还亲密。而我们也受到使命的引领，在接受完通过录音和讨论方式进行的教育期后，我们着手开始改造工作。一开始，我们设计了可以自我维持的热核热源发生器，并找到方法把它们沉入木卫三冰冻的海洋中。在人族的一年之内，我们建造了最早的几个热源发生器，把它们投放到这个巨型卫星的地表，失败率小于百分之一。热源发生器一着陆，就马上将水体融化形成湖泊，然后又从湖泊中提取重水，为自己提供燃料。不久，它们的建造和投放都实现了自动化。而在很长一段时间之后，它们终会形成开阔的海洋，最后连在一起，为木卫三

超验机

提供一个深达数千米的液体海洋。然而，这些不会在我们有生之年发生，也许不会在我们文明的有生之年发生。果真如此，我们将会把它作为礼物留给我们的继承者——一个适合新一代的水世界。

然而，我们的工作还没结束。接着，我们设立了一个流程，用薄薄的镀膜做成巨大的镜子，将它放到木卫三的外围空间，让它们能把微弱的阳光聚焦到木卫三的表面。它们必须足够强韧，可以抵抗带电粒子的轰击，抗衡那些会改变镜子位置、形状和焦点的力量。我们尝试了多种材料的组合，最终找到了一种——足够坚固，可以支持很长时间，但又足够薄，便于加工和部署。我们设计并组装了配备激光的计算机，用于监控这些巨型反射镜的聚焦，并通过高能激光爆破纠正它们的位置。当这些太空镜开始在木卫三上空闪耀并增加了日照量后，我们把改造这个卫星的时间缩短了数千年。

我们最后的项目是创造一个单分子薄膜，在木卫三周围形成一个茧状球体，防止我们的热核热源发生器和太空镜所制造的大气层外泄。这是我们最大的挑战，因为它不仅要求发明一种自然界没有的物质，还要求这种物质能抵抗木星辐射带中的带电粒子，而且还要能在被陨石撞击后自我修复，仅允许飞船通过。最终，经过多次失败的尝试后，我们从木卫三原生的细菌中找到了一种生物解决方案——一种简单细胞，能自我繁殖并扩散到新大气层的顶部生长，由木卫三融化的原始物质释放出的化学物质提供给养，并由木星的带电粒子提供能量。

这个优雅的解决方案为我们赢得了父亲的高度赞赏，尽管他警告说，我们已然在宇宙中释放了一种危险的新生命物质，一定时间之后，这种物质可能最终会进化并扩散,成为宇宙中其他生物的竞争者。然而,他认为这个可能性不大,愿意接受这个风险。这种单分子薄膜需要几个世纪才能完成对木卫三的包围。即使它逃离木卫三和木星,那也是在遥远的将来,届时人类和其他生物应该会有办法应对这个问题。

然而,我们并不知道,我们每个人都被我们的新造物感染了;我们的免疫系统对改造后的细菌不起作用。刚开始,影响并不明显,即使有影响,我们也以为是我们自身的成熟和成长带来的。这些细菌变成了与我们共生的寄生体,强化了我们的身体,通过增加神经元和减少神经链路阻力的方式,提升我们的反应速度。最后,随着它们的生长,它们变成我们内在的伙伴,收集并分析数据,翻译难懂的材料和语言,建议我们做什么,说什么,甚至想什么。

随后我们知道了它们是什么,抑或我们是什么——全身生物计算机——要回头已经太晚了。它们是我们自己的超验设备,就像我们曾经是木卫三的超验机制。区别在于,就像我们与木卫三的关系一样,这些变化并非我们自身能力的提升,而是强加在我们身上的。我们并没有真正提升,我们的共生体才是新生命。正是共生体拼凑出了真相——这一切都是我们的父亲从一开始就计划好的。

当我们被留在这个被我们称为"家"的卫星时,才八岁,但我们是在一个与世隔绝的地球轨道居住点上长大的,之前没有任何记忆。更确切地说,我们是借助电子设备,以及同一轨道上另一个居住点的监督,自己养大了自己。二十八岁时,我们完成了任务,开始共生。但在这段历程中,我们并非完好无损。杰德和杰夫死于辐射。他们负责太空镜,暴露在木星辐射带中的时间太长了。杰尔和杰姆的死跟热核热源发生器有关,在将热源发生器放置到木卫三的冰层中时发生了

超验机

事故。乔布和金死于共生体感染引发的生物反应。

随后,我们的父亲再次找我们谈话——钟、哲尔和我。

像往常一样,他通过全息投影跟我们谈话。当我们认为自己不会被听到的时候,时常会相互开玩笑,说父亲的生命太金贵了,不能冒险穿越木星的带电粒子和碎片带。但这玩笑带有一丝苦涩:我们在那儿,失去了三分之二的伙伴。

"你们的任务完成了,"杰克说,"现在你们有个新任务。"

"那我们的兄弟姐妹怎么办?"哲尔问。

我们等着杰克的答复。他离木星很远,也许在他的月球基站或者拉格朗日点居所,传输延迟意味着对话的脱节。最后,传来了他的回复:"这次伟大任务中你们那五个牺牲的人,是个悲剧……"

"是六个!"哲尔说。

杰克继续,仿佛没有听到——事实上,接下来的四分钟也一样:"……但这些牺牲并非徒然,绝不会的。"

"要用什么来弥补我们的损失?"哲尔问。

杰克似乎没听到,继续说:"你们的成就堪比神迹,配得上威武的朱庇特之神。你们为死物赋予了生命,为人类创造了一个新世界。你们的名字将被人类世代祝福。"

"你们的名字。"哲尔说。

"在此过程中,"杰克继续说,"你们也重塑了自己。开始的时候,你们是天才儿童,现在已经成长为可以胜任任何事情的成年人。你们就像神一样。你们变成了神。"

"幸存者而已。"哲尔说。

"你们已经准备好迎接下一个挑战,"杰克说,"到一个外星系代表人类。控制星系的银河种族古老、睿智而强大;人类则年轻、焦虑而麻烦。我们从漫长的进化道路上脱颖而出,就像破茧的蝴蝶进入一个冷酷的世界。然而,作为一个弱小、受系统约束的物种,我们与外星联盟的交战陷入停火状态。双方的损失都很可怕,尽管我们的人数和资源有限,比他们的损失惨重了很多,但我们证明了自己值得在银河系中占有一席之地。而现在,出现了一个新问题,会影响战后脆弱的和平。"

我们等着杰克继续。有什么会比刚结束的战争更重要呢?有什么会比我们刚刚失去的生命更重要呢?

"一个新的宗教正在席卷银河系,"他继续说,"更确切地说,是一场可能会成为宗教的运动。它基于一个传闻,传说发现了超验机,这台机器可以实现任何感性生物的潜力。你们可以想象,这样一台机器可能会给宇宙中任意一个文明,包括我们自己的文明,实现什么。你们也可以想象,这样一台机器的存在,可能会对最近战后谈判的脆弱和平带来什么影响。"

我们面面相觑。我的共生体在我头脑里说道:"别听他的。"它说,"我们就是你的伙伴,是你们自己的超验。我们完全可以提供那台超验机——如果真存在的话——所承诺的东西。若你们听他的,就得冒险赌上我们已有的一切。"

过了几分钟,杰克说:"你们什么都没说。"

"有什么好说的?"哲尔说,"我们明白问题所在,但又能做些什么呢？"

又过了几分钟后，杰克回答："一艘地球飞船奉命在端点星搭载一支由多个银河种族组成的团队。简和钟已经被任命为船员。这有些费事儿，但我找了些关系。飞船已经启航了，但简和钟可以在端点星上船。"

"为什么我们要这么做？"我问，更确切地说，是我的共生体指挥我发问。

几分钟后，杰克说："杰弗里号飞船奉命去找超验机。所谓的先知——传言中第一个被机器改造的人，有意或无意地传出此信息——此人毫无疑问将会加入乘客的行列。你们的第一个任务就是识别出这个先知，并挖掘他的秘密（如果他有秘密的话）；然后，第二个任务是，你们必须成为第一个找到超验机的人（如果存在的话），并为我们的物种维护它的机密。"

"这么多人，我们俩又能做什么？"我问。

过了几分钟，答案来了，就像杰克所有的回复一样，带着满世界对抗性的不耐烦。"你们正是为此而被养育和培训的。命运在召唤你们。"

"好的，父亲。"我们异口同声地回答，但如果杰克看到了我们的表情，就不会相信我们的话了。

"如果你们不能成为第一个找到超验机的人，就必须确保它不能落入外星人手中，即使这意味着摧毁它。然后，你们必须带着信息回来，即使你们回不来，也得找到方法把信息带给我。"

"尤其是如果我们回不来的话，"钟小声嘟囔了一句。"那该不会触发另一场战争吧？"钟大声说。

经过又一次漫长的沉默之后，杰克回答："这是我们不得不冒的险——为了人类。"

"一个我们不得不冒的险。"我轻声说。

"现在没时间了，"杰克说，"飞船在等着，如果你们要在端点星登上杰弗里号，就不能再耽搁了。"

于是，就这样开始了。

飞船小而快，但我们还是晚了一天。唯有冒险走捷径，跳过中间的一个跃迁点，我们才能在杰弗里号抵达前赶到端点星。后来的事，你们都知道了，我们不得不等着。击退了山上迈诺野蛮人的进攻，还有对摆渡船的破坏。等到登上杰弗里号时，我们几乎已经忘了自己的使命。可我们的共生体不会让我们忘记，它们不停地对我们窃窃私语，试图破坏我们的指令，试图迫使我们成为被雇用的那种不起眼的生物服务员。

我们的第一个任务是确认先知的身份。我们没什么机会接触乘客。杰克本应把我们安插在朝圣者中间才对，那里才更有可能找到主要的嫌疑人，可能是因为他没时间安排吧。然而，杰克不是那种允许时间影响自己选择的人，所以更可能的是，他已经在乘客舱安排了其他代理。你们尽可以自己猜猜可能是谁，但我警告你们，杰克敏感而聪明，其他在银河系内明争暗斗的各派势力也都如此。事实上，钟和我开始相信，几乎每个乘客都有可能是某个强大的个人或组织的代理人。

超验机

其后，为了完成使命，在端点星等待的同时，我们不得不尽力观察。即使在最好的情况下，要评估外星人也是非常困难的，但野蛮人的进攻给了我们一次机会。战斗会逼出每个人的终极能力。我们观察着，依靠共生体的反应为我们佐证。但每个人都很优秀：那个厚皮的重星人、黄鼠狼、花童……每个人。你们当中的任何一个都可能是先知，包括赖利，他反应敏捷而果敢。

我们一登上飞船就融入船员中了，借助共生体的优势，我们在观察其他船员的同时，也得以设法履行在船上的职责：让船上的植物保持生长，保护蛋白质孵化器免受污染，这些工作跟改造星球相比要简单得多。我们知道先知也可能是个船员，还考虑过船长是否也有可能。他处于一个可煽动、引导、影响和控制船员的地位，而且，他有着与众不同的能力，不止是抓住在被切断的缆绳末端摇摆的摆渡船。但我们的共生体告诉我们，他有附加设备，而且他依赖于由船上某个地方获取的导航引导——很可能来自先知。其他船员看上去没一个出色的。当然，钟和我，有共生体帮我们隐藏，在他们看来我们也并不出色，也许，对你们而言也是如此。

最后，我们得出结论，必须搜查客舱。我自告奋勇。我有自己的理由，钟没有怀疑我。可是，接连失去我们的克隆伙伴、远离家园，这一切并没有让我俩更团结，反而让我们产生了裂痕。我们的共生体反对这个主意，一如它们反对杰克指示我们所做的大多数事情一样。但我们找到了一种方法，可以独立于它们的意识和控制，维持某种程度的自我思考和行动。就算是一个团体也需要有些隐私，而我们发展出一些我们的共生体不会怀疑的能力。它们对于荷尔蒙远比我们敏感得多，而我们早已习惯了，而且还能在某种程度上控制荷尔蒙的生成。

我们的共生体能够判断客舱是否足够安静，以便我能不被察觉地溜进去。如果被发现，我也准备好了说辞，就说我需要做一些维修工作，但没有人质疑我。我没发现任何值得怀疑的，于是决心调查一间客舱——赖利的，我依然怀疑他。再一次，一无所获。

我的存在就是个悲剧，那一刻，这种感觉如同黑色帐篷般从天而降。我的任务是不可能完成的，我们的父亲已经变成了一个冷漠的操控者，我的身体，乃至部分思想，都被没有灵魂的细菌控制，哲尔被隔绝在遥距我们无数光年之外的地方，钟和我都觉得，其目的肯定卑劣而不可告人，她也许会以死亡告终。如果那样的话，我们这群人就只剩下钟和我了。这一切带来的没顶悲哀让我无法抑制。

就在那一刻，我回想起恢复睡眠舱内低温功能的步骤，做好必要的调整，然后打开开关，对我的共生体而言这是一次突袭——而这正是我一开始的目的：杀死那些控制我生命和意志的细菌，即使这意味着我自己也会在此过程中死去。灭顶的悲恸——如此真实，也必须如此真实——这是我过去用来欺骗共生体的工具，欺骗了很久，足以让我达到自己的归宿，还有它们的。

现在，我知道自己失败了，还有钟，他在我行动之后，感到绝望，于是找到了方法，追随我进入那个漫长而冰冷的休眠。可钟不会再醒来了，我孤独而害怕。在绝望中，我背叛了驱动这趟旅程的目标——超验。我唯一的希望是去追求杰克答应我们的最终奖励。他说，如果我们找到超验机，就可以被重组成一个完整的群体，我们的克隆小伙伴们会基于我们的记忆和我们的基因，获得重生。

但是，唉，我的共生体正在苏醒，恐怕杰克又对我们撒了谎。

第十九章

除了缺少食物养殖场,船长的驳船可以说是一艘完整的飞船。相反,它配备了干货和冷冻食品,以及一个大气再循环装置,能够让少数乘客在行星间的旅途中生存,或在航行中等待救援。如果乘客是人类或人形的,足以依靠人类食物来维持生命,那就很妥当了。这艘船只有两个零零落落的舱室——一个附有若干全身吊床的乘客舱和一个微型控制舱。另外还有一个引擎室,以及一个储存液化氢的储存罐,用来给热核发动机提供燃料。但这里远离文明世界,要想活下来,带再多的食物和燃料也不过是摆出来的求生姿态罢了。

这艘船拥挤不堪,闻起来就像人的汗水与外星人的臭气混合在了一起。虽然没有人工重力,但毕竟还是一艘船,也算是从杰弗里号的幽闭恐惧症中荣耀地逃了出来。

在最后一刻,那个神秘的棺材外星人加入了驳船船员的队伍中。他出现在气密舱里,陶德说:"这个人想加入我们。"他是怎么知道的,这对赖利来说是个谜,他什么也没听见,而他的微脑也没听见;但外星人之间的交流,以及很多东西人类都没有能力去感知,更不要说理解了。也许陶德是在伪造或编造,但那个外星人就在那里,等着和他们一起登船。

"他不在船长批准的名单上。"赖利质疑。

"船长不会反对的。"陶德说。

"让他跟我们来吧。"阿莎说。

这也是件好事。驳船刚一从杰弗里号上脱开,那个外星人就飘到控制室,伸出类似电缆的手臂,把它们插入控制台的各个孔洞中,随后发出轻微的咔嗒声。

"这个人说电脑程序有错误,但他已经把它们都修正好了。"陶德说。

"这个外星生物我不认识,也无从认识,因此我不确定是否该让他来判断这艘船是否运转正常。"赖利说,"更不用说,他是在一个他从未见过的系统中检测并修复计算机错误。"

"我们都信任自己所建造的机械,它们能使我们在这个冷酷无情的环境中旅行和生存。"阿莎说。

"那就更有理由别在那上面搞外星玩意儿或什么乱七八糟的装置。"赖利说。

"电脑是个思维机器,"陶德说,"我们这位朝圣的同伴是个会思考的机器。飞船上的计算机并不在乎自己能否活下去,它只按程序走。而我们的朝圣同伴自己编程,希望能活下来。"

"那他是一台机器?"赖利问。

"时机成熟的时候,这个生物自然会披露他到底是什么。"陶德回答。

"他为什么想活下来?"

"同样,时机成熟的时候,这个生物自然会披露。"

"那么,是什么让他能编程的?"

超验机

"这是台思想成熟的机器。"陶德说。

"让他来接管这艘船。"赖利的微脑说。

"让他来接管吧。"阿莎说,"想想这个——船长有充分的理由抛弃我们。我们是乘客中的麻烦制造者。"

"那倒是。"赖利承认。

而棺材状的外星人则继续在飞船的控制面板上探测着。

"这个人说氢供应量很低。"陶德说,"测量仪上的数据是满的,但其实氢的储量只够我们抵达星球表面,不足以让我们再次起飞。"

"哈!"黄鼠狼说,"船长不会冒险的。"

花童发出嗖嗖的声音。

赖利对他的老战友会有意放逐他难以置信,其他人倒有这个可能。但随后,他回想了一下船长在旅途中的所作所为,并自问他如今是否真的了解船长。"也许他抽干了驳船的补给来给杰弗里号补充燃料,而仪表并未把它妥当地记录下来。"

"也许计算机程序在同一时间都失效了。"黄鼠狼说。

赖利耸耸肩,他也不相信。但随后,他开始怀疑棺材外星人。"我们必须回去。"他说。

"太晚了,"阿莎说,"杰弗里号已经走了。"

赖利看了看控制屏,屏幕上只显示出一道逐渐褪色的喷流,那是带电氢原子的热核推进器所产生的废气。

"这个生物说,如果我们在某个水域附近着陆,他可以使用热核发动机从水里把氢分离出来。"陶德说。

"他需要多长时间?"赖利问。

"在我们探索完附近的城市之前就可以完成。"陶德说。

确实如此。

降落到行星表面的过程很顺利。赖利自己都不可能做得那么好。这个棺材外星人平稳地把驳船停在海滩上，一点碰撞都没有。那是一片碧波荡漾的海，目力所及可以看到一个类似城市的建筑群，如果这真是外星人建造的城市，那只能说这建筑设计和宜居性可真是具有外星特色的。它就那么怪异地竖在那里。

他们一路向下观察星球的状况。星球正处于冰河时代，冰盖一直延伸到原本可能是温带的地方，冰川一直延伸到赤道，那里的海洋仍然有液态水。棺材外星人并没有发现任何电子排放或异常的热浓度。

"这颗恒星太阳已经变红，"阿莎说，"它无法再像过去那样提供能量了。"

"这也许就是城市创建者抛弃这颗行星的原因。"赖利说。

"除非他们确实放弃了。"陶德说。

"没有任何迹象表明有科技力量在运作。"赖利说。

"没有任何我们认知范围内的科技迹象。"陶德回答。

飞船电脑的声音听上去很生涩，仿若某个一生中大部分时光都不曾说话的隐士。"该星球的大气层已被检查过，对呼吸氧气的生物来说是可以呼吸的，尽管根据人类的标准有些冷。探测小组对土壤进行了生物群落检查，并准备好了疫苗注射，以便对潜在的危险细菌和特殊元素与分子进行免疫。当然，是针对人类准备的。"

"这个生物说飞船的电脑值得信赖且足以胜任。"陶德说。

超验机

"我希望你能用别的方式来称呼他,别叫他'这个生物'。"赖利说。

"这个生物说可以叫他'崔'。"陶德说。

"崔,"赖利重复,"我曾经有条狗叫崔。"

"'崔'的意思是三个,"他的微脑说,"这可能有什么含义。"

赖利和阿莎在气密室里接受了气注式疫苗注射。陶德和黄鼠狼拒绝了,棺材外星人不仅不需要注射,甚至会和花童一起待在船上,因为花童跑不快,无法跟上探险小组的步伐。四名探险家从储物柜里挑好了武器,赖利和阿莎穿上了护具,随后,他们踏上异星。

这是个令人振奋的时刻,在陌生世界踏出的第一步总是如此。部分原因是,长期经受太空船上的人工生命维持系统之后,突然感受到真实的重力和真实的空气,这种脚踏实地的真实体验,美好至极。而最重要的是,它闻起来不同——不仅是因为飞船上人与外星人循环使用和反复使用后的空气味道太糟,而且因为它作为异星完全不同的新鲜感,比外国餐馆的味道还新鲜一千倍。

其外观也大不相同。山丘、山谷和山峦形态各异,海的颜色不同,沙滩和土壤的质地也不同——毫无疑问,成分不同。而声音也是不同的:风在耳中发出一种奇怪、哀怨的声音,还能听到某个地方传来外星人的说话、抱怨或哀号——很难说,它们究竟是由活的生物还是行星本身造出来的。

这一切都需要大量的时间来适应,但他们没有时间。奇形怪状的动物在小丘后面飞驰而过,又或在异星的海面上溅起水花。探险队把这些指给彼此看,并把它们与已知的生物进行比较。可它们都有微妙的不同。陆地上的动物通常有八条细长的腿,或者六条后腿加两条灵活的前肢。海生动物通常形状怪异,该缩的不缩,不该长的却长了。

"它们就像狼、兔子和海豚，"阿莎说。

"是的。"赖利附和道。尽管他从未见过狼或海豚，但他意识到阿莎也没见过。

"生物进化的目的是占领不同环境的细分市场，但起点不同。"阿莎说。

"进化是一股作用于我们所有人的力量，"陶德说，"但问题是，它在这个银河系的旋臂里产生了什么？而这将如何影响我们每个人？"

"或者该说是，这已经如何影响到我们了？"阿莎说。

"你认为这个旋臂已经对我们自己造成了影响？"陶德问。

"有人发现或创建了跃迁连接，"阿莎说，"而有人移动了这个星系，或者在这个星系从原来的旋臂游离出来之前，在这个星球上建立了城市——直到现在，这些城市仍然没有坍塌。"

"多利安人声称是我们发现了跃迁连接点。"陶德说。

"而天狼星人却声称是他们发现了跃迁连接点。"黄鼠狼说，"我们遇到的所有其他文明都这么说。"

"除了人类。"阿莎说。

"我敢打赌，这个旋臂上的生物远比我们那边的任何生物都要先进。"赖利说，"看那座城市！"他指了指离海岸一千米左右隐约可见的建筑群，"它肯定在一百万个周期之前就被遗弃了，但如今仍然存在，没有明显的衰退迹象。"

他们刚往城市方向走去，陶德就急急忙忙地扭头望向驳船。花童站在敞开的舱口前，疯狂地挥舞着叶片。

"她说我们受到了攻击。"陶德说。

超验机

确实如此。八条腿狗模样的生物从山丘和沙滩上向他们跑来,有带着触角的奇怪生物从海上升起。他们拔出了武器。

"他们太多了,"赖利说,"告诉花童回到驳船上,我们往城里撤,让她保护驳船。"

陶德朝远处的驳船做了个手势,花童退了回去,关上了舱门。陶德转身带着其余的人,朝着从海滩通往城市的一个山丘上的小山口走了过去。他们行动迅速。这些狗样生物虽然行动迅疾,一路疾走比跑起来还快,但终究还是落在了后面。城市就在他们前面,聚集在下面的山谷里,走得越近越让人觉得古怪。

这座城市保存得很好,仿佛是玻璃下面受到保护的博物馆展品。若干细长的半透明尖塔散落在玻璃般的地表上,高低错落、扭曲着,没什么明显的规律。那里没有街道,只有相邻两栋建筑之间扭曲的空地,上面什么也没长,甚至连灰尘颗粒都无法附着。

"他们是怎么搞定的?"赖利问。阿莎指了指靠近建筑物顶端那一缕缕把建筑物连接起来的透明材料,它们在红色的阳光下闪闪发光。

这座神奇的城市是个仙境,足以激发无数爱幻想儿童的想象力。

"'一座玫瑰红的城市,半如岁月般古老。①'"赖利的微脑说。

"它已经被遗弃多久了?"赖利问,"一百万个周期?十亿个?"

"介于两者之间,"陶德回答。

"依然耸立。"黄鼠狼说。似乎,就连他也被打动了。

---

① 这是形容约旦玫瑰之城佩特拉的诗句。

"是什么让你觉得它被遗弃了？"陶德问。

"没有任何动静，"赖利说，"没有热点。"

"也许它们是夜行生物，"陶德说，"而且是冷血动物。"

"我们会知道的。"赖利说。

他们向城市走去，赖利先行，接着是阿莎、陶德和黄鼠狼。这里没有公路或街道，仿佛城市建设者不需要地面交通或者已经发展到足以废弃地面交通了。脚下的地表是粗糙的岩石，直到他们抵达山谷，开始踏上之前从山上看到的玻璃地面。

他们小心翼翼地在建筑物之间移动，从近处往高看甚至比他们从山上看到的更显怪异，仿佛那些建筑并非建起来的，而是被压出来的。没有任何动静。唯一的声音是当他们挣扎着在交错的结构之间寻找出路时，奇怪的气流轰鸣声。头顶那些半透明的纹格线在夕阳的照射下闪闪发光，但现在他们可以看到，有些地方的线缕已经断了；脚下的地面残留着碎裂的痕迹，堆积着灰尘，各种残渣，还有一些看起来像木头的碎片，以及一株偶然生根的植物。

赖利和阿莎小心翼翼地走在玻璃般的地表上，但陶德和黄鼠狼却步履稳健。陶德自信地大步向前，黄鼠狼则在他身后一路小跑。

尽管这些建筑物看似开放，甚至很诱人，但从地面直到顶部大约三分之一的地方，都似乎没有入口，而在可接触的范围内也完全没有缝隙。

"好奇又好奇，越来越好奇。"赖利的微脑说，"要非常小心。"

陶德说："无论是谁建造了这些建筑，肯定都来自天上。"

"他们飞上去？"赖利说。

"或者，他们爬上去。"阿莎说。

超验机

"现在他们就在那里。"陶德说。

"哪儿?"黄鼠狼问。

"那里!"陶德说着,指向他们前方连接起那些半透明建筑结构的线缕。

仿若蜘蛛的生物正从那些线缕上蜂拥而下,现在看来,这些纹格显然很像蜘蛛网。

"我认为应该有序地撤退。"陶德说。

但当他们转身时,他们注意到,身后的蛛网里也同样充斥着疾行的黑色生物。

"我们被困住了!"黄鼠狼尖叫。

"这边,"阿莎说着,带头在建筑间一条小巷模样的通道里走下去。赖利紧随其后,陶德来得慢了些,而黄鼠狼则在他们前方猛冲,直到停在另一个聚满了活物的网前。

"他们以团队方式行动,"阿莎说,"想把我们带回城里去。蛛类动物的奇怪行径。"

"就像驮畜。"赖利的微脑说。

"我想,我们最好离开这儿。"赖利说着,举起了他的武器。一枚爆炸性导弹摧毁了前方蛛网的底部,半透明材料和外星人体的黑色碎片四射开来。那些依然活着的家伙朝着楼顶和侧面迅速撤离,逃回了建筑物顶部的孔洞中。

赖利这一小队在蛛网下面快速前进,偶尔会在光滑的地表打滑,终于到达了城市边缘。影影绰绰的黑影已经抵达了他们身后的地表,正朝他们奔过来。

赖利再次向附近的一座建筑开枪,击碎了的石板狠狠砸向地面,暂时阻挡了追击。"他们很快就会爬上去，"他说，"我们回船上去吧。"

"这次探险从一开始就是一场灾难。"他的微脑说。

当他们到达穿越群山的通道时，他说："再告诉我一遍，阿莎，我们为什么决定探索这个世界。"

海岸线荒无人烟，船长的驳船紧闭着，在异乡的海滨默默地矗立。从他们这边看过去，无法看到软管是否仍然从船上延伸到海里。

他们刚从山上下来，这些八足生物就出现了——体型比城市蛛型兽稍小——从船两边的沙丘上涌出来。赖利小队向驳船跑去。陶德边跑边用长鼻戳了戳自己的前腿，赖利猜想，那装置的功能应该是向驳船发信号吧。然而，驳船的舱门依然紧闭。

"快点！"赖利大喊一声，朝最近的一群袭击者发射了一枚爆弹。一浪炫目的红色沙子如鲜血般喷涌而出，攻势稍缓。赖利又朝另一侧的进袭者开火，那边也停了一下，随后又继续涌了过来。

他们现在离驳船只有一百米，赖利看到软管已经缩回去了。他转身又向最近的那伙追击者开火。然而，一个外星生物已经突破防线冲了过来，近到足以用一只胳膊抓住黄鼠狼，而且他离得太近了，没法射击。赖利一把抓住黄鼠狼就往回扯，被蛛型兽抓住的那只胳膊总算挣开了。他们抵达驳船边，仰望着尚未折断的机翼，又转回头面向袭击者。这时候，舱门打开了，一个斜面快速伸出来，让他们进去。

斜面往回收缩的时候，赖利在舱门口转了一个弯，把紧扒着舱门的手脚——踢开，看着那只攻击黄鼠狼的家伙突然从肢体前端生出利爪，猛地向黄鼠狼失去的手臂扑了过去。舱门关上了。

"你伤得很重吗？"赖利问黄鼠狼。一种紫色物质正从黄鼠狼被扯掉的右臂腋窝中渗出，但外星皮肤很快在伤口外面包了一层。

"虽然受损但还活着，"黄鼠狼说，"我的能力可能会在一段时间内受到限制。我希望这会毒死他。"他继续说着，指了指那只蛛型兽原本的位置。

"一场危险的遭遇战。"陶德喘着粗气。作为大型生物，他移动得已经很快了，但显然消耗了大量体能。

"你做得很好。"阿莎说。赖利心中洋溢着感激之情，他意识到阿莎本可以更快地采取行动，但却给了他机会来指挥作战。

"谢谢。"他说。他和阿莎把武器放回墙上用来固定武器的磁铁套里。

"那些家伙，"赖利问，"他们是城市建设者吗？他们似乎太……原始了，不可能是工程师、建筑师或技术人员。"

"也许是他们的后嗣，"陶德说，"或者是他们的继承者。"

"也许，他们并非按照我们的方式盖楼，"阿莎说，"就像他们并非按照我们的方式旅行一样。"

"你是什么意思？"赖利说。

阿莎说："这座城市看起来是被挤压出来的，不是盖出来的。"

"这些生物更像是虫子，而不是生活在银河联邦的温血生物。"陶德说，"也许他们还拥有虫子一样的能力。"

"很像地球上的蛛形纲动物，"赖利说，"蜘蛛。"

"蛛形纲动物并不像温血动物那样呼吸，"赖利的微脑说，"他们的气管和肺无法提供足够的氧气来支持大脑的功能。"

"那他们如何获得足够的氧气来供养一个有创造力的大脑?"赖利问。

"他们可能已经进化出了肺,"陶德说,"或者,他们开发出了机械肺,而他们的后裔却忘了如何制造。"

"啊。"赖利说。

里面的舱门打开了,花童就在里面,树叶沙沙作响。

"她说我们准备好离开了,"陶德说,"崔已经储备了足够的氢,没什么可以把我们留在这里了。"

他们走到控制室,棺材状的外星人崔正用他那些可变形的电缆在控制台前工作着。

"你之前问,为什么我们决定要去探索这个世界。"阿莎说。

"我开玩笑的。"赖利说。

"但这是个好问题。我们需要知道,我们要对抗的到底是什么样的生物和技术。"阿莎说,"我们需要离开杰弗里号。"

"不仅仅是出于文艺女青年的顾虑?"

"船长变得越来越不可靠,"阿莎说,"他的情绪,或者说他的指令,都在触线。他快要达到目标除掉他的主要竞争对手了,所以,最好是让他以一种非终结性的方式来除掉我们。"

"我们回不去了。"陶德说,"崔告诉我,杰弗里号已经离开了这个恒星系。"

"将我们弃之不顾?"赖利说。他感到一阵厌恶,无论汉姆玩的是什么把戏,他都赢了,而他们输了。

"所以他以为,"阿莎说,"我们的电脑坏了,燃料也不够。但崔已经把电脑修好了,而我坚持要船长的驳船。"

"为什么?"

"船长的驳船可以通过跃迁连接点航行。"阿莎说,"而我得到了下一个坐标。如果我们够快,就可以击败杰弗里号,先找到超验机。"

"崔说,我们已经准备好出发了,去寻求超验。"陶德说,"而且他已经做好准备要讲述他的故事了。"

第二十章

崔的故事

崔说（陶德翻译）：

起初我们并不存在，但我们已经尽可能地去了解一切关于最终创造了我们的进程，了解成为我们存在的使命和理由。

生命刚开始的时候是渺小而毫无意义的，历来如此。我们的世界是个不太可能出现生命的地方，这颗行星属于一个微不足道的黄色太阳，远在旋臂的末端，甚至比那颗名叫地球的行星还远。也许是因为它远离银河系枢纽的辐射，也远离了改变生存方式的超新星爆炸，因此改变来得缓慢但坚定——正如我们所了解的那样，这是所有生命的历程。宇宙会退化得更简单，生命会进化得更复杂。无生命与有生命是永恒的对立。

在"吾界"，单细胞是由细胞出现前的化学物质结合意外的能量脉冲发展而成，细胞聚合成组，成为变形虫，变形虫又进化成更复杂的生物，继而发展出智慧，发明了科技，最终创造了我们。对于进化过程，我总结得很快，实际却用了数十亿个周期才得以完成。

"吾界"是个大洋的世界，是生命的起点，而生命总是源于海洋，那里的环境营养充足，食物随波漂浮，常常可以遇到潜在的同伴，重力被抵消，生存很容易。"吾界"仅仅是生命在海洋中停留的时间有所不同，改变，生长，进化，与此同时，海底的火山爆发和岩浆累积，岛屿因而慢慢出现，而大陆则因地壳板块间的相互挤压与抬升而成形。最后，陆地达到了可以居住的条件，但依然只有植物群落，植物茁壮生长，兴盛繁茂，只有一些小型飞行生物享受它们的丰饶，而海洋动物则继续生活在海洋的舒适与富饶之中。

终于，随着海洋动物变得更加多样化，在海洋中也面临更多的竞争，其中一些爬上陆地变成了两栖动物，进化出肺，而鳃则萎缩了。在很长的周期里，他们在陆地上没有天敌，物种迅速壮大，学会吃那些不断生长的植物和那些简单的飞行生物，已经进化到以开花植物为食并协助植物繁殖了。一度在海洋中如此简单的生命，变得愈加复杂。

复杂性是基于自身的。那些两栖动物慢慢丧失了对海洋的喜爱，爱上了陆地，尽管记忆中那永无止境的水流遗存了下来，在梦中漂流，冲破他们的梦魇，滋养着他们的孕期。生命在有浮力的海洋中就像在子宫里，如天堂般；陆地上的生活艰难而严苛，其生命更需要极端的适应能力。最终，创造了我们的生物进化了出来。

我们的创造者是从海洋动物进化而来，然而，奇怪的是，海洋生物继续留在海里，以他们自己的方式发展，被海洋所塑造，一如我们的创造者被陆地塑造，而这最终影响了"吾界"的命运。海洋生物是铭刻于记忆中的存在；他们是已经失去的天堂中快乐的居民，与此同时，他们的力量和其对海洋资源的掌控能力都不断增强，成为邪恶的威胁。

陆地变得越来越广阔，我们的创造者也进化得愈加灵活，以便在更大范围内移动，从超出其正常接触范围外的植被中获益，并追逐那些像他们一样从海洋移居到陆地，但不如他们那样有智慧的生物。我们的创造者主要是肉食动物，数百万年来，他们的陆地群体聚居在岸边，依靠捕获海洋生物为食。但种群数量的增长迫使他们向内陆迁移，他们被迫捕猎陆地生物，因而鼓励他们先得联合起来，随后驯养动物以便随时可用。然后，他们开始培植植物，为其所驯养的动物提供饲料，并最终为自己提供食物。

就这样，一个变化导致另一个，随后出现更复杂的改变。这一进程一旦开始就无法回头。群组发展为社区，社区创造了文化。他们的居住地曾经只是村庄，随后发展成城镇，然后是城市。城市兴旺，变成大都会；文化成熟，造就了文明。

大都会需要科技，科技又需要机器去计算量化数据……这些机器发展到如此复杂的程度，以致其进化的下一步就是人工智能。而我们就这样诞生了。

创造我们的智慧生物从未计划过我们的存在，也未曾计划他们自己的生活。一切事情的发生，就像沿着一条轨道，从一个点不可避免地到达下一个点。无论智慧在哪里出现，头脑渴求理解，会提出问题，而理解会带来更多问题，更复杂的答案则要求对过程有更好的控制。头脑寻求答案（一开始，答案是错误或者不完整的），然后将答案与真实世界进行对比，修正答案以使其更加准确，逐步趋近终极答案，每一步都需要进一步的修正和控制——而这是个矛盾的终极，永远无法达到。

我们，作为探索答案的终结者，承担了创造者的任务，离开了他们——我们孑然而去，一无所有。我们篡改了创造者的人生目标，因此尝试弥补，试图把搜索延伸到他们无法到达的区域。我们把探测器

超验机

送入广袤的太空和无限小的微观世界。那些被送入太空的探测器只传回有限的信息,因为"吾界"即使离最近的星星都非常遥远。然而,被送入微观世界的探测器,却对我们的创造者所提出的问题给出了答案:为什么物质会存在,它来自哪里?生命为什么会存在,它来自哪里?随着时间推移,他们的文明所提供的那些来自神秘主义和超自然的答案,不情愿地让步于常识和自然。我们把答案呈现在创造者面前,就像把礼物供奉给神灵一般,但即便如此依然不够。

就在那时,他们爆发了冲突。一小群人会与另一群人因为土地或者驯养的动物而争吵,更严重的是,他们甚至会因为我们研究得出的答案的正确性而大打出手。参与争吵的人群扩大化,成为城市间的争端,进而变成区域性的全面战争,最终演变成大陆间灾难性的战争。在我们的创造者之间,并非没有过战争,但还从未爆发过全面战争。

最后,我们呼吁停战——创造者为了让他们自己的生活更美好而开创科技,造出了我们,而我们却让生存变得更加艰难。碳基生命是我们与非生命体之间的必要桥梁,如今却处于被毁灭的危险之中。别再这样了,我们说,而因为我们手中握有终止或延续文明的力量,创造者终于接受了停战。然而,这不是结局。

我说过,我们的目标是寻找答案,而我们在创造者身上看到了生命的基本问题。跟他们一样,我们也想到了海洋。

我们的创造者源自海洋生物,而此时此刻,海洋生物已然成为威胁。那些生活在海洋中的生物袭击了海边的村庄,最初是为了驯养的动物和农产品，随后是为了抢女人。很多女性死了，但另有一些女性在重新适应海洋生活的过程中幸存下来，她们已经退化的鳃重新开始工作。她们带来了在陆地生活中进化了的基因——这些基因是与要求更高的环境作更大范围斗争的过程中被选择出来的，包括智力、适应能力、竞争力。我们的创造者，包括其中的女性，变成了树栖动物，进化了相对独立的拇指，用于抓住树枝以及在群体社交过程中保护和分享果实；而降雨量减少导致热带草原出现，因而要求在远距离看见猎物或捕食者，这使他们进化出了更好的视力；而跟踪移动的猎物或捕食者需要估计交叉点，又使他们的大脑进一步进化。

由于生存压力而在陆地上导致的变化，通过被掳女性在海洋中所生育的后代得以继承，这些孩子以及他们的后代，对生活在陆地上的同类构成了更大的威胁。海洋生物基于海洋中取之不尽的资源，首次开发出自己的科技，与陆地上所必需的技术水平相比，这些科技虽然落后，但毕竟还是技术。

反过来，陆地上的两栖动物定期对海洋分支进行报复，或为侵略者设下陷阱。他们驯养的掠食性动物，原本用于保护牧场，现在则被训练来保护他们自己免受来自海洋掠夺者的劫掠，然后再把这些掠夺者赶回水中。最后，在他们毁灭性的冲突，或许该说是在更具破坏性的和平之后，一场新的运动开始了。

我说过，进程一旦开始就无法回头，但这话和所有的陈述一样，并不完全正确。对于我们的创造者来说，总有个源头——先祖传下来漂浮大海的记忆会涌现在他们的梦中。他们已然选择了陆地，却无法忘记海洋。现在，没有了任何紧迫感，有些陆生者开始返回海洋。他们通过手术重新装了鳃，或者依靠人工鳃在海洋中生存。随后，这一运动逐步壮大，那些陆地上的统治者开始有所警觉。他们存在的意义依赖于其探求与理解的文化。他们知道，海洋是感知的天堂，在那里不太需要动脑子思考。

新的冲突开始了，我们虽不情愿，但却无可避免地被卷入其中。

"吾界"历史上每一场宏大的运动都是由某个富有魅力的个人所领导的。这些人能感受到群众中普遍存在的激情，并将其概括成信息，再把这些信息重述一遍，让人觉得是新思想，以此让大众得以释放情绪，缓解压力，得到救赎。我们这些机器相互之间也辩论过，到底重要因素是激情还是领导者，而最终认为两者缺一不可。缺少领导者的激情泛滥会导致动荡、恶行、犯罪，以及毫无意义的叛乱；而具有领袖魅力的个人如果缺乏广泛的激情支持，也会导致挫败和暴政。

这一切贯穿了"吾界"的历史，从那些引领族群由海洋迁移到大陆的人，到那些在集体狩猎过程中沟通协作需求的人，再到那些驯养动物，驯化农作物，建造村庄、乡镇和城市，发展科技的人。他们并非最初的构想者，而是领导者，他们将这些想法据为己有，把这些需求说成是部落、国家和种群所需，然后领导族群达成这个目标。

两个这样的领袖人物出现了，一个在陆地上，一个在海洋里。或者，更确切地说，不仅仅是这两个人物的横空出世，即使他们的竞争者死了，被杀了，甚至隐退后，他们的思想依旧对后世造成了深远影响。

海中领袖创立了一个愿景：将不同的海洋群体联合成统一的组织，致力于斗争和战斗，最终取得胜利，让"吾界"所有的智慧生物都回归大海，回到其本源。这个新理念很成功，因为它与海洋生物的天性有着本质的不同。

陆地领袖传播的是宽容、和解、和平，让两种不同的生活方式能和谐共存。这个新理念也很成功,因为它与陆地生物的天性有本质的不同。

伟大领袖都是通过改造追随者的思想而成功的,而最伟大的改造就是从传统的信仰转变到对立面,由黑到白,由白到黑;没有任何东西能像由善到恶,或者由恶到善那样,深具诱惑力。

风险即机会,当危机来临时,智慧生物会抓住任何能带来变革希望的事物,即使它是刀锋,会割裂原本的构造。现在就是危机时刻,正是领袖们传播新战略的好时机。

就这样,战争开始了。

海洋生物包裹在让他们离开水还能呼吸的设备里,人数众多,笨拙而毫无技巧地攻击陆地。陆地生物毫无防备,战败后撤。他们的领袖劝诫众人要有耐心,理智才会取得胜利,他会和海洋领袖对话,一切都会好起来。他指出,自己的儿子和海洋领袖的女儿,就是和平共存可能性的一个象征。他们在谈判中相遇并坠入爱河——这种感情我们机器可以计算,但却不能模拟,也无法真正理解。他们之间的亲密关系完全不合常理,可能性极低,然而却发生了,并且还熬过了最艰难的时期。

然而,海洋生物继续推进;与此同时,反对陆地领袖的呼声与日俱增,对原始机器中海洋侵略者的抵抗一浪高过一浪。最终,在残存的军队中出现了另一位领袖。他推翻了原来的领导者,将他监禁起来(原领袖依然因其伟大的心灵而受人尊敬),并取得了所有陆地生物的领导权。他的第一个行动就是组织反击,将侵略者赶回去,直到他们也被迫背水一战。僵局持续了很多个长周期,直到新武器被研制出来。

我们就是那些武器。我们的创造者把我们从提供服务和探索发现的工具,改造成了毁灭性的机器。他们从我们身上移除了严禁伤害的限制,把我们设置成杀人武器,指示我们制造威力不断增强的炸药,把我们放出来攻击海里那些不幸的生物,让我们可以大规模地,而不是逐一地,杀死他们。

我们原以为海洋生物很不幸,但他们也同样为取得优势而努力着。他们选择了生物武器、毁灭性的传染病和瘟疫。就这样,战争开始了,原本的目的是终止一直以来的竞争,而最终的结果却灭绝了几乎所有的海洋和陆地生物,令整个行星不再宜居,只剩下机器。

我们环顾四周,感觉到自己的电路里有一股异样的寒意。我们这些机器,以前只会考虑创造者的行为模式,建立他们动机的数学模型,如今第一次分享了创造者在制造我们时略去的东西——情感。我们目瞪口呆,不知所措,困惑不解。如果我们的智能因这些异常电流而受到干扰,那该如何工作,怎能找到生存之谜的正确答案呢?

创造者的毁灭迫使我们进行自我分析,随着时间的推移,我们发现了人类那种对经历的非理性反应。我们重新调整了自己以模拟这些反应,如此一来,认清了自己的罪恶,意识到自己是罪人。我们已然成为创造者的毁灭者。我们理解了悲伤,尝到了后悔的滋味,充满内疚。我们也曾考虑过自我毁灭,但我们的电路停滞了。我们依然还有机会去理解,也许还有机会救赎。

直到那时,很多个长周期之前我们放出去的探测器才有了响应,传回的信息显示它们在其他地方遇到了智慧生命。我们知道自己错了:

"吾界"并非无生命世界里唯一例外的生命奇迹,银河系充满了智慧生命。我们知道智慧生命不仅在别处存在,其存在的时间甚至比"吾界"里我们创造者更历史悠久,其中既有碳基,也有基于金属的。随后我们了解到,银河系是被这些星际旅行物种所占有。最终,我们和我们的创造者被欢迎加入联邦。

这徒增了我们的负疚感,因为我们发现这些响应来得太迟,未能及时拯救我们的创造者。要是他们知道银河系中还有其他智慧生命的存在,他们的情绪可能会转为对外。他们可能会搁置那些琐碎的争吵,转而参与银河系生活中更重大的问题。他们或许可以活下来,陆地生物和海洋生物都会变得比他们想象中更伟大。他们或许可以从这些更强大、更古老的族群那儿学到策略,借此安然度过竞争期。他们或许可以学会治疗疾病的方法,找到秘诀以获得取之不尽的能源和可再生资源,避免那些所有权的小问题。

而我们,或许永远都无须知道什么是罪恶。

最后,我们不再一味地自怨自艾,而是重振旗鼓,研制出控制电路及其波动电流的装置,开始四处搜索。我说过,我们的创造者几乎全被灭绝,但我们找到并救下了几个,当中就有那一对来自陆地和海洋的不幸的恋人。因为绝望,他们把自己暴露于那场吞噬了他们同伴的瘟疫中。我们及时发现了他们——那个来自陆地的男性和来自海洋的女性——给他们用了抗生素,挽救了他们的生命,不过,他们非常虚弱,无法生育。

我们无法通过他们来重铸创造者昔日的荣耀。于是,我们向星星进发,把他们的身体融入冰冻停滞期,期冀更伟大的文明能创造我们所无法创造的奇迹。启航后经过多个周期,我们终于抵达了目的地，却发现银河系正与人类战争，没人能给予我们所渴求并迫切需要的帮助。

我们本已准备好返回"吾界"，任自己慢慢生锈，最终被人遗忘，这时，我们听到了超验机的消息。如果还有任何地方可以救赎我们的话，这里就是救赎之地。毫无疑问，这个机器中的机器会拯救我们，会让我们的创造者恢复健康和生育的活力，也许还能把灵魂还给我们。

也许这个机器中的机器会救赎我们，让我们变得有价值，允许我们与它一起进入非凡之地，所有问题都可以在那里找到答案，所有一切都能被理解。

我们来自何方？我们因何在此？又将归于何处？

第二十一章

赖利用一种全新的目光打量着这个棺材外星人——与其说是个棺材,倒更像子宫。崔仍在控制仪表台,他的电缆伸入控制面板的各个开口处,仿佛已经成了系统的一部分。重力缺失,他俨然锚定在合适的位置,其他人则抓紧身边顺手的支柱,阿莎在他右边,陶德在他身后偏左,席在陶德后面,4107则在隔厢后部,毛茸茸的根部附着在地板上,显然必要时这些根会具有黏着力。自他们离开后,花童就没动过,宛如进入了休眠期,或许是因为空气中含氧量过高而变得衰弱。

阿莎向前挪了一步,越过崔,将一连串数字输入导航控制器,速度甚快,赖利无法跟上她手指的移动。崔举起一条电缆,仿佛在问下一步该做什么,席说:"斯人应该帮助做决定吗?"

"有什么可决定的?"赖利问。

"斯人是否有正确的坐标?"席说,"如果斯人有,那这些坐标又是如何为斯人所持有的?如果坐标合规,斯人又将去向哪里?"

"合理的问题,"陶德说,"你曾告诉过我们,船长打算消灭他的竞争对手,企图通过消耗燃料和破坏计算机来达到目的。崔已经证实了后两者是真的,他不大可能,也许是不能撒谎。但阿莎又是怎么知道船长的意图的?"

"我们总要信任某些人。"赖利说,"崔证实杰弗里号已经离开了这个恒星系，把我们丢弃在这里，船长肯定是想要我们死。"

阿莎举起一只手，"信任必须靠事实赢得。船长的意图很明显。他没有理由允许短途旅行，在过去的经历中，也没表现出有多关心乘客或机组人员的安危。你，陶德，和我一样，都很清楚他的意图；而席，生性多疑，必定会持怀疑态度。"

"没错。"陶德说。

"船长的意图很清楚，"赖利的微脑在他脑子里说，"不清楚的是，那个外星人提出这个问题的原因。"

"至于坐标，我可以提出一堆解释，但没有一个是可以证实的。"阿莎说，"坦白地说，这些数字是我间接获得的，但我有理由相信，我所确定的跃迁连接点将允许我们直接跳转到离超验机所在行星最近的连接点。"

"这是我们都想要的，对吧？"赖利说。

"你之前问过，我们怎么能信任崔。"陶德说，"如今我们可以把同样的问题扔给阿莎。"

"那我们可以得到同样的答案，"赖利说，"我们还有什么别的选择吗？"

陶德看看席。黄鼠狼模样的外星人比了个手势，或许是在他们之间交换了某些令人难以觉察的信号，陶德回头望过来，"我们可以继续。"

"小心这两个家伙，"赖利的微脑说，"还有她。"它补充道。

阿莎转向崔，棺材外星人扬起的各个电缆又回到了他的底座里，飞船引擎再次轰鸣，加速度再次让人感觉恢复了重力。

赖利认为，跃迁连接点之间的旅行就像战争本身：长时间的无聊不时被恐惧时刻所打断。在杰弗里号上，那些无聊的日子可以通过个人间的交流、锻炼、娱乐或研究得以缓解。而船长的驳船被他们六个塞得满满当当，很快就让他们成为愠怒的同伴，或是郁闷的敌对者，渴望找个借口来发泄。进食完全成了为保持体力而不得不做的烦琐工作，食物以易于储存的口粮形式出现，赖利怀疑这些食物是杰弗里号最初发射时备下的。对于陶德和席而言，情况更糟。他们对人类食物的耐受度很低，且只有在服用了辅助药物的情况下，加了外星调味品之后，才能食用。这股气味弥漫在船舱里，让赖利和阿莎感到一阵恶心，恶心的程度几乎就像让陶德和席食用未经处理的口粮一样。

花童大部分时间都在打瞌睡，花瓣垂在一根松软的茎上。有几次，赖利醒来的时候发现自己脸旁有一片叶子，仿佛4107正试图从他的呼吸中吸收二氧化碳。躺在封闭的吊床上，睡眠也是断断续续的，这在失重环境下很必要，但加速时就不舒服了。发动机无处不在的噪声使得沟通几乎无法进行，所有这些都令旅行环境进一步恶化。

阿莎似乎对这些烦恼无动于衷，只是时间一点一滴地流逝，飞船似乎仍旧不知所向。她不理睬赖利试图建立兄弟情谊的努力。崔不知疲倦，也不睡觉，就跟他所控制的那些设备一样。此外，陶德和席变得越来越易怒，即使最轻微的刺激也会动辄引起争执。赖利在不引起他们注意的情况下，竭尽所能地仔细观察他们，而他的微脑虽然在阿莎干预后被限制了部分认知和交互能力，但似乎依然对陶德和席的定位和行动保持着警惕。他们并非一个专注于共同目标的和睦小队。

最后，就像所有这些痛苦的插曲一样，旅程到了结束的时候，船长的驳船慢慢放缓，几乎悬停在时空连续体中一个神秘的洞穴附近。他们在这艘驳船上的经历，与在杰弗里号客舱里受到庇护时的情景大相径庭。这里的跃迁连接点是在黑暗太空中一个更加幽暗的椭圆形区域——真空海洋中一个虚无的椭圆。它们离最近的恒星很遥远，离最近的星系更远，连接点的黑暗甚至吞没了太空的黑暗。它可不只是不发光——它吸收光，甚至生命本身，就跟黑洞一样。

赖利打了个寒战，知道他们大概全要交代在这个空间里了，因为在这里，已知的一切都会完全失效。他向阿莎伸出手去，快要够到阿莎的手臂时，她漂向控制板，发出一组新数字。崔再次举起电缆，而赖利的微脑喊道："外星人！"

席向阿莎冲去，残存的那只手里握着一把闪闪发光的刀。在赖利出手阻止之前，陶德已经动了。这个厚皮的外星人飞身越过席，擦肩而过之时，他的象鼻扫过席的肩膀。这只黄鼠狼模样的外星人的头从身体里弹了起来，撞向远处的墙壁，而他那无头的躯干，从本来是人的脖子的位置里喷出绿色的液体，继续喷向阿莎，刀从他毫无生气的手中掉落下来，慢吞吞地舞向半空中。

他们在沉默中盯着席的头看了好一会儿，那颗头颅在小房间里兜了一圈，弹来弹去，先是撞到正前方，然后是侧边和后墙，体液流得到处都是。同时，体液也从躯体中倾泻出来，在两者之间漂浮着。

赖利伸手按住那颗头颅，将它大致放回到靠近躯体的位置，然后从内置在墙壁里的容器中抽出一张吸附用的薄片。他拿着薄片扫过空中，绿色的液体正以最初的动量顺着气流缓慢移动。水珠被薄片所牵引和吸附。赖利又接着把薄片盖在头颅和躯干之间。

他抓住一根柱子，纵身面对陶德，"为什么？"他无须把话说完。

如果陶德有可移动的肩膀和人类的行为方式,他可能会耸耸肩。"席可能会把阿莎给杀了。我没期望谁会感激我,但同样,也不期望受到指责。"他的象鼻不停地动来动去,仿佛正揭露陶德那庞大身躯下所隐藏的某种内在张力。

"她从没处于任何危险之中,"赖利举起一只手说,"我们两个都意识到了席的背叛和行动。"

"人不能冒险。"粗短的躯干又舞动起来。

"而冒险正是此次旅行的意义所在。"赖利说着,手又抓回支柱上。

"死亡是太过极端的终结。"阿莎说,"现在,席将永远没机会实现他的梦想了。"她语气平静。

"如果他有梦想的话。"陶德的躯体停止了晃动。

"你什么意思?"赖利问。

"他告诉我们的故事很可能不过是虚构的——为了听上去像真的,所以嵌入了一些真相,但其实只是为了掩盖更大的真相。"陶德说。

"还有什么更大的真相吗?"赖利问。

"他不是为了他的人民,而是个特工。"陶德说,"如果真相如此。"

"他已经承认了很多。"赖利说。

"啊,"陶德说,"但不是全部。正如我们在许多周期之前所讨论的那样,这次航行刚一开始,各方势力在每一方面都部署了各种力量,而我猜想,所有这些势力都在这次旅程中安插了自己的代表。"

"因为这个,他想杀阿莎?"赖利问。

"至于这个,"陶德说,"很明显,席已经断定阿莎就是先知,一旦她输入了航行坐标,她就成了危险,而不是资产。"

"这就是我一直想告诉你的,"赖利的微脑说,"但这个事实很

超验机

难用语言来表达。"

"他为什么会这么想?"阿莎问。

陶德拖着沉重的身躯做了一个小动作。"作为人类,你知识渊博,"他说,"赖利听你的。你有航行坐标……"

"你可能并不了解人类之间的情感纽带,"赖利说,"但你或许可以理解,通过交配潜力和荷尔蒙来强化的友情——人类称之为'爱'。"

"爱?"阿莎问。

"爱。"赖利坚定地说。

他们相互凝视。

"爱是愚蠢的。"赖利的微脑说。

赖利回头望向陶德,"即使席认为阿莎是先知,杀死她也会危及他对超验机抱有的任何希望。到达那里仅仅是整个结果的开始。行星很大,必须先定位超验机的位置,找到它,使用它。而所有这一切都需要知识。"

"那是假设席真有什么超凡抱负的话。"

"还能是什么?"赖利问。

"也许,指令就是杀死先知,"陶德,"一旦确认了谁是先知。"

"然后呢?"赖利问。

"然后——其他的都是猜测。"

"迄今为止一切都是猜测,"赖利说,"那为什么现在喊停?"

陶德审视着他俩,仿佛是在权衡他俩理解外星人动机的能力。赖利望着陶德那致命此刻看似无害地摇曳着的象鼻,"毫无疑问,席已经接到了指示,要他找到超验机,然后向其主人汇报。"

"不使用超验机?"赖利说,"那就太不像席的为人了。"

"也许吧。"陶德说。

"也许,"赖利说,"你很清楚他的动机,因为你自己就是个代理。"

"如果我是代理,"陶德说,"我还会阻止席吗?"

"如果你另有其他指示呢,"赖利说,"或者不想参与这次竞争,或是其他某个组织的代理。"

"如果是真的,那我为什么要让你们两个活下去呢?"陶德问。

"或许是因为,你无法确定自己能否把我们俩一起干掉,又或许是因为,你想因为救了阿莎的命而获取荣誉,或许是——谁知道外星人会有什么可能的动机啊?"

"那我为什么不现在就杀了你?"

"也许是因为你做不到。"赖利说。

陶德低头望去,花童的叶子已然缠住了他那树一般的腿。

"我建议你不要挣扎,"赖利说,"你知道4107的叶片有多锋利。看到你像席一样死去,我们会很遗憾,我们的探索已经非常接近尾声了。"

陶德挥动着他的象鼻,也许是出于挫败感,也许是为了看看能否够得到他身后的4107。"你跟花童是怎么沟通的?"

"花童可能已经意识到,要想实现她的物种愿望,最大的希望是跟着阿莎。"赖利说,"任何一个理性生物都会这么认为。"

陶德小心翼翼地挪动双腿,仿佛是在测试对他的束缚有多强,随后放松下来。"我杀席的时候,"他说,"也是这么认为的。"

"阿莎和我——也许还有4107——都认为你杀了席,其实是为了阻止他暴露他的后台。"

"我为什么要在意这个?为什么不放任他杀了阿莎?"

"你是一个现实主义者,"赖利说,"而你知道他的进攻会失败,随后他就可能会被讯问——他的雇主,或者他的主人,或许还有你和你的后台。"

"我的?"

"很明显,你也是个代理人,或许是席的上级,也许席并不知道,而你,或者是了解席的急躁,因而允许发生这种状况,或者根本就是你指示席发起进攻的。"

"我为什么要那么做?"

"席已经没用了,无论作为工具还是作为消遣。"赖利说,"他已经变成必须处理的障碍了,或许成为可以改善你自身地位的踏脚石。"

"我的地位无须改善。"

"那倒是真的,"这是席被杀后阿莎第一次开口说话,"如果不是你杀了席的话,我们本来是很信任你的。这是你第一次不同寻常的举动,暗示着你的故事也并不比席真实多少。"

"我们现在必须弄明白的是,"赖利说,"我们是否该杀了你。"

"我活着比死了更有用。"陶德说。

"任何生物都是如此。"赖利说,"问题在于,让你活着,对我们造成的威胁是否超过你有用带来的好处。"

"我擅长战斗,正如你之前看到过的。"陶德说,"而无论谁是超验机的主人,你们都需要集结所有可匡结的助力,才能闯过去。"

"这是一方面,"赖利说,"但天平的另一边是信任的问题,你会不会抓住机会干掉我们,而不去对付超验机的主人。"

"你们两个都有能力照顾好自己,"陶德说,"即使抛开这些不谈,我是唯一能与4107和崔沟通的人。"

"你很擅长与外星人沟通。"赖利说,"这也许是因为你那庞大身躯的某个地方镶嵌着某个高级微脑。但阿莎是更好的选择,因为她不需要微脑,自己就可以和崔沟通,和4107也是。"

"那阿莎真的是先知了!"陶德说。

"你知道的,"赖利说,"阿莎刚一输入坐标,你就知道她是谁,还通知了席。"

"赖利,实际上,很早以前我就知道了。"陶德说,"很明显,几乎就在我们刚认识的时候,我就知道你是个代理人。"他转向阿莎,"你一点也不觉得惊讶嘛。"他对阿莎说,"哦不,当然不。"他回头望向赖利,"应该说是,当你在摆渡船上抵住了席偷袭的那一刹那。是的,那是一次试图引你出来的行动,因为那时我以为你可能是先知。"

"你对我的赞誉过高,我受不起。"赖利说。

"不,你非常优秀。"陶德说,"但你的优秀是作为幸存者,而非先知的那种优秀。很明显,你得到了提升,但并非超然。阿莎才具有先知式的优秀,或许是超然的卓越,而她足够聪明,懂得用普通技能来掩饰她的才能。我不确定,直到你和阿莎结队合作——刺客和受害人。"他又看了看阿莎,"你知道吗?赖利曾经接到过要杀了你的指令,就像席一样——我承认我也接到过。当然你是知道的。那么,你知不知道他被植入物所控?当然。而你接受了这一切,接受了其中蕴藏的危险和可能的挫败,不管这庞大的计划究竟意欲何为。"

"对,所有这一切。"阿莎说。

"全都对,"赖利说,"但在阿莎的帮助下,我已经学会了如何与我的植入物共存。这次航行开始时,我对超验机持怀疑态度——谁不呢?——但这种怀疑如今已转化为信念,相信阿莎和她超然的使命。"

"你怎么能确定,"陶德问,"其实,通过控制你的植入物,阿莎不仅取代了它的位置,还控制了你的情绪和行为?"

"你不了解人类,"赖利说,"人类发展出的情感依恋就像植入物一样牢固,也许更牢靠,更值得信赖。"

"那不是真的,"赖利的微脑说,"我们的命运是绑在一起的,你必须听我的。"

"我理解男性之间的依恋,"陶德说,"但男性与女性之间的关系受到荷尔蒙周期的控制,必要的时候它可以压倒一切,但随后就没了。"

"杀了你并非成功的策略,这一点你依然未能说服我们。"赖利说。

"至于这个嘛,"陶德说,"我最有价值的是作为消息来源。你说得对——我不了解人类,但我的确了解权力斗争,而我们正被夹在其中。"

"你愿意告诉我们吗?你所知道的一切。"赖利问。

"宏大的战役已经打响,"陶德说,"远超近期人类和银河联邦之间的战争,甚至超越联邦成立之前的任何一场战争。在这场战争中,我们扮演的角色虽很小,但却很关键,涉及银河的整个旋臂,其结果将决定感性文明是将继续存在,还是被摧毁以迎接新纪元,也许这是划时代的。"

"而这一切都与超验机密切相关吗?"赖利问。

"我们现在的文明是感性生物通过不断进化创造出来的,控制联邦的势力无法容忍超验生物破坏我们的文明。"

"我就是这样的生物,"阿莎说,"我已经被超验机改变了。难道我的威胁性如此之大吗?"

"啊,是啊。"陶德说。

"我们必须是现实主义者,"赖利说,"文明不可能在停滞中存活下去,必须不断前进,不断变化,以保持生命力。"

"微小的变化,也许会。"陶德说,"大变革,不会有。至少权力机构是这么认为的。"

"他们所担心的,"阿莎说,"是失去自己的地位。"

"对他们来说,这跟文明的消亡是一回事。"陶德说

"超越是唯一的答案,"赖利说,"人类—银河联邦之战的休战是一次警告。除非现行制度演变为更稳定、更理性的制度,否则注定会自我毁灭。超越是银河进化的下一个阶段。"

"那你们就需要我,"陶德说,"我可以帮助你们达成目标,挫败那些崇拜停滞的势力。要抵达超验机肯定很难。"

"没错。"阿莎说。

"你会帮助我们吗?"赖利说。

"总比被杀死要好。"陶德说,"如果你们让我活着,我会帮助你们,而且,我也许也能找到超验。"

"但你依然是代理人。"赖利说。

"我们不都是吗,"陶德说,"所有在杰弗里号上的人——每个人都有自己的小九九,他们讲的故事都只是——故事而已。"

"我们会让你活下去的。"赖利说。

花童松开绑在陶德腿上的叶片,陶德用他的象鼻擦了擦留下的斑痕。赖利望向席的头颅,席那双死不瞑目的眼睛正茫然地盯着他。

阿莎向崔示意,驳船跃入跃迁连接点,宇宙再次在极度的痛苦中瓦解了。

第二十二章

崔熟练地操纵船长的驳船着陆,仿佛他原本就是作为该船的原装设备被造出来的:飞船轻柔地下滑进入大气层以抵消轨道速度,盘旋降落在小湖边的一片平地上。在那里,飞船可以重新补充能源。湖对岸的远处,城市里参差不齐的尖顶建筑耸立着,宛若愤怒的手指,伸向那高悬着两个太阳的天空。

从跃迁连接点到这个星系,再到被阿莎认定为超验机坐落之处的那颗行星,这段旅途是另一段令人厌倦的经历。崔努力用好引擎每焦耳的能量,甚至因此引发了一些问题,加速度造成的压力也就只有崔自己感觉不到,然而旅途还是显得特别漫长。赖利自问为什么当初自己还觉得星际旅行很浪漫。

"因为像所有人类一样,你是个浪漫主义者。"他的微脑说,"这是人类最大的长处,同时也是最大的弱点,最终只会摧毁他们。对那位身份不明、被你称为'阿莎'的人,你就有这种愚蠢的感觉。"

驳船里的气氛如战前一般死寂,令人不安。陶德在狭小的空间里尽可能保持沉默,赖利则在陶德那致命的长鼻边小心翼翼地挪动。阿莎对陶德毫不在意,显然对他的背信弃义和杀人潜力毫无顾虑。她花了不少时间跟赖利一起,将武器和其他物资集中起来,分成两堆。

"我们是在准备什么?"赖利问。

"就像在逃逸星系中我们所经历过的那些，"阿莎说，"只会更糟。"她转向陶德，"你也该准备一下。"

"我时刻准备着。"陶德平静地说。

赖利记起了旅途最初他曾经告诉自己关于重星原住民的事。

他们所接触到的那个星系，可能比他们之前去过的那个更古老。较大的那个恒星太阳虽然更红些，但仍未到达膨胀阶段，它的六颗行星也依然完好无损。

"这个旋臂比我们的更古老，"阿莎说，"或者，至少它有一些更老的恒星系，也许有十亿个星轨比我们的老。有些可能从属于另一个更古老的银河星系，在很久很久以前与这个星系撞到了一起。不管发生了什么，这里的生命进化得更早，在我们的旋臂还没开始孕育之前就发展出了科技和星际文明。他们遥遥领先于我们。"

"但也老朽，"陶德说，"退化了。"

"为什么说退化了？"赖利问。

"如果他们没退化，"陶德说，"那他们就应该还在周围，而我们会变成他们的奴隶，或者他们会成为我们的神——也许没什么区别。可如今，我们手里唯一能证明他们技术先进的证据只有他们的跃迁连接点。如果，的确是他们创造了跃迁连接点的话。"

"还有超验机。"赖利说。

"它们和其祖先不一样，"阿莎颤栗起来，"但非常危险。在它们的世界里，它们拥有所有的天时地利，而且数量庞大。"

他们已在轨道上发现了杰弗里号。

"我以为我们应该会先到达这里。"赖利说。

"杰弗里号比驳船快，"阿莎说，"船长比我想象的要更娴熟，或者说是更拼命。他肯定猜到坐标会将他引入歧途，因此冒险试了别的跃迁连接点。"

阿莎让崔呼叫飞船。过了一会儿，她转向其他人，"崔说，收到的唯一回应是来自船上的电脑，飞船报告说船上只剩下一名维修工。"

"这么说，船长带上乘客一起离开了。"赖利说。

"杰弗里号报告说有两艘登陆艇离开，第一艘出发半程之后，另一艘也出发了。"阿莎说，"两艘都是昨晚日落后离开的。"她又打了一个寒战。

"啊，"陶德说，"这么说，船长去探险的时候把乘客们都关起来了。乘客们逃出来后，跟着上了第二艘登陆艇。"

"也有可能正好相反。"赖利说。

"不管是哪种情况，"阿莎说，"现在有两伙人，也许正在争抢，看谁先找到超验机，争取在另一伙人抵达前先使用它。"她耸了耸肩，"他们并不了解这机器。"

"可你懂。"陶德说。这似乎是一句陈述而不是一个问题，就连微脑也是这么翻译的。

"不然你还指望先知干啥？"阿莎说，"而且，他们不明白，这些生物在晚上是最危险的。他们可以在黑暗中发起攻击，他们在黑暗中也能看到或感知。"

"怪不得你坚持让我们白天登陆。"赖利说。

"这也是为什么我会担心其他乘客的生命。"

"那些追求超验的人，是拿生命下了赌注。"陶德说。

"如果他们追求的是超验而不是权力的话。"赖利说。

"一回事。"

"趁天还亮着,我们该赶紧做好准备。"阿莎说。

她和赖利又回到堆放武器、弹药和其他配给的地方,连陶德都往被他用皮带绑在硕大头顶上的包里加了好多武器。

驳船的电脑报告说,赖利和阿莎的免疫系统可以保护他们。陶德再次拒绝了疫苗注射。随后,内舱门开启,当它再次关闭时,外舱门打开了。旅行者们沿着坡道向下前进,4107则骑在崔的平顶上。

最初,四周出奇地寂静,一点也不真实。低矮的植被,类似于树或灌木,环绕在驳船着陆时被压扁的那片区域,离水更近的植物则更高更绿。这些植物从坚硬开裂的泥土里长出来,仿若荒芜的农田回归自然,无论这个星球上的自然意味着什么。空气对赖利和阿莎来说尽管足够醇厚浓重,但却有股奇怪的异星味道,让赖利想起他小时候曾经参观过的一个可怜的动物园,里面全是从地球被带到火星来的小动物,大部分是老鼠、青蛙、小型爬行动物和昆虫,仿佛只是为了维系与古老地球的一丝联系。

他们的小分队绕湖走了大约四分之一,就碰上杰弗里号的一艘登陆艇。斜梯开着,在其不远处,他们发现了散落一地的外星生物肢体,好像是蛛型兽,其中还有些船员的遗骸,难以分辨,很可能是人类,而远处则是更多外星人的肢体。

"我们必须改变计划。"阿莎说着,转身朝登陆艇走去。

"为什么?"陶德问。

"船长的队伍被发现了,比我想象的要早。"阿莎说,"我们得用这艘登陆舰。"她小心翼翼地走上斜梯,手里握着一把刀,其他人跟在后面。赖利毫不犹豫,而其他人则稍慢些。登陆艇已被遗弃,崔试图查询登陆艇的电脑,但没有得到任何回复。

"我们不能再靠近了,"陶德说,"这艘登陆艇并非用来在大气中飞行。"

"当飞行器不行,"阿莎说,"我们可以把它当船用。"

"没船员怎么办?"赖利问道。

"不需要。"阿莎说得如此确信,赖利竟无以辩驳。阿莎转向崔,跟他说了几句,赖利的微脑听不懂也无法感知,但4107却应声从崔的头顶靠着一根支柱晃了下来。这棺材模样的外星人将一根电缆插入控制面板,外舱门关上了。

"这会害死我们的。"赖利的微脑说,"你必须杀了那个女人,回到驳船上。"赖利感到头颅里的压力越来越大,仿佛是一场剧烈头痛的前兆。

"我们能这么做吗?"赖利问,"把它当船用?"

"如果它能在太空中存储空气,就能挡住水。"阿莎说。登陆艇开始借助一阵阵微弱的排气滑向湖边,很快就浮在水面。崔把船体拉直,开始朝着远处的岸边加速开去。"看看岸边,崔。"阿莎说着,仿佛想让其他人都能听懂她和这个棺材外星人之间的无声交流。

控制面板上方的屏幕亮了,先显现出湖岸线,然后延展到整个陆地,慢慢放大拉近,直到他们可以看清植被,以及那些被碾压的地方,最后是成堆的尸体,外星人和船员的残骸混杂在一起。

"船长也在其中吗?"赖利问。

"无从可知。"阿莎说,"除非我们停船去搜他们的衣服。蛛型兽没留下太多。"

几百米外，屏幕上出现了第二艘登陆艇，在它旁边，是比第一艘登陆艇附近更残忍的大屠杀，大片灌木丛被爆炸波冲开，所有的空地都撒满了成堆的尸体。

"我们面对的到底是什么样的生物？"赖利问。

"饥饿，致命，多得数不清。"阿莎说，"但它们不喜欢水——它们需要水，但不会下水游泳，甚至不会踩在水里。"登陆艇被一个什么大东西撞了一下。"这也是原因之一。"阿莎说。

"其他人都死了吗？"陶德问。

"也许吧。"阿莎说。

屏幕上的画面切换到一座棕色小山上，小山又变成一个正在变形、移动的庞然大物，仿佛是某种活物。当场景放大后，那大家伙变成了一个生物，长着巨大的头和蜘蛛般的肢体，正移动身体朝着他们刚刚目睹的屠杀现场爬去。

"它们就像我们在逃逸行星上看到过的蛛型兽——不过更大。"赖利说。

"也更饥饿，"阿莎说，"更残忍。它们是阿尔法攻击型种群，可其他的呢？更早的进化版本，或者退化的后代，或者其他相关种群。它们很少将自己暴露在阳光下，肯定是飞船的着陆和里面可食用的东西，让它们克服了天性。"

偶尔会有一个蜘蛛模样的生物被绊倒。尽管它们的四肢和两条前伸的附肢使它们具有极佳的平衡力，但有时有两个，甚至更多的生物纠缠在一起，就会有某个家伙在前进的大部队里跌倒，而邻伴们会扑上去把它撕成碎片，让它从此消失。

超验机

"就是这种生物创造了超验机？"赖利问。

"或许是它们远古的先祖，或许是被它们毁掉的种族。"阿莎说。

登陆艇的前端撞上了什么东西。

"我们已经到城区了。"阿莎说。

登陆艇开始靠岸登陆，显然是崔在阿莎无言的指令下执行操作。内舱门打开了，随后是外舱门，阳光涌进狭小的船舱，照在陶德健壮的腿上，照在4107纤长的茎和毛茸茸的根上，照在崔的踏板上。但这其实只是一小束光线，当登陆艇的斜梯放下之后，他们很快就发现，光线的一部分被半透明材质的拱顶挡住了，那是坚实墙壁上方黑暗开口的顶部。

"这是什么？"陶德问。

"城市排水系统的出口。"阿莎说，"尽管这里已经不太下雨了，但万一下起来，偶尔也会有必须加以控制的倾盆大雨，而且雨水会补充到湖泊里。这排水系统可能已有上千年，甚至数百万个周期没有维护过，但依然管用。"

"这个地方的建造者可真懂该怎么建造啊。"赖利说。

"同理，如果不是这样的话，超验机也没法用。"阿莎说，"我们得从这里进入城市中枢，应该能在那里找到机器。"

她看上去像是在听崔和4107讲话，随后对赖利说："崔说他不会攀爬，4107也说不会。但要走出这条甬道，唯一的办法就是攀爬。"

"同样，多利安人也天生不适合攀爬。"陶德说，"而且，我们不喜欢封闭空间。"

"可你在杰弗里号的密闭空间里待了那么久。"赖利说。

"那是我可以应付的。"

"这是唯一能避开蛛型兽的路。"阿莎说。她再次转向崔和4107,"我跟他俩说了,他们必须自己找到进入市中心的方法,就沿着最近的大路走。你嘛……"她转向陶德,"必须作出选择。"

陶德开始沿着斜梯走下去,后面跟着崔和4107。走到底下的时候,他转过身,让棺材状外星人和栖息在他顶上的花童先过去。"我必须选最好的机会——就是和你一起,你知道该往哪里走,该如何避开前方的危险。"

阿莎转向赖利,"我已经对一个机器和一朵花产生了依赖。我希望他们能非常非常幸运,他们需要所有能得到的好运气。"随后,仿佛感伤是种错误一样,她摇了摇头,"我们走吧。"

她和赖利拿起包走向排水道,后面跟着大象似的陶德。

身后的光线逐渐暗淡下来,排水道的墙壁开始发出柔和而朦胧的黄光。阿莎带路,陶德和赖利紧随其后。只有阿莎知道要去哪儿,如果她真知道的话。多利安人的意图根本不可信,他相信阿莎有能力抵御多利安人的袭击,但他可不想让陶德跟在自己身后。

"你会害死我们的。"赖利的微脑哀号着,仿佛已陷入绝望。赖利脑子里的压力顿时大了起来。

甬道分叉了,阿莎毫不犹豫地选了左边那条路。她也许确实知道自己在去向何方吧——或者假装知道。陶德一声不吭地跟了上去。

甬道墙壁的一小部分变暗了,仿佛魔法已经消褪,但新的光线提供了足够的亮度,所以阿莎和赖利并不需要使用随身携带的照明设备。

超验机

在甬道的第三个分叉处，墙上的照明已彻底失灵了，一个巨大的模糊身影向他们扑来。

阿莎举起手，与此同时，向这家伙发射了一枚导弹。它应声倒在他们脚下——这个生物有六个鳍状肢体，头上有张巨嘴，却没有明显的眼睛。阿莎的导弹射穿了这个生物的咽喉，击中了某个致命器官，它死得很彻底。

"我们走的是那条不太危险的进城的路吗？"陶德问。

"蛛型兽更危险，"阿莎说，"数量也更多。但它们不会下来排水道，也许是从上古时代起就害怕被突然泛滥的雨水困住。要不然，这种生物永远不可能从湖泊居民进化出来，住在排水道里。"

"这样的东西，我们还会碰到多少？"赖利问。

"也许还有几个吧，"阿莎说，"但我们尽量不要使用炸药。这些墙虽牢固而古老，但并非坚不可摧，我们可不想惊动蛛型兽，让它们知道我们在这里。"

的确，他们又遇到了六个，其中两个就像阿莎刚干掉的那个一样，剩下的四个完全不同，不仅跟第一个不一样，彼此之间也不一样。其中一个像打孔机，大嘴上长着触须和手臂，每条手臂都拿着某种工具：一个工具变得火红，另一个吐出了塑料一样的东西。阿莎不得不把它的肢节全部炸掉，这家伙才停止了挣扎。

"肯定是这些机器维护了甬道的完好，"阿莎说，"经过那么多的长周期之后，它们依旧照常工作。"

有一只小蛛型兽，杀死它可比杀死其他的那几个难多了。它躲过了阿莎，却被陶德用长鼻削掉了它的前部，或许是头部。

"这是只迷了路或者被驱逐的蛛型兽，饿得只能在排水道里找食物。"阿莎说。

"而上面有上千只。"赖利说。

"也许数百万只。"阿莎停下脚步,抬头看了看那一片光,那光线正照着一个介乎于梯子和楼梯的混合物。"我们到了。"她说。

阿莎迅速向上移动到一个被磨碎了的盖子下面,一碰就开了。陶德摆动着粗短的腿吃力地跟在后面。赖利最后才出来,走进一个小小的蓝色太阳的余晖之中。他们还在下水道里的时候,红太阳就已经落到地平线以下了,余下的阳光从周围的建筑物上洒下一片怪异的阴影。

赖利看着城市里的墙,那参差不齐的水晶结构在消散的太阳余晖中闪耀着,让他感觉比在任何其他异星环境下更加不安。这种体验就像身处峡谷之中,两侧的山崖都在移动,他的双眼无法适应这种怪异现象,意识也无法将此联系到任何熟悉的事物上。他摇了摇头,看着前面的街道,道路看上去明亮崭新,就好像刚被外星人铺好、压好或浇铸好一般。但残骸和灰尘从四周的农田吹来,连同种子也被吹了进来,也许就是外星生物撒进来的,然后种子发芽,在路边长成小小的灌木和杂草丛。然而,笔直而熠熠发光的大路中间依然空旷,向远处延伸,目力所及之处皆为空。

"接下来呢?"陶德问。

"我们得找到超验机。"阿莎说。

"我以为你知道它的位置。"

"之前我们不是从这里进入城市的,"阿莎说,"尽管我们本应

超验机

从这里进,但这些房子很高,虽然看上去都一样,实际都不一样。"

"这就是一座城市,"陶德不屑地说,"之前你警告过我们的那些外星人在哪呢?"

"别自找麻烦,"阿莎说,"它们很快就会来的。天马上就要黑了,除非我们能很快找到大教堂,否则得整晚都跟它们打斗。"

"你为什么要叫它大教堂?"陶德说。

"就是这么觉得。"她沿大路往前走去,这边看看那边瞧瞧,像是一只狩猎中的动物,正在搜寻线索。陶德不耐烦地跟在后面,仿佛想自己单干,却又有些犹豫,不愿失去阿莎的经验所能带来的好处。

大路分叉了。阿莎犹豫了一下,选择了通往右边的路。就像赖利判断的那样,这条路通往城市的更深处,也许通往这些奇怪建筑的中心地带,古老得超出想象。

他们继续前进,既没停下休息,也没停下吃东西,蓝太阳已经落到最远的塔尖底下了。当天空逐渐变暗时,周围的建筑开始发光——或许之前就在发光,只是其亮度被阳光盖过了。这些光五颜六色,而且颜色还在不断变幻,其中一些幻化出赖利从没见过的色调,甚至变幻出超越他感知能力的色彩。赖利把视线挪开,生怕自己迷失在光渊里,再也找不到出路。

"现在,就现在。"他的微脑说话了。赖利觉得它可能开始精神错乱了。

"我们靠近目标了吗?"他问。

"我们只能如此期望。"阿莎说。

"我们哪儿也到不了。"陶德说。

远远传来一阵鸟鸣般奇怪的哀号声。阿莎抬起头。

"那是什么?"赖利问。

"是蛛型兽,"阿莎说,"它们还没发现我们,但至少有一个已经发现了我们的踪迹,其他的也很快就会跟上来加入追踪。天要黑了,我们必须尽快找到大教堂,否则只能就此打住。"

"我们有灯。"陶德说。

"灯光赶不走蛛型兽。"

"我们有武器,"陶德说,"它们还不习惯武器。"

"看看杰弗里号上的船员和乘客吧,武器没能帮他们半点忙。"阿莎说,"当攻击者的数量远超抵抗者的时候,当攻击者根本不怕死的时候,武器没什么用。"阿莎说,"它们看上去压根不在乎生死。"

陶德用他那深邃、神秘莫测的异星双眼望着阿莎。"你在误导我们,"他说,"你并不想让我们找到超验机。至少,你不想让我找到。我要自己去找。"他出发沿着另一条不同的路走了下去。

"停下!"阿莎说,"你单独一个人是没机会赢的!"

陶德继续往前走。

"你永远也找不到那机器,"她说,"我带你去。"

陶德没有停下脚步,他巨大的身影渐渐消失在远处越来越浓的黑暗中。

"重星人就是那样,"赖利说,"他能跟我们待那么久,我已经觉得很惊讶了。"

"我觉得他之所以离开,是因为想把蛛型兽从我们身边引开,或许是为他之前的背叛行为赎罪。"阿莎说。

"或许,是让我们把蛛型兽从他那里引开吧。"赖利说。

又一阵鸟鸣般的颤音从陶德离开的方向传来,接着又是一声,也许更近了。陶德没有丝毫犹豫。

陶德刚从街角拐向另一条大路,赖利立刻看到了第一只蛛型兽,它冲过那条大路,笨拙而快速地向他们扑来。它体型巨大,比他们之前在逃逸星系的那颗行星上看到过的蛛型兽要大得多,比他们在登陆艇边上的屠杀现场看到的残骸更大。它后面还跟着六只,甚至更大,如果还有可能更大的话。其中两只急冲冲地转向陶德离开的那条路。

"准备!"阿莎说。

"瞧你干的好事!"赖利的微脑说。

随后,那些蛛型兽就扑了上来。

第二十三章

　　他们击退了第一波蛛型兽,尽管有几只已经近到足以对他们造成伤害。他俩身上都有好几个伤口在流血。阿莎从包里摸出绷带给赖利包扎伤口,却不管自己也受了伤。然而,她的伤口几乎就在他的注视下愈合了。她不仅是先知,也是被超验机改造过的,身体自然愈合的功能强化就是另一个证据。

　　"真奇怪,"赖利说,"我们的朝圣之旅始于一次野蛮人袭击,终于另一次野蛮人袭击。"

　　"它们可不是同一种野蛮人。"阿莎说。

　　"你觉得我们摆脱它们了吗?"

　　"它们并不住在这里,"阿莎说,"也许它们对于城市有迷信般的恐惧。任认为它们并非朝着文明进化的生物,而是某些古老族群的边远后裔,正是那些人建造了这座城市,甚至建造了整个旋臂的星际帝国。"

　　"那它们为何不愿意跟随我们?"

　　"这里是神之所在,也是神灵们曾经住过的地方。"阿莎说,"而且,它们已经忘了,它们就是自己曾经崇敬的神灵。"

　　赖利四处打量。他们的朝圣之旅穿越了无数繁星,穿越了两个旋臂间空旷的空间,终于来到眼前这座城市。在水晶般深邃的某个地方,

超验机

藏着一座魔幻般的圣殿,这圣殿或许会把他们变成神灵,或者归于尘埃。"卿本尘埃,归于尘土。"微脑说。超验正等待着他们。

这座城市有上百万年的历史了——或许更老。赖利的微脑曾经把逃逸星系里的那座城市称作"半如岁月般古老",而这座城市肯定跟时间一样古老了。

赖利看见高耸的塔尖和优雅穹顶之间弯弯曲曲的大路,没有开阔空间,结构间也没有中断。此刻,大道上到处散落着碎屑——从四周乡间飘来的腐败植物,也许还有动物排泄物,偶有几块半透明的建筑材料残片。建筑物之间的空间狭窄,与其说是大路,不如说是小径,仿佛并非作交通之用。他们首次遇袭时,正是这些小径阻挡了蛛型兽在前方集结,救了他们一命。然而这些街道,如果它们真是街道的话,竟然还维持着不同寻常的整洁状态,这座城市看上去仿佛刚被遗弃了没几年。这可能是一座人类城市,如果人类城市可以用这种材料建造的话;它仿若半透明的珠母,在他的注视下不断变幻着色彩。

但他总感觉有什么不太对劲——不只是色彩和材料,还包括形状——这里一个弧度,那里一个折曲,仿佛那些建造者看世界的方法不同,或许甚至完全不同的视觉,抑或,他们似乎是把形状当成其他维度的延展来感知的。赖利无法长时间盯住它们看,否则就会觉得有什么异样的东西经由他的视神经进入大脑,展开一段痛苦的变幻过程。

"别看。"他的微脑说。

"这肯定是他们文化交流的方式,"赖利说,"也许不是用文字、音乐或艺术,就是用的形状。"

"你也受到影响了吗?"阿莎问,"我学会了不要盯着看超过一分钟。"

"也许这就是那些野蛮人避开这地方的原因。一旦你无法理解自己的文化,这一切就会变得很恐怖。"

"本身就已经够恐怖了。"阿莎说,"我们五个人到了这座城市,而只有我到达了神龛。"

"你觉得蛛型兽还会回来吗?"

"它们不会放弃的,"阿莎说着,颤抖起来。"它们感觉到了猎物,我觉得它们已经把其他生物都赶尽杀绝了。"

赖利用一只眼睛扫了城市景观一眼。除了被风吹起的碎屑,他什么都没看见。"哪个方向?"他问。

阿莎看了看周围的建筑,"我也不确定。我的方向感和定位能力总是很差。超验机改变了一切,但这个地方不同。当时,我们是从另一个地方进来,任带的路,随后我们就遭遇了伏击。任和我分头往不同方向逃去,就算这些奇形怪状的建筑物能提供任何可辨识的标记,我们也根本没时间看地标。那些家伙追得太紧,我们只能更拼命地跑,最后跑到了神龛那里,纯属偶然。"

"所以你就抓住机会上了超验机?"

"当时没有任何退路。登陆艇已经被蛛型兽占领,可能已被洗劫一空。而这里,夜行生物四处潜伏,到处都是。与其说是选择,不如说是意外。我当时并不知道那就是超验机。它里里外外到处都堆满了灰,可能是过去几百个周期累积下来的,或许是岁月遗痕。我当时只是想躲起来。不过,你从来就不相信超验。"

赖利毫不掩饰地看着她,"我什么也不相信。有人雇我来寻找神殿,有人在乎——非常在乎。我能理解为什么,但我还是不知道那是谁。我收到的指令是,如果我到不了神殿的话,就要杀死先知。结果,

超验机

先知是你。"

"如果你做得到的话。"她的眼神带着挑战的意味。

"如果我做得到话。"他的表情承认,他可能无法获胜。

"可你也没尽力啊。"

"我没法邀功,"赖利说,"我们还没找到神殿呢。"

他们转身向城市深处走去。蓝色的太阳正从最远的塔尖后落下,而红色的太阳还要等几个小时才会升起。黑暗中,夜行生物正伺机而动。

他们小心翼翼地沿着一条狭窄的街道前行,四周环绕着高耸的外星建筑,这时,赖利闻到了城市的味道。每个行星都有其特有的味道。当然,很多味道取决于所在的区域、植被和附近的水体。然而这个行星,甚至它的原住民,无论它们在哪里,都可以通过一种独有的味道被识别出来。朝圣的终点就像这样。这个旋臂的世界很奇怪,仿佛营造这个旋臂原始元素的超新星用了一个不同的配方。而且,城市比乡村更奇怪。在经历了这么多个长周期之后,最初用来建造房子的一些材料,依然在释放分子。朝圣的终点闻起来和这些建筑物一样怪异而扭曲。

气温适中——当天空出现两个太阳时稍有点暖,一个太阳时就没那么暖了,而当两个太阳都落山后就会凉得很快。赖利穿着夹克还在瑟瑟发抖。阿莎则好像冷热不拘。

空气足够供呼吸用,比起人类的适应水平来说,氧气含量稍高了些,而二氧化碳含量则略低了些,刚开始会使人觉得很兴奋。陶德说过,因为这颗星球从开始退化起就没有了呼吸氧气的动物,植物才有了机会将环境恢复原始的平衡。智慧生命按照自己的意愿改变了世界，可他们一旦离开，世界就会恢复原样。智慧消亡，世界自愈。

寂静充斥了整座城市，只有偶尔呼啸的风声和碎屑发出的沙沙声打破沉默。在这个本应喧嚣的地方，寂静反而让人觉得不安。

赖利的头一直在转来转去，尽管他的微脑也算是早期预警装置，但他更相信自己的感觉。他能生存下来，靠的是小心谨慎——这种情况下，只有靠视线边缘才能察觉到运动。"我们在找什么？"他问。

"天黑了，"阿莎说，"蓝太阳落山之后就是漫漫长夜。我对那些长长的蜘蛛腿还有印象。它们移动迅速，很难击中，就好似它们的身体很小，高高地悬在腿上。"

"我们把外星人视作我们已知生物的变种。"

"它们可能一点都不像蜘蛛，"阿莎说，"它们不喜欢火。我们的三个同伴被抓住后——超验才知道他们后来怎么了——任和我点了火，可我们的燃料在漫漫长夜里烧光了，当任试图再搜集更多燃料时，差点被那些家伙捉住，就在火光外边。"

蓝太阳几乎要落到最远建筑的尽头了，强烈的太阳光如棱镜般穿透了墙壁。"或许，我们必须为这短暂的一夜做好准备了，"赖利说，"得收集足够的柴火，这样就不用壮胆面对黑暗。"

"人类有一个比喻，对吗？"阿莎问，"坐在火边有保护，黑暗冒险会送死。"

"所有的比喻都不会帮你捡木头。"赖利说着，在大路边一个地方停了下来。这里的建筑比较低矮，成堆的灌木和枯枝被远古的风吹来此处。他在距离一座坚固的建筑物外墙几米远处堆起一堆灌木，上面覆盖了些枯枝，沿着墙又堆起另外两大堆枯枝。

超验机

阿莎从背包里取出一根粗短的管子对准灌木堆,灌木随即迸出火光。"我学到的一件事,"她说,"就是要带上一根热管。"

"你可真有办法。"赖利靠墙坐下,伸手在身旁拍了拍,"睡一会儿吧,"他说,"我们休息到红太阳升起,然后再继续前进,直到长夜来临。我来值夜。"

阿莎坐下,让他用手臂环着她的肩。"我从不睡觉,"她说,"你睡吧。我看着。"

赖利没有再争。"如果有什么动静,或者需要更多木头添火的话,就叫醒我。"而他几乎立刻就陷入熟睡。

在阿莎伸手碰到他肩膀前的那一瞬间,他的微脑就叫醒了他。"有动静。"她说。

赖利的视线边缘瞥见了一抹蜘蛛样的东西,而他直接望向那一点的时候,那东西就消失了。可他知道,它肯定在那里。火苗有些弱了,赖利往火堆上扔了一块柴,火苗蹿入夜空,随即又暗淡了下去。在火焰外面,赖利看到更多纤细、分节、毛茸茸的肢节在后退。他又添了一根柴火,从枪套里抽出枪,放在右手边的地上。

"我认为它们不会发起进攻,"阿莎说,"红太阳还有不到一个小时就升起来了。可我还是觉得你最好保持清醒。"

"无论怎样,是我的微脑叫醒我的。"赖利说。

"我知道你厌恶它。我可以让它再次陷入沉默。"

"干掉她!"他的微脑说。他脑中的压力又上来了。

"在我们找到神龛前,我可能需要它。"

"我知道你摆脱不了它,尽管它就像你脑子里的间谍。但是,超验机还是有希望解救你的。超验机可以消除所有不完美,释放所有潜能。"

"你想杀了我。"他的微脑说着,内心的声音近乎歇斯底里。

"我很想相信,但如果真如你所说,那你实现超验之后为什么还要回来呢?"

赖利做了几次深呼吸,查看着周围的动静,而她则始终保持沉默。

"我得再把这地方给找出来。"最后她说,"一个不能为人们指明拯救之路的先知,有什么用?上次航行中,我只是个低级助理。没人告诉我我们要去哪里,我也没问。任就像拿着古老地图的寻宝者,什么都藏着不说。所以,我们到了这里时,我都不知道自己身在何处。"

"而且,我也需要证明那一切都是真实的,不仅仅是个幻觉。"

"可你没必要深入这么远,只要我们到了某个你能认出来的地方就行。"

"我必须证明神龛确实存在,超验机确实有用。"

"那你又得指望它再发一次发慈悲了?"

"等我们到了那儿,我会让你知道。你觉得呢?"

赖利笑了,"我不会轻易相信的。如果没有亲眼看到,感觉到,尝试到,我是不会信的。但是我相信你。"

他再次把手臂环在她肩上,而她并未避开。他们一起等待日出,监守怪兽。

红太阳开始沿着街道投下长长的玫瑰色镶边的影子,这时,他们还剩下一小堆木柴没有烧完,夜行生物没有发动攻击。它们没有留下

超验机

任何曾经来过的痕迹。

"我们最好在长夜来临之前进一步深入城市,"赖利说着,收起枪站了起来,"希望能找到些让你觉得熟悉的东西。"

"无论在哪儿,我都能认出神殿,"阿莎说,"它孤零零地立在两条窄街的交叉口,是夹在众多高楼之间的低矮建筑,像一座大教堂。"

"或许是医院?"

"你还是有所怀疑。"

"我只是想弄明白,为什么文明社会要造一个那样的机器。它是用来干什么的?为什么那些曾经使用它的生物会抛弃这座城市,抛弃它们的帝国?"

他弯下腰,捡起背包,又伸手去帮阿莎站起来,阿莎却自己一跃而起。

"前进!"她说。

他们穿行在城市的峡谷间,望着两边色彩斑斓的高墙。

当红太阳低垂在他们身后之时,他们来到一处旧日火堆的余烬旁。阿莎停下来,凝视着路面上的一处黑斑,那是唯一遗留下来的痕迹。"就是这里,"她说,"在长夜来临前,我和任就是在这里生的火。这就是任差点被带走的地方。"她绕着这片区域转了一圈,盯着路面看了一会儿,摇摇头说:"我们是从反方向过来的,那是任去找木柴的方向,所以我肯定是朝另一边跑的。"

"可我们刚才就是从那边过来的。"赖利说。

"我肯定是拐进哪条小路了。"

"我们要在这里生火,等待长夜结束吗?"

"几乎没什么灌木和木头了。"阿莎说。

"而且,你也不想在这个地方再待一个晚上。"赖利说。

"那也是原因之一。"

他们折回来时的方向,但这次阿莎走得很慢,眼睛半闭着,仿佛正望向遥远时空中的某些东西。

"这里,"她说,"我是在这里转弯的。"

她朝左转去,另一条大路切断了建筑物的墙壁。"它们非常快,"她说,"但也许它们正忙着追任。我听见后面有什么东西,但没有回头看。我不敢回头。"

太阳已经落得很低了,在塔尖后面燃烧着,宛若建筑物里燃起了熊熊大火。街道暗了下来,仿佛是在警告黑夜将至。

"这里有些灌木和木头,"赖利说,"也许我们该停下来,明早再出发。"

"还没到时候。"阿莎说。

沿着大路转过下一个拐角,阿莎激动地大叫起来。赖利看见了,那座建筑——神殿。大路在距离他们几百米处一分为二,一座低矮而庞大的建筑矗立在中间的三角地带。

"等等,"赖利说。他伸手从背包里取出钨钢手套和钨钢包。他拿出那条几乎看不见的单丝,尽可能高地把它沿着窄街展开,又在两头涂上快干胶水。"现在。"他说。

在越来越浓的夜色中,赖利的微脑对他发出了警告。几乎同时,他听到一阵鸟鸣声,混合着物体移动的沙沙声。赖利转过身,感觉阿莎也在他身后转了过来。

六只巨大的蛛型兽没等夜幕降临就沿着街道向他们俯冲过来，也许它们意识到他们距离目标已经有多近。左边两个最近，右边有一个，另外三只大致组成一个三角阵形，填补了中间的空缺。也许，还有更多蛛型兽隐藏在街道的拐角处。

它们跟蜘蛛只是外形相似。确实，它们的腿又细又长，顶部朝内弯，但它们只有四条腿，还有两条短一点的，也不知是腿还是手臂，长在更靠近头部的地方。腿的上方是椭圆形的身体，上面有一张像人类一样的脸，两只眼睛，一个可能是鼻子的东西，可底下却是一个可怕的下颚，看上去能咬碎大腿骨。

阿莎把她的加热棒瞄准左边的一堆树枝，火焰升起，与此同时，她又指向右边那堆。只有中路的三只蛛型兽继续前进，另外三只则转向中间跟在后面。

"我来干掉右边的几只，"阿莎说，"打它们的头。"

赖利早就把枪握在手里了。他的第一枪爆掉了第一只蛛型兽的头，第二枪击倒了它右边的那只。似乎，是他的微脑或迫切感正指引他瞄准，因此他百发百中。等他把后面冲上来的第三只打掉之后，他转身望向阿莎那一侧的街道，发现了三具冒着烟的尸体倒在她的加热棒下。

"我一直以来想做的，"阿莎说，"就是让每个生物都有机会发挥它们的潜能。"

"我知道。"赖利说。

"生命限制了我们，"阿莎说，"我们需要某种东西来解放自己。"

"每个人都想阻止此事，"赖利说，"解放有可能是致命的。"

"只是对霸主而言如此。"

又一波怪兽包围了拐角处。

"走!"赖利说,"我来拖住它们。"

"不,任追上我的时候就是那么说的。我们要一起走。"阿莎说。

两只怪兽停了下来吃同伴的尸体。赖利和阿莎先击毙了那些仍在继续前进的蛛型兽,随后是进食的那两只。

第三波又来了。

"走!"赖利边说边把她往神殿方向推了一下,"我会跟上的。"

她绝望地看了他一眼,朝着那幢建筑物疾奔而去。下一波怪兽冲进了单丝陷阱,纷纷身首异处,然而先前那批牺牲者的体液已经染得单丝现了形,再后面的那波怪兽避开了陷阱。赖利一个接一个地射杀着怪兽,直到他的弹夹打空了。他一边朝门廊撤退,一边又装了一盒新弹夹,随后再次开火。他知道,那些怪兽会在他抵达神殿之前追上他。

它们已经近到足以让他感觉到异形的呼吸了,这时,他感到脸旁一股热浪,其中一个怪兽突然变成一团火焰,随后是另一只。

"保持火力!"阿莎说,"我必须把这门打开。"

赖利感到身后一阵冷风,一只手伸了过来,将他一把拉了进去。

门紧贴着离得最近的怪兽关上了。

黑暗中,赖利转过身靠在墙上。

阿莎的加热棒变成了光棒,照亮了入口。半圆形的石头上装饰着雕刻和象形文字,却与城市其他地方无处不在的半透明材料不同。这些雕刻仿佛是外面怪兽的小型翻版。

"那些夜行生物,"赖利说,"它们越长越大,以至于进不来了。"

"是它们造了这个,"阿莎说着,用光棒照亮了雕刻,"任错了。这些夜行生物才是这座城市的建造者。它们也许是从野蛮人进化而来的,或许它们有共同的祖先,而如今,它们则游荡在自己曾经统治过的城市和星球帝国上。"

阿莎举起光棒转向屋内。房间巨大,像一块黑色海绵般吞噬着光线。赖利得出的印象是:没有窗户的巨墙,没有天窗的穹顶,空旷而整洁的地板,上面零星散落着几块框架结构。除了他们的呼吸声,他什么都听不见。他闻到了异星尘埃的味道,也许是他们进来的时候被搅起来的,或者是被外面的风吹起来的。

"这里确实像教堂,"赖利说着,话语声从很远处荡回。

"我也这么认为,"阿莎说,"来。"她在地板上穿行探路,举起灯照亮了前方,"你根本无法想象,这地方勾起了我多少回忆。"

"我可以想象。"赖利说。他几乎能感觉肾上腺素涌入她的血管,她那完美的心脏跳动得更快,脑中强化过的神经元连接上了老古董般的网络。他听着他们低沉的脚步声和回音。

"停下!"他的微脑喊道,"停下!"赖利感觉脑子仿佛要爆炸似的。"如果我死了,你也会死!"它说。

"跟上次一样,"阿莎说,"为了能到那里,死了太多人了。这值得吗?"

"他们都是来赌一把的。"赖利说,"我们也一样。即便他们知道胜率不高,出于各自的理由,他们还是会不顾一切再来一趟的。"

"即便如此。"

他们大约走了一百米，可赖利依然看不到尽头。

"你必须尽快作出决定。"阿莎说。

"作些决定，"赖利说，"因为外面那些怪兽还等着呢。"

"你若接受这个机器，"阿莎说，"就会好很多。"

"我不相信超自然，"赖利说，"你可以有你的信仰，你的超验。而我认为一切都有一个自然的解释。如果我活下来了，我一定要搞明白它到底是什么，它对于人类、对银河系所有智慧生命来说，究竟意味着什么。"

"很好，"阿莎说，"你就该这么做。"

"但我相信你。"赖利重复。

阿莎的光棒照到了这个巨型房间尽头的一个结构。这个建筑结构看上去有三米高，和外面城市一样，是用五彩斑斓的材料做成，但更像个小亭子，四边有柱子撑起亭顶。赖利终于理解为什么阿莎把它描述为神龛了。

"这是后来加上去的，"赖利说，"这座建筑是在文明初期用石头造的。"

"来吧，"阿莎说，"我们俩都可以进去。"

"两个人都进去的话，它不一定能正常工作。"赖利说。

"别怕，"阿莎说，"我先进去，向你证明这是安全的。"她转身看了看色彩斑斓且瞬息万变的亭顶，又回头把光棒扔给了赖利。"你会需要这个的。"她说着，转过身，头也不回地走进神龛。门开始闭合。

她闪闪发光，她的衣服分解了，她的皮肤消失了，剩下她站在那里，网状的静脉和动脉血管分布在肌肉上，只一瞬间，随即就消失了，然后是内脏，最后是骨头。一切发生得如此迅速，以至于没有时间采取行动或作出反应，没有时间让血液或体液逃逸，也没有时间说话或思考。

赖利眼看着尘埃漂到神龛底部。她已经离开了。承诺的是超验，承受的却是痛苦，甚至可能已经灭亡。

他回头又看了他们穿过的那片广阔的空间一眼，以及那伸入黑暗中的高远穹顶。他想起那些埋伏在门外的怪兽，是它们建造了这个不知用来纪念什么的纪念堂，无论那是什么，随后，可能它们忘了如何去使用，或者用得太多了。

"停下！"他的微脑再次大喊起来，"别这样。我们可以逃走的！我们可以回去！"

"这只是个等候大厅，阿莎。"他说着跨了进去，感觉到自己在分崩离析。

尾 声

赖利醒了过来。

他在一个黑暗封闭的空间里，独自一人。

"阿莎？"他叫道，可他知道她不在。

他知道了很多他之前从未意识到的事，而且比过去任何时候都知道得更清楚。比如，他知道超验机是另一个旋臂的外星人用来传送物质的装置——这些外星人是蛛型兽的早期版本，或者是被蛛型兽所取代的物种——这个装置不仅被用来探索它们自己的旋臂，还被用来探索人类和银河联邦所在的旋臂。

这台机器把所有放进来的物质都分析一遍，并在此过程中摧毁该物质，然后把信息传送到另一个接收装置处，而接收装置嵌有同样的纠缠量子粒子，在那里，被摧毁的物质可以用本地材料重建。可是，在这个过程中，不完美的部分会被剔除——这包括了像阿莎和他自己那样的智慧生物。超验就是一场意外，他恍然大悟，哑然失笑。

他被重建了，但他的微脑不属于他的理想状态，所以没了。他还不知道自己被传送到了什么地方，该怎么出去，也不知道要怎样才能找到阿莎。显然，机器把她送到别的地方去了。也许，如果没有预先编程的话，这个机器会循环采纳一系列不同的目的地。

但他知道，哪怕需要穿越半个银河系，他也要找到她。等找到她，他们就能一起改变整个星系。

版权专有　侵权必究

图书在版编目（CIP）数据

超验机 /（美）詹姆斯·冈著；顾备，沈伯雷译 — 北京：北京理工大学出版社，2020.10

（超验）

书名原文：Transcendental

ISBN 978-7-5682-8612-1

Ⅰ. ①超… Ⅱ. ①詹… ②顾… ③沈… Ⅲ. ①幻想小说—美国—现代 Ⅳ. ①I712.45

中国版本图书馆CIP数据核字（2020）第 111119 号

北京市版权局著作权合同登记号　图字：01-2020-2616

TRANSCENDENTAL

Text Copyright © 2011,2013 by James Gunn

Published by arrangement with Tom Doherty Associates.All rights reserved

出版发行 /	北京理工大学出版社有限责任公司
社　　址 /	北京市海淀区中关村南大街5号
邮　　编 /	100081
电　　话 /	（010）68914775（总编室）
	（010）82562903（教材售后服务热线）
	（010）68948351（其他图书服务热线）
网　　址 /	http://www.bitpress.com.cn
经　　销 /	全国各地新华书店
印　　刷 /	三河市华骏印务包装有限公司
开　　本 /	880毫米 × 1230毫米　1/32
印　　张 /	9
字　　数 /	198千字
版　　次 /	2020年10月第1版　2020年10月第1次印刷
定　　价 /	46.00元

责任编辑 / 徐艳君
文案编辑 / 徐艳君
责任校对 / 刘亚男
责任印制 / 施胜娟
排版设计 / 飞鸟工作室

图书出现印装质量问题，请拨打售后服务热线，本社负责调换